有爱的青春陪伴者

戚拾酒

〈著〉

小声说爱他

江苏凤凰文艺出版社
JIANGSU PHOENIX LITERATURE AND ART PUBLISHING

图书在版编目（C I P）数据

小声说爱他 / 戚拾酒著. -- 南京 : 江苏凤凰文艺出版社, 2023.4
ISBN 978-7-5594-7389-9

Ⅰ. ①小… Ⅱ. ①戚… Ⅲ. ①长篇小说 - 中国 - 当代 Ⅳ. ①I247.5

中国版本图书馆CIP数据核字(2022)第243219号

小声说爱他

戚拾酒 著

责任编辑　王昕宁
特约编辑　周丽萍
出版发行　江苏凤凰文艺出版社
　　　　　南京市中央路165号，邮编：210009
网　　址　http://www.jswenyi.com
印　　刷　长沙鸿发印务实业有限公司
开　　本　880mm × 1230mm　1/32
印　　张　9
字　　数　259千字
版　　次　2023年4月第1版
印　　次　2023年4月第1次印刷
书　　号　ISBN 978-7-5594-7389-9
定　　价　39.80元

江苏凤凰文艺版图书凡印刷、装订错误，可向出版社调换，联系电话025-83280257

目录

目录

Chapter 1 / 哥哥

7 月初，盛夏的阳光非常刺眼。

少年穿着白 T 恤牛仔裤，右手的三根指头捏着一瓶汽水，以一种闲散的步调，优哉游哉地晃悠在职工家属院的林荫道上。

阳光格外毒辣，又正是快要吃午饭时间，百米长的林荫道上空无一人，只有蝉鸣声在与空气中的热浪较劲，一阵高过一阵。

林荫道左侧有个供休息的小亭子，少年眯着眼看了看道路尽头的灿盛阳光，步伐忽然转了个方向，直直地向小亭子拐去。

他大大咧咧地一屁股坐在空荡荡的亭子中，长腿一伸，从裤兜里掏出手机，打算随便看看，消磨时光。

彼时还没有 4G 网络，加载一张图片也需要看进度条缓慢地爬行许久。

等待加载的空隙，少年注意到了亭子外不远处几道小小的身影。

她们都穿着花花绿绿的裙子，正步伐雀跃地向自己的方向走来。

“小裙子”们渐渐走近，稚嫩的童声也隐隐约约可以听到了。

“我们玩捉迷藏怎么样？”

“好呀好呀。”

…………

闻言，少年漫不经心地抬眼看了看——这条林荫道连通家属院的东西两侧居民楼，北边是广场，南边是小花园。除了林荫道两侧的几棵树高大得能勉强充当掩体，剩下的花圃和栏杆通通无法藏身。

他来了些许兴致，修长的手指微动，缓缓将指间的手机转了一圈，预备看她们怎么在这么空旷的地方玩捉迷藏。

“那就……时缱，你去数数吧。”

小女孩们一齐回头望向走在队伍最后面的那个人。

那孩子愣了愣，转瞬便笑得比这阳光还要灿烂。她轻快地点了点头，很愉快地答应了下来。

接着，小女孩们又叽叽喳喳地商议了些游戏规则，很快敲定后，那个叫时缱的小姑娘，便面对着一棵树，用小手蒙住自己的双眼，开始朗声数数。

其余的小姑娘蹑手蹑脚地往前跑，跑到小亭子前时，纷纷停下了脚步。

她们笑得格外不怀好意，压低声音开始密谋：“我们现在分头回家，住在东区的要小心一点儿，从广场或者小花园绕回去，不要从时缱身边走。”

“可是这太阳好大，她会不会一直找我们找中暑了？”其中一个小女孩怯生生地提出了意见。

人群里那个最具有领袖气质的小女孩，高高挑起双眉，语调微微上扬了一些：“王媛媛，你要是害怕，你就自己留下来跟她玩捉迷藏！”

王媛媛紧紧闭上了嘴，不再“顶嘴”。

“领袖”扫视了一圈，见没有人再提出异议，满意地点了点头，总结道：“那就这么办。”

临走前，她还不忘冲着时缱扬声喊了一句：“时缱，你必须要数到‘一百’才可以开始找！”

说罢，众人作鸟兽散，小姑娘们分头跑了，步伐轻盈又快速。

顷刻间，这条不短不长的林荫道上，便只剩下了一个听闻了一场完整“孤立暴力”的少年和一个朗声数数的小女孩。

少年无语了半晌。

他低头看了看自己手上的手机，又抬头看了看亭子外不远处还在数数的小女孩。

他叹了口气，还是决定管一管这个闲事。

小姑娘已经数到了“八十一”，忽然感觉到有人在拍自己的肩膀，便停止了数数。

时缱有些疑惑地放下遮挡双眼的手，先是向四周看了看，眼神中流露出些许失落，然后很快将目光抬高，转向面前高出她许多的少年。

是一个个头比自己高许多的男孩子。

唔，有点儿不严谨。

是一个个头比自己高出许多的好看的男孩子。

大概是觉得好看的人不会是什么坏人，小姑娘内心的警惕一下子放下了不少。

但又因为她长这么大也没跟面前这种年纪的大孩子接触过，而且，他还生得格外好看，她一下子又有些紧张了。

“你找我吗？”小姑娘抿抿唇，礼貌地问道，“请问有什么事情吗？我好像不认识你。”

从拍她肩膀的那一刻起，后悔的情绪就开始在少年心中发酵。

在听完这句话之后，这种后悔终于质变成了尴尬。

“哥哥不是坏人，”少年尽可能地笑得和善，“我就住在 9 栋 2 单元的二楼。啊……我奶奶你一定认识，阮晴月，你知道居委会的阮奶奶吗？”

阮这个姓并不常见，整个院子里两三百户人家，也只有一个阮奶奶。

她早就到了退休的年纪，却是个闲不住的热心肠，便主动去居委会当了个“志愿者”。

这院儿里，不管是哪家夫妻吵架了、大人打孩子了，都能见到她说和的身影。

时缱对阮奶奶印象很深，阮奶奶看起来十分和善，每次遇见时缱都会笑眯眯打招呼，偶尔还会给些小零食，是时缱在这个家属院儿里最喜欢的奶奶。

没有之一。

她点了点头，语气也乖巧许多：“认识，是阮奶奶让你来找我的吗？”

少年愣了愣，自家奶奶在这个家属院儿里确实很有名，但他也只是想着这个小姑娘应该听说过，没想到还真的认识。

而且，看样子，这一老一小还挺熟悉的。

见面前的小姑娘仰头看着自己，少年微怔，不太确定她同刚刚那群使坏的小姑娘们之间究竟是什么样的关系。

是……朋友吗?

看着这双天真又澄澈的眼睛，他生了恻隐之心，决定还是不要上来就以一个陌生人的身份戳破这有些残忍的真相。

小孩子，也是有自尊心的。

许是少年沉默的时间太长，时缱又开始感到不安：阮奶奶是有什么很严肃的事情要告诉自己吗?

她紧张地抿了抿唇。

少年很快通过这个小动作察觉到了小姑娘情绪的变化。

他挠了挠头，慌乱间，随意地找了个借口：“是我奶奶让我来找你的，唔……她让我……让我带你去买糖吃。”

沉默。

尴尬的沉默。

这话听起来实在不像是什么好人。

双方刚刚建立起的信任眼看着就要崩塌。

时缱下意识地后退半步，开始怀疑起这位“阮奶奶的孙子”的真实性。

少年虽面不改色，却在疯狂头脑风暴着该如何挽救这尴尬的氛围。

三秒后，他略有些慌乱地开口解释：“不是不是，她让我给你糖……也不是，是我现在要去买糖给你！我一个人去！你在那个亭子里坐着等我就行，我会带着超市小票一起回来的！绝对是现买的！真的！等我啊！”

连珠炮一般解释完后，少年头也不回地向超市的方向跑去。

时缱愣愣地看着他的背影，“扑哧”一声笑了出来。

十分钟后。

时缱坐在小亭子里的石凳上晃悠着小脚丫，正当她快要感到无聊时，少年拎着一大袋的零食，气喘吁吁地出现在了她的视线里。

她目瞪口呆地看着他手里那包几乎有小半个她大的袋子，震惊到说不出话来。

少年很快便跑到了时缱面前。

他将零食放在石桌上，边喘着气，边从兜里摸出一条长长的纸，拍在桌上："小票。"然后又指了指这一大袋零食，"刚买的。"

简洁地说完了这五个字后，少年拿起桌上那瓶自己来时带来的汽水，猛灌了两大口。

小姑娘也渐渐回过了神，语气里满是不可置信："这些……都是，给我的？全部？"

少年喝着汽水，小幅度地点了下头。

见状，小姑娘变得严肃起来："那我不能收，这太多了。"

她这个反应，着实出乎少年的预料。

大眼瞪大眼。

在各眨了三次眼之后，少年率先提出了一个解决方案："不然……你挑一个你最喜欢的？"

小姑娘沉默地看着面前这一大堆零食，抿了抿唇，小心翼翼地询问："能挑两个吗？"

少年看着她黏在零食上的目光，笑了起来，有心逗逗她："一袋吃的，一瓶喝的，这样的两个可以。"

小姑娘有些失望——她不想要喝的，她想要那包浪味仙和妙脆角。

她慎重地考虑着究竟要选哪个，片刻后，很艰难地下定了决心："那我要娃哈哈和一袋……浪味仙吧？"

少年点点头，从袋子里把浪味仙拿出来递给她，又将一整板娃哈哈也给了她。

"不是一瓶吗？这里有四瓶。"小小的女孩十分诚实。

"啊……确实哦。"少年做感动状，"为了奖励你的诚实，这四瓶都给你，并且允许你再挑一包零食。”

听见这话，小女孩的眼睛立刻弯成了月牙状，清脆的声音十分果断地响起：“那还要这个妙脆角！”

少年没忍住，终是笑出了声。

小姑娘很快将娃哈哈的塑封拆开，递给少年一瓶。

两人各自插好吸管，借喝东西让沉默合理化，从而掩饰无话可说的尴尬。

沉默地喝完之后，小女孩跳下石凳，有些依依不舍地道别：“到吃午饭的时间了，我该回家了。一会儿姥姥找不到我，我又该挨骂了。”

少年拿起手机看了看时间，11:51。

他应道：“快回去吧。”

小姑娘说了“再见”，抱着两包膨化零食，步伐雀跃地跑出了小亭子。

突然，她停住了步子，回过头，试探着问道：“你下午，还来这里吗？”

少年微微歪头，笑眯眯地开口：“怎么？这袋零食里还有想要的？”

小姑娘瞬间羞红了脸，慌忙解释：“不是！我想跟你一起分享浪味仙和妙脆角。”

少年愣了愣。

接着，他鬼使神差地点了点头。

见他同意，小姑娘一脸惊喜，像是生怕他反悔一般，立刻跑远了。

等她跑远之后，少年才如梦初醒般挑了挑眉。

他开始认真思索着，自己刚刚究竟为什么会点头？

思考了半晌，并没有得出结果。

少年将它归类为自己今天良心在家。

反正，他已经被老爷子赶出了门，下午也不能回去打游戏了。

就这样吧。

在少年喝完三瓶饮料、吃完四个小面包之后，那个小姑娘又抱着两包零食出现了。

时缱先是礼貌地打了招呼，然后笑盈盈地坐定，将两包零食全部拆开，放在两人中间。

接着，像是忽然想起了什么，她认真地说：“我还不知道你的名字。”

“林尘垚。”少年脱口答道。

察觉到自己的语气有些生硬，他又补充了下：“尘埃的尘，垚是三个土垒成的那个垚。”

时缱点了点头。

尽管她根本不知道这三个土该垒成个什么样子，但还是认真地在心里记下了这句话。

她也自我介绍道：“我叫时缱，时间的时，缱……缱是很复杂的那个缱。”

她还不会用这个“缱”组词。

林尘垚微微颔首，却并不上心——反正以后也不一定会再见了，究竟是哪个“qian”都没关系。

思及此，他忽然想起了自己和她搭话的初衷。

他清了清嗓子，怕刺激到小女孩脆弱的心灵，小心地问道：“今天上午和你一起玩捉迷藏的那些人，是你的朋友吗？”

时缱点点头，拿了一块浪味仙放进嘴里。

少年的心凉了半截。

虽然他觉得自己是在干一件正义的事情，但这个小姑娘必然是要伤心了。

可为了避免她以后被更恶劣地捉弄，他还是硬着头皮开了口：“她们……平时是不是很爱欺负人？”

听清楚他的问题之后，时缱笑了笑：“你是想告诉我，她们上午是在恶作剧吗？”

林尘垚皱了皱眉，表情严肃了起来：“不，这不是恶作剧，她们这是在欺负你。”

时缱缓缓眨了眨眼，满脸不解。

林尘垚叹了口气，决定越俎代庖地替她父母教教她：“这样明晃晃的欺负，不仅仅是恶作剧，做出这样的行为，也不能算是朋友。小姑娘，你要记住了，如果被人这样欺负了，不要再同她们做朋友。”

时缱似懂非懂地看着他，过了会儿，她垂下眼睫，表情有些黯淡，小声地说：“可我只有这些朋友……”

林尘垚彻底沉默了下来，这句话太过心酸，一时之间，他竟然不知道该怎么安慰她。

正手足无措时，他看见对面的小姑娘又抬起了头。

她脸上的表情忽然明亮了起来，眨着一双亮晶晶的大眼睛，大着胆子问：“那，你愿意当我的朋友吗？”

究竟是出于正义感还是怜悯，林尘垚实在分辨不清自己当时的想法。

总之，他就那么鬼使神差地答应了下来。直到临睡前躺在床上，他才反应过来自己答应下了一桩什么事情。

一个明知“朋友”是在戏弄自己，却眨着一双澄澈双眼、装作不知道般全盘照收的小姑娘。

因为，只有她们会带上自己一起玩儿。

所以就算是戏弄，也笑眯眯地接受。

这样的小姑娘。

他答应了要当她的朋友。

嘶……

有些棘手。

而且，他能带着她玩啥?

过家家吗?

林尘垚越想越头疼，翻来覆去地睡不着。

可既然已经答应了，他就必然要好好履行承诺——最起码在这个假期结束之前。

第二天吃早饭的时候，林尘垚拿着筷子，一边拨弄着碗里的榨菜丝，一边用一种不在意的语气随口问道：“奶奶，七八岁的小姑娘喜欢玩啥啊？”

阮奶奶一听，心中立刻警铃大作，严肃道：“你爷爷虽然因为你沉迷游戏把你赶出门了，但你要是敢带着院儿里的小姑娘们一起猴，你爷爷一定会把你吊起来打。”

闻言，林尘垚愣了愣。

林尘垚小的时候算是院子里的娃娃头。

有一年不知道怎的，孩子们之间忽然流行起了养蚕。

那年，林尘垚带着院子里的同龄孩子们，差点把家属院门口那两棵桑树薅秃了，气得林爷爷把他狠狠揍了一顿。

那场面还历历在目，阮奶奶思及此，将软硬兼施里的那个“软”字也补了上去：“再说了，你都大了七八岁的小孩儿快一轮了，哪儿玩得到一起去啊？找些同龄的孩子们一起玩儿啊，听话啊。”

林尘垚张口欲辩，但看着自家老太太这一副“你要敢解释那你就是真的想祸害人家小姑娘”的表情，他含混地应下，然后咽下想说的话，选择继续吃包子。

他要出门时，阮奶奶还十分不放心地多看了他几眼，甚至在听到他说要跟朋友去打游戏时，还悄悄松了口气。

林尘垚气结，老太太这态度就仿佛他是要去拐卖儿童！

刚下楼，还没出单元门，林尘垚就看见了时缱。

她今天穿着条黄白格棉布裙，正蹲在自家这栋楼的路边，拿了根小木棍在地上划拉，时不时还会张望两眼，像是在等自己。

林尘垚吹了声口哨，尾调拐了好几个弯。

时缱立刻回头，在看清是他之后，十分雀跃地弹起，果断地将木棍一扔，拍了拍手上的灰，向他跑了过来。

小姑娘仰着头，笑得一脸期待，大声喊：“林尘垚！你是要带我去玩儿吗？”

林尘垚第一次听见自己的名字被一个小萝卜丁喊得这样气势汹汹的，他顿了顿，有些哭笑不得，问道：“小姑娘，你今年几岁啊？”

时缱脆生生地回答：“八岁。”

“我今年十五岁，我比你大了七岁，”林尘垚尽可能委婉地说着，“也就是说，我都会玩泥巴了，你才呱呱落地。”

时缱眨眨眼，开始揣摩他话里的意思。

他是不是后悔了？

是不是嫌弃自己年纪太小了，不想跟自己做朋友了？

时缱开始有些着急，但一时又想不出什么好的理由，于是只好僵硬地辩解：“但我现在也会玩泥巴了！”

林尘垚一愣：什么玩意儿？

他在心里将自己刚刚那段话连同时缱的回答拼在一起，做了一套完整的阅读理解，然后终于咂摸出了一点儿味道。

小姑娘恐怕是以为自己嫌她小，不想跟她一起玩儿。

他叹了口气，有些无奈。

这孩子，似乎有些过于敏感了。

“我的意思是，你直呼我的大名不太好。”林尘垚努力地放轻自己的语调，生怕吓到她。

“为什么？朋友之间，不应该互相叫名字吗？”

“嗯……话是这样说没错，但我比你大这么多，你想想，要是以后在大街上碰到，你喊不喊我？你这么小的个子，到时候那么大声喊我的名字……”林尘垚比了比时缱和自己的身高，“我这么高一男的，我不要面子啊？”

时缱接受了这个理由，眨了眨眼，又有些迷惑：“那……叫什么呢？”

“叫哥哥啊。”林尘垚一脸的理所当然。

哥哥？

时缱脚步一顿。

她几乎没有朋友，更没有年纪比自己大的朋友。

所以，在她心里，“哥哥”“姐姐”这两个称谓，就如同爸爸妈妈、爷爷奶奶一样，只是代表着家人，或有血缘关系的人。

但也仅仅是一种模糊的概念。

因为，这种哥哥或是姐姐，她也没有。

时缱有些犹豫。

她没有哥哥，自然也没喊出过“哥哥”这两个字。纠结了一小会儿，她尝试着张了张嘴，轻轻地发出了一个声音：“哥……”

林尘垚没察觉到时缱复杂的心理变化，只以为她是不好意思叫自己哥哥。

他登时感到有些罪恶，觉得自己像是春节时，以逼迫小孩儿们叫人为乐的那些讨人厌的大人。

于是，他尴尬地摸了摸自己的鼻子，然后随手揉了一把时缱的脑袋，率先迈开了步伐，说：“走，哥带你去游乐场玩儿。”

时缱瞬间像是被定在了原地，她小小的世界忽然静止了。

从来没有人会这样亲昵地回应她的呼唤。

虽然，只是被并不温柔地揉了一把脑袋。

林尘垚走了两步，见时缱没有跟上来，回头一看，见她还愣在原地，便疑惑地问道：“磨叽什么呢？”

“噢噢……”时缱如梦初醒，立刻小跑着跟了上去，“来了来了。”

游乐场。

熙熙攘攘的人群里，多是一个或者两个大人带着小孩儿的。

像时缱和林尘垚这样，一个半大小孩儿带着个小孩儿的，着实罕见。

林尘垚之前倒是来过这里几次，但都是直奔云霄飞车、大摆锤、海盗船这种刺激项目去的。

他低头看了眼身边这个纤细的小姑娘，感觉她这小身板，说不定安全带根本绑不紧，着实有些危险。

于是，林尘垚翻开了游客手册，开始仔细研究着这里都有些什么项目适合小女孩玩。

犹豫了一会儿之后，林尘垚试探着开口：“咱们去玩……旋转木马吗？”

时缱第一次来游乐场，被周围新奇又欢乐的氛围感染，整张小脸都洋溢着兴奋。

她雀跃着点头，小脸红扑扑的。

游乐场里的人实在太多了，在被汹涌的人潮挤散了两次之后，林尘垚抓住了时缱的手腕，说："你离我这么远干吗？走近点儿，别一会儿挤丢了。"

时缱怯生生地试探着靠近了些，努力保持着一个比较近，但又不会触碰到林尘垚的距离，一路走得小心翼翼的。

身侧的小女孩忽然安静了下来，不似刚刚进来的时候，一路兴奋地四处张望。

林尘垚感到有些奇怪，低头看了眼才到他胸口的小人儿，这才发现她的表情有些奇奇怪怪的。

不明白忽然之间是怎么回事，林尘垚抬头瞧了瞧周围，发现其他小孩儿不是头上戴着毛茸茸的动物头箍，就是手上拿着气球、小吃，再低头看了看被自己牵着手腕的小姑娘，他忽然明白了——这丫头一定是很羡慕别的小孩儿有这么多花里胡哨的小玩意儿，又不好意思开口找自己要，羡慕得心情有些低落。

他忽然转了方向，带着时缱去了游乐场里的商店。

在脑袋上忽然多出了一个粉嫩嫩的小兔耳朵头箍之后，时缱才回神，疑惑着开口："这是干吗呀？"

"给你买头箍啊。"

太过受宠若惊，时缱慌忙摆手，挣扎着就要把头箍取下来："不不不……不用了！"

林尘垚只当是小姑娘懂事又害羞，又给她换成一个棕色的小熊耳朵："别乱动！"

时缱立刻噤声，保持着立正姿势站好，一动也不敢动。

林尘垚没想到她会有这么大的反应，开始反思自己刚刚的语气是不是有些吓到她了。

他轻咳一声，用自己最柔软的语气问道："你喜欢哪一个？"

这声音太过温柔。

这个人在认真地询问自己的意见。

一切都是时缱从未体会过的待遇，她的嘴像是被诱惑了一般，自动说出了心底的真实声音：“那个绿色的。”

白嫩嫩的小手直直地指向最上面那排。

林尘垚回头看了看，是个小恐龙张着大嘴的造型。

他不由得有些惊讶。

时缱看着就像是从小在堆满蕾丝的粉色洋房里长大的洋娃娃。

他还以为，她一定会喜欢那些可可爱爱的小动物发箍。

但他没多问，只是替她将最上面的那个小恐龙摘下，递给了她。

时缱接过，小心翼翼地戴上。

绿色的小恐龙张开了大嘴，咬着小女孩的头，而这个被咬着的小女孩却笑弯了眼。

一整天，时缱戴着小恐龙发箍，去吃了冰激凌，第一次尝到了热狗的味道，玩了旋转木马，坐了摩天轮，也尝试了过山车和海盗船。

直到傍晚，她才和林尘垚一起回到家属院。

林尘垚将她送到了楼下。

时缱踏着西下的日光，走向背阴的楼道里。

在周围金灿灿的阳光消失在身后的那一瞬间，时缱心里那股子兴高采烈也如同被兜头浇了一盆冷水，瞬间湮灭。

她小心翼翼地摘下那个小恐龙发圈，怔怔地看了好一会儿，然后毫不犹豫地向天台跑去。

老式的家属楼，除了晒被子的露台，还有一层更小的真正的顶层。

通往那里的路，没有楼梯，只有一架嵌在墙上的、与地面呈九十度的铁架梯子。

时缱很熟练地往上爬，没有丝毫胆怯。

这个顶层上，只围着一圈大概只有时缱小腿一半高的栏杆。

在左边的那个角落里，放着一个小小的塑料箱。

时缱径直走过去，白嫩的小手挪开压在箱子上的两块石头，打开箱子，小心地将发箍放了进去。

站在家门口时，时缱深吸一口气，弯腰从门前的地毯下摸出钥匙。

打开门后，她又将钥匙放回了原处，这才蹑手蹑脚地进了门。

虽然一整天都没看见人影，但好像也并没有人找过自己的样子。

整个家里只有电视机的声音。

时缱抿抿唇，小声地说了一句："我回来了。"

正在沙发上看电视的姥姥抱着臂，面无表情地回头瞥了时缱一眼，并没有回应。

时缱飞快看了一眼姥姥的脸色，并没有嗅到她会发火的味道，于是轻手轻脚地换了鞋子，准备回自己房间。

"哟，我以为你晚饭也不回来吃呢。"

姥姥说这话的语气虽然让人有些难受，但语调算不上十分阴阳怪气，可时缱却仍像是受到了惊吓，立刻停下了步伐，低着头原地站定。

瞧着她这副看起来乖巧极了的样子，姥姥翻了个白眼，懒得说她，只厌烦地摆了摆手："走吧走吧，回你房间去。"

时缱这才松了一口气，如蒙大赦，轻巧又飞快地向自己的房间走去。

时缱的房间是储物间改的，只放得下一张小小的单人床和一张小小的桌子，也没有正经的窗户，只有一个小气窗。

她轻轻关上了门，尽可能不弄出声响，然后，小心翼翼地从兜里掏出一张小小的合照。

这照片同她的手掌一般大。

这是今天在游乐场照的。照片里，她拿着一个蛋筒冰激凌笑得一脸兴奋，旁边的林尘垚一脸酷酷地单手插兜，表情随意地盯着镜头。

时缱将这张照片看了又看，然后，珍而重之地放进了书桌抽屉的最底层。

林尘垚到家的时候，阮奶奶并不在家。

他开门换好鞋，刚转过玄关，就迎面撞上了自家爷爷的目光，老头儿正姿态随意地坐在沙发上。

一老一小，目光无声交会，互相看了一会儿后，不约而同地移开目光。

林尘垚不敢立刻回房间，也不敢离老头儿太近——这两种选择，无疑都会被骂，只是由头会略有不同。

于是，他只好挑了个离爷爷最远的地方坐下，两个人一同沉默。

好在没多久，奶奶便回来了。

隐隐嗅到沉默空气中剑拔弩张的味道，她笑眯眯地招呼林尘垚："垚垚啊，今天跟同学们一起学习了一天累坏了吧？来厨房，奶奶在冰箱里给你冰了可乐。"

林尘垚眼力见十足地接话："啊，好好好！奶奶，我渴死了，我帮您择菜啊。"

林爷爷冷眼瞧着俩人一唱一和，轻轻冷哼了一声。

林尘垚搬了个小马扎，坐在厨房里择菜。

阮奶奶探头看了看外面，见老伴儿打开了电视，等他开始微微晃着脑袋，跟着电视上的戏曲节目一起哼唱后，这才凑到林尘垚身边，压低声音神秘兮兮地问："你今天去哪儿了？"

林尘垚眉目不动，厚着脸皮说："跟同学学习去了啊。"

阮奶奶拿了把豇豆，轻轻打了下宝贝孙子的头，语气严肃了些："你带着时缱出院子了？"

林尘垚有些惊讶地抬起头，语气里充满了疑惑："奶奶，这院子里是不是都是你的眼线啊？"

阮奶奶没好气地说："你奶奶没那么大能耐！我刚买菜回来，看见你带着那个小丫头走进院子里的。你带她出去玩儿了？"

林尘垚点头："我们去游乐场玩儿了。"

"真的是去游乐场了？"

这话怀疑的意味太浓，林尘垚觉得委屈又憋闷，但也没忘记压低声音，愤怒道："那不然呢？奶奶！你孙子是个正人君子！是光荣的共青团团员！"

见状，阮奶奶笑眯眯地拍了拍林尘垚的肩膀以示安抚，她当然知道自家孙子不是混账，但也还是得问问清楚。

在确认孙子是带着人家小姑娘出去玩儿了之后，老太太有些好奇地问道：“你是怎么认识她的？”

“昨天被老头儿赶出家门……”

阮奶奶“嘶”了一声，又敲了敲林尘垚的头。

林尘垚轻咳一声，自我纠正：“昨天被祖父大人赶出门，我在院儿里的那个亭子坐着的时候，看见她被一群小孩儿戏弄……”

林尘垚停顿了下，皱了皱眉，接下来要怎么说？难不成说自己鬼迷心窍答应要跟一个八岁的小姑娘做朋友？

他抬眼瞧了瞧正盯着自己的祖母大人，回想起今天早上的场面，预感如果说出自己答应跟一个八岁的小姑娘做朋友，她老人家很可能会把身后的酱油瓶扔到他身上。

他话锋一转，含混道：“我看她哭得厉害，随口答应带她去游乐园玩儿。”

阮奶奶听完，竟然没有疑问，只是点点头，叹了口气，声音很低地说：“做得好。”然后便转身去淘米了。

林尘垚感到有些奇怪，老太太刚刚说的竟然是“做得好”？

“奶奶，你咋不骂我啊？”

“好好的，我骂你做什么？”阮奶奶淘着米，一脸的莫名其妙。

“不是，您今天早上不是还警告我离院儿里的小孩儿们远一点儿吗？我这都带了一个出院子玩儿了，你怎么还说我做得好？”

阮奶奶扔出一粒被虫咬过的米，叹了口气：“那孩子生活得艰难。”

林尘垚一愣，想起那张总是笑眯眯的脸和那双澄澈的眼睛，觉得有些意外。

“她一出生就被她妈妈扔在了姥姥家，她姥姥也不太喜欢她。”

“为什么啊？”

“我只知道当年是她妈妈未婚先育生下了她，具体的，也就不太清楚了。”

林尘垚垂下眼皮，开始仔细回想时缱今天在游乐场里的表现。她似乎……总是会带着一丝讨好的意味。

明明下了海盗船之后吓得脸都白了，她还是坚持要和自己去玩过山车。

当时，他觉得这小孩儿可能只是生理不适，但其实还是很喜欢那些刺激项目的。

现在想想，可能是玩旋转木马时，时缱注意到了自己那一脸四大皆空的表情——他当时满脸写着：我对这玩意儿丝毫没有兴趣。

“院儿里的小孩儿们也不太爱和她一起玩儿……你有空可以带她再去游乐场玩儿几次，或者吃那个你们小孩子喜欢吃的汉堡包也行，奶奶给你们出钱。你也别天天待在家里打游戏了，省得你爷爷又要训你。”

林尘垚答应下来，却也只是想着有空给时缱辅导下暑假作业、买买零食，以后寒暑假期再带她去游乐场、动物园之类的地方玩一玩。

毕竟纵然他再怜悯这个小姑娘，一个顶着朋友头衔的本质陌生人，还是个未成年人，能做的也只有这么多了。

Chapter 2 / 叠星星

两周后。

林尘垚第二次被赶出家门。

起因是林老爷子昨天晚饭吃咸了，夜里十二点起来倒水喝的时候，赫然发现本该睡着了的林尘垚正在客厅里眉飞色舞地打游戏。

林老爷子登时气不打一处来，拎着林尘垚的耳朵把他揪回了房间。

第二天一早，林尘垚就听见林老爷子给西门保安大爷打了电话，同那边嘱咐着自家孙子这个月会去自行车棚帮忙看自行车。

当天吃过午饭，林尘垚就搬了个马扎，出现在了西门旁的自行车棚里。

林尘垚叉着腿大大咧咧地坐在自行车棚里，眯着眼睛盯着外面毒辣的阳光，长长叹了一口气——昨夜真是时运不济，老头儿睡觉其实很少醒的，一般都是半夜一点会起一次夜，自己每次十二点半就收拾好东西悄悄回房了。

半个月了，从未失手过。

谁想到昨晚那么倒霉。

林尘垚叹了口气，百无聊赖地伸了个懒腰，胳膊刚伸展到一半，人却忽然愣住了。

对面那栋楼的楼顶有个小小的身影。

林尘垚眯了眯眼，总觉得这身影看起来有些熟悉。

老式居民楼，最高只有五层，楼上的人影还是大致看得清楚的。

最关键的是，整个院儿里，也就只有时缱还会穿那种用按米买的布找裁缝简单缝制的老式连衣裙了。

林尘垚整个人一僵，接着，撒腿就往那栋楼的方向跑去。

他气喘吁吁地跑上了楼，看见时缱还在最高的那个顶层上。

小姑娘也真是不怕晒，顶着烈日不知道在那儿翻着什么东西，从林尘垚这个角度只能看清一个左摇右摆的小脑袋。

怕自己贸然爬上去会吓到时缱，林尘垚只好仰着头，用尽量平稳的声线喊她：“时缱。”

时缱还是被吓得一抖。

她探头往下看，一眼便看见林尘垚正叉着腰，一脸怒气地看着自己。

“哥哥？”她的声音怯生生的。

“你。”林尘垚点了点她，又点了点自己身前的位置，冷声说，“下来，站这儿来。”

时缱“哦”了一声，接着缩回脑袋，不知道又捣鼓了一会儿啥，才顺着梯子往下爬。

林尘垚看得心惊胆战，那梯子完全与地面垂直，只有下半部分有顶层的墙体挡着，上半截完全没有遮挡，稍一失手就会摔下楼去。

他上前两步，踮起脚尽力伸长手臂，虚虚地护住时缱，生怕她手滑或者脚滑一下。

直到时缱稳稳地站在地面上后，林尘垚才松了口气。

他捏着她的手腕将人带到阴凉处，然后便板着脸开始教训她：“你这胆子也太大了！万一摔下来怎么办？多危险啊！”

时缱端端正正地站着，垂着小脑袋，一句也不争辩，乖巧认错：“我错了。”

这乖巧的态度让林尘垚觉得自己像是一拳打在了棉花上。

他直直地瞪了那个圆圆的头顶半晌，最终还是泄了气，软下声音来：“下次不许爬上去了。”

时缱闻言，咬了咬嘴唇，犹豫着点点头。

林尘垚瞪大了双眼，他可太熟悉这个犹豫了——自己每次阳奉阴违的时候就会这样。

想了想，他蹲下身，平视着时缱，缓声询问：“为什么一定要上去？”

时缱委屈地撇了撇嘴，小声说：“上面有我的宝贝盒子。”

“为什么不放在家里？”

“姥姥看见会不高兴的。”

林尘垚沉默着思考，试探地问道：“要不我替你收着？放我奶奶家，你想要的时候，可以去找阮奶奶拿。”

时缱眨眨眼，有些犹豫。

“没事儿，我奶奶可喜欢你了，不会生气的。再说了，放楼顶，这风吹日晒的，箱子迟早会坏。”

时缱被最后这个理由说服，点头答应下来，扭头又要往梯子那边跑。

林尘垚眼疾手快地一把攥住了她的肩膀：“往哪儿跑？”

“我去把它拿下来呀。”

“老实待着，哥去拿，你以后不许再往上爬。”林尘垚想了想，怕这话力道太轻，不够约束她，于是又补充道，“不然揍你。”

闻言，时缱登时站直身体、瞪大眼睛，忙不迭地点头。

将箱子拿下来后，林尘垚看着时缱黏在箱子上的眼神，顿了顿，又蹲下去，郑重承诺道：“时缱，我保证只替你收着，绝对不打开看。”

从来没有人跟她保证过什么，时缱有些意外，一时不知道做何反应。

林尘垚见时缱不说话，以为她是不相信自己，他挠了挠额头，然后试探着伸出手：“拉钩？”

见时缱还是怔怔的，林尘垚拉起她垂在身侧的手，强制拉完了一个钩，总结道：“那就这么说定了，骗你我是小狗，到时候围着院子学狗叫着跑一圈。”

时缱想象了下那个场面，忍不住笑出了声。

林尘垚看着时缱回了家，然后才回到了自行车棚里坚守岗位。

他看着手边这个已然老化的塑料盒，又去马路对面的小超市里买了个稍微大一些的新储物盒。

林尘垚并没打开旧盒子，而是将它一整个放进了刚买的新盒子里。

这些天，一直在自行车棚里干坐着的林尘垚实在很无聊，便开始给自己找事情做，打算将车棚里停放得参差不齐的自行车排整齐些。

排到一半时，他不小心绊了一下，连带着成排的自行车像多米诺骨牌一般倒了下去。

林尘垚眼睁睁地看着自己刚刚摆好的自行车瞬间卿卿我我地又黏在了一起，竟然也没觉得烦躁——反正，重新把它们一个个扶起来摆好，总比自己坐那儿发呆的好。

他十分平静地将倒地的自行车一辆辆扶起。

一阵丁零当啷中，林尘垚隐约听见了“噔噔噔”的脚步声。

此刻正是下午一点，太阳最大，也是院儿里最安静的时刻。

大家都在午睡，谁会来这儿?

林尘垚回头一看，竟然是时缱正迈着小短腿，顶着烈日飞奔而来。小姑娘手上还握着两瓶娃哈哈。

等她跑到跟前，林尘垚皱了皱眉，问：“这么热的天，你跑出来做什么？”

时缱微微弯腰喘着气，断断续续地说：“我听……听说……你这几天都在这儿……”

林尘垚轻轻拍了拍时缱的背，长腿一伸，用脚钩来一边的马扎，把她按在马扎上坐下。

“喘口气，慢慢说。”

时缱平复了一下呼吸，说：“天气太热了，我想着你会渴，偷偷把上次你给我的娃哈哈放在冰箱里冰了一会儿，拿来给你喝。”

说着，她便将手里握着的娃哈哈递给他。

林尘垚接过，摸了摸瓶身，并不太凉，问：“你在哪儿冰的？”

“冰箱里呀。我刚刚趁姥姥睡觉了冰的，冰了一个小时，我摸着凉了呀。”时缱以为林尘垚嫌饮料不够凉，解释着。

林尘垚点了点头，没挨骂就成。

他扎开一瓶，先递给时缱。她却疯狂摆手，拒不肯收。

林尘垚将饮料塞进她手里，命令着："喝。这么热的天跑这么远，也不怕中暑，下次不许来了啊。"

时缱只好接过，委委屈屈地争辩："那我怕你渴啊。"

林尘垚哭笑不得："我都多大个人了，还会渴着自己啊？"

"可是，我们是朋友啊。"

时缱眨着一双大眼睛，小小窄窄的额头上还挂着两滴汗水，原本白净的小脸因为在烈日下跑步变得红红的，眼里满是诚恳真挚："朋友之间就是要互相关心呀。"

林尘垚微微动容。

照奶奶的话，这个小姑娘在家里并没有受到过什么宠爱，身边也没什么真心待她的朋友。

他想不通，她为什么总是还能对周遭的人和事抱有这么大的善意？

林尘垚抿抿唇，换了个话题："暑假作业写完了吗？"

话题切换得太快了，时缱没有想到他会突然问起这个，支支吾吾地回答："嗯……还差一些……"

林尘垚看着她瞬间躲闪的眼神，觉得有些好笑："我又不是老师，你紧张什么？"

时缱鼓了鼓腮，没说话。

"都会做吗？"

"有些不太会……"

"那明天上午，带着作业来这里，我教你写。"

时缱意外又惊喜，重重地点头答应着。

林尘垚看了眼小姑娘头上的汗水，说："你坐在这里喝饮料，不许乱跑。"

说完，他便朝着马路对面的小超市跑去，不一会儿又回来了，手里还多了两个雪糕。

严格来说是一支和一盒。

林尘垚将盒装的那份巧克力雪糕递给时缱，说：“把这个吃完，然后我送你回家。”

时缱看着他，没动，仿佛只要她不吃这个雪糕，就可以不用回家一样。

过了会儿，她垂下眼，嗫嚅道：“我不想回去……”

林尘垚抿了抿唇，试图同她解释：“这个点儿外面太热了，你回去睡个午觉，晚点再出来玩儿。”

时缱盯着地面上的小石子，悄悄在心底反驳：可那时候，你都回家了。

她内心挣扎了一下，最终还是不想让林尘垚感到不便，只好点点头，接过冰激凌，开始一勺一勺地慢慢吃起来。

时缱吃得很慢很慢。

她想要以此为借口多待上一会儿，又怕林尘垚发现自己是在拖延时间，于是每一勺都吃得格外认真。

可冰激凌并不帮她，一小半的冰激凌还没来得及被她认真地挖进嘴里，就直接化成了糖水。

林尘垚看着小姑娘明晃晃的失落样子，有些惆怅。

他知道她并不想回家，可不知道该怎么帮她解决这个难题。

三十多度的天气，他总不能带着她一直在这个自行车棚里坐着吧？

林尘垚空着的那只手的手指搭在膝盖上轻轻点着，思考了一阵。

三两口解决掉雪糕之后，他忽然站起身来，再一次走向了对面的小超市。

冰激凌只有那么多，就算一直吃得磨磨叽叽，也还是吃完了。

恋恋不舍地吞下最后一勺化成水的雪糕后，时缱惊奇地发现林尘垚不知道什么时候离开了。

她捧着雪糕盒，不停地向四周张望着。

没多久，她便看见林尘垚再一次从对面的小超市里走了出来。

他两手空空的，看不出去买什么了。

林尘垚走到时缱面前，蹲下身，从兜里掏出了一样东西。

是一包星星纸。

“会叠星星吗？”林尘垚问。

时缱摇头。

林尘垚没说话，低头拆开了那包星星纸。

他抽出一条，用手拈出两张，一张分给时缱，一张自己拿着。

“先这样。”

少年修长的手指将长长的纸条穿了个结，给她做示范。

时缱跟着照做。

小女孩手小，动作慢，林尘垚就十分耐心地盯着她手上的动作，没有丝毫催促。

“然后把短的这头插进缝里。

“再把纸条沿着边儿卷……对，就这样一直卷。

“轻点儿卷，别捏得太紧了。

“接着把多出来的这一小段插进这个缝里。

“最后把五个角都捏一捏……好了。”

时缱叠得很慢，但也算勉强顺利地折出了她人生中第一颗纸星星。

林尘垚接过时缱叠好的星星，虚虚握在掌心，然后又给了她一条星星纸，说：“你自己再折一个试试。”

时缱眼里闪烁着跃跃欲试的光，接过星星纸后立刻开始折起来。

她的记忆力很好，又练习折了几颗后，动作很快就连贯了起来。

林尘垚同她商量：“你回家了可以在自己房间里折星星，就不用出来跟你姥姥待在一起了。”

他竟然知道自己的心思，时缱一瞬有些惊讶。可她毕竟还是个孩子，注意力全在新鲜事物上，这惊讶很快便被冲散了。

但即便如此喜欢，时缱依旧恋恋不舍地拒绝着：“可这是你买的星星纸呀，我不能总要你的东西。”

“你刚刚不是说朋友之间要相互关心吗？朋友之间也要相互帮助的。”林尘垚开始哄小孩儿，“你帮我折一折，折好了再还给我。”

时缱对这个提议颇为心动，连声音中也满是雀跃：“那等我折好了，就都还给你。”

“好，”林尘垚指了指手上这个装星星纸的透明包装袋，“折好了就都装在这里，你把星星给我，我给你零食当作奖励——你帮助我的奖励。”

时缱回到家，小心翼翼地关上了门。

她将双手背在身后，牢牢地捏紧星星纸，悄悄探头看了看，听见姥姥房间传来隐隐约约的鼾声后，总算是松了一口气。

她蹑手蹑脚地往自己房间走，直到关上门之后，才彻底放松下来。

她小心地将塑料包装袋打开，分出来十张星星纸放在桌上，又脚步很轻地移动到自己的小桌子边上，轻轻拉开最下面的那个小抽屉，将上次去游乐场的合照拿了出来。

时缱对着照片傻笑了一会儿，然后将照片和剩下的星星纸一并放进了抽屉里。

她端正地坐在书桌前，将作业摊开，然后一本正经地开始折星星。

她一边折，一边在心里默默地算着：星星纸一共有两百张，刚刚已经折了六张了，暑假结束前自己肯定能折完还给林尘垚。

想清楚这点之后，时缱觉得更开心了，仿佛自己将要完成一个十分光荣的任务。

时缱最近过得很充实。

她每天上午都要拎着作业去自行车棚找林尘垚补习，说是补习，其实更多的时间里，她都在绞尽脑汁地琢磨，究竟该问哪些题目才能既显得自己不笨，又够消耗掉足够的时光。

下午呢，她会摆出一副在房间里努力写作业的样子偷偷折星星，一边折，还要一边留心听着动静，避免被姥姥发现。

可这快乐而充实的日子没能持续多久，她的两样乐趣就消耗殆尽了。

首先，折纸这事儿着实有些上头，时缱本来只打算一天折十颗，但一有机会，她就忍不住一直折，很快，星星纸马上就要折完了。

至于补习，本来小学二年级也就只有两本暑假作业，在这么勤奋的学习频率下，也很快只剩下几页了。

补习的最后那天上午，时缱即便是一笔一画地写得很慢，最后那两三页作业还是很快就要写完了。

由于心情实在太过低落，时缱甚至忘记了要多空几道题，只剩下了一道她真不会写的题目。

林尘垚替时缱检查了一遍，将剩下的那道奥数题讲解完后，时缱陷入了彻底的失落。

两个人之间好像再也没什么联系了，星星纸也快折完了，还有什么借口可以找他一起玩儿呢?

时缱难过地想着。

林尘垚对小朋友的心思一无所知，只快乐地盘算着：明天奶奶过生日，我可以不用来自行车棚值班，刚好时缱的作业也写完了，也让小姑娘休息一天——那明天上午岂不是可以打游戏了!

反正自己已经老实了这么多天了，明天又是奶奶生日，老头儿一定会睁一只眼闭一只眼的……

林尘垚美滋滋地在心里将明天安排得明明白白。

第二天一早，时缱魂不守舍地下了楼，连脚步都没有前几天轻快了。

她漫无目的地沿着道路走着。

昨天回家的时候，林尘垚已经同她打了招呼，今天阮奶奶过生日，他也会在家休息一天。

时缱其实不知道下了楼要去干什么，只是不想在家里待着。

穿过西区家属楼，到了林荫道上，时缱看见郑意和王嫒嫒她们在花园追着玩，笑闹得不亦乐乎。

时缱沉默地看了一会儿，换了个方向，往凉亭走去。

清晨时分，太阳虽然已经升起，但是还没有那么热，院子里的人不算少。

凉亭中间的石凳上坐了几位奶奶，她们正在一边择菜，一边聊天。

时缱挑了个凉亭角落的位置，一个人孤零零地坐在台阶上，头靠着凉亭的柱子发呆。

过了一小会儿，时缱的余光注意到有人站在了自己面前，她抬头看了看，是王媛媛。

时缱头一次没有主动和王媛媛打招呼。

在认识林尘垚之前，时缱以为但凡是能接受她、愿意带着她一起玩儿的人都叫作朋友。

就算她们欺负她，也只能算作是朋友之间的恶作剧，不要在意就好了。

可这几天，和林尘垚相处之后，时缱才慢慢体会到，什么叫作朋友。

王媛媛见时缱不说话，有些尴尬地先打了个招呼，然后问道："时缱，你一个人坐在这里干吗？"

时缱语气平平："就是，吹吹风。"

王媛媛察觉到时缱的冷淡，心里有些不高兴，时缱以前不这样的，无论说什么她都笑得很热情。

王媛媛抿了抿嘴唇，仍旧笑着说："你要和我们一起玩游戏吗？"

时缱有些犹豫。她其实不太想去，但又还没学会怎么拒绝别人。

她顺着王媛媛手指的方向看过去，发现郑意她们都在那边。郑意正笑着对旁边的徐兰语说话，时不时地看自己一两眼。

时缱忽然感到有些害怕，郑意在这些人里总是说一不二，她还是害怕得罪郑意。

她犹豫着问："是郑意叫你来喊我过去玩的吗？"

王媛媛转了转眼珠，笑着说："是啊。"

时缱抿抿唇，答应得很勉强："那走吧。"

郑意提议要玩扮仙女的游戏，大家纷纷附和。

时缱悄悄皱了皱眉头，她不是很想玩儿，但打算先敷衍一会儿，然后找借口溜走。

"我要当紫色的。"

"那我要青色的。"

小姑娘们叽叽喳喳地开始挑颜色。

反正也轮不上自己挑，时缱心不在焉地听着，心里开始琢磨着明天要用什么借口去自行车棚找林尘垚玩儿。

她忽然发现，好像已经没有什么借口了，只剩下要将折好的星星交给他这一件事。

可是，将星星交给他之后呢？是不是除非在路上偶然遇见，不然都见不到他了？

时缱失落地垂下眼。

这十几天真像是梦啊。

忽然就有了一个朋友，他从来不嫌自己烦，不会冷嘲热讽，更不会欺负自己。可以后好像没什么理由找他一起玩儿了。

这么想着，时缱开始觉得有些难受，不得不让自己停止继续想下去。

然后，耳朵里便开始听清了王媛媛她们在讨论些什么。

“那谁当王母娘娘？”

“我不想当……”

“我也不想……”

“你们如果都不想，那我们就玩不成了。”郑意故意大声说着。

时缱心生不妙，一抬头，果然，其他人的目光都聚焦在自己身上。

她心想：就知道，这种时候果然倒霉的只有自己。

忽然就很不想配合她们，时缱张了张嘴，刚准备鼓起勇气拒绝，忽然脑海里冒出一个绝妙的想法，说出来的话便成了：“你们等着，我有办法。”

说完，也不等其他人答应，时缱一溜烟就跑不见了。

她熟练地跑去了9栋，飞快地上了楼，然后开始小幅度却急促地敲门。

时缱边敲门，边在心里思考着，万一一会儿是阮奶奶来开的门，她该用什么借口说自己要见林尘垚。

幸好，来开门的人就是林尘垚。

“时缱？”林尘垚打开门，有些诧异地看着面前的小姑娘，“怎么了？跑得气喘吁吁的……”

一看见他，时缱没忍住，“哇”的一声就哭了出来。

这哭也不能完全说是演戏，还有一大半是因为自己又见到林尘垚了——在她已经想象过“两个人许久不见，许多年后，偶尔在路上遇见，她兴高采烈地同林尘垚打招呼，可林尘垚已经忘记她了”这种残酷的场面。

在想象和现实之间，小小年纪的时缱快速地体会到了一回失而复得的喜极而泣。

林尘垚完全没有预料到这种场面，他手忙脚乱地从门口的置物柜上抽了几张纸，弯着腰给忽然大哭的小姑娘擦眼泪，有些着急地问道：“怎么啦？是不是被欺负了？”

这真是个绝妙的理由。

时缱吞下已经到舌尖的那句“邀请你去当王母娘娘”，抽噎着改了口：“林尘垚……呜呜……我……我被打了……呜呜呜……”

闻言，林尘垚一脸寒意，他直起身来，边换鞋，边沉声说：“这院儿里竟然还有这么不长眼色的人呢？走，哥给你报仇。”

换好了鞋，林尘垚伸手按在时缱的脑袋上，一边顺势给她转了个面，一边扬声跟阮奶奶说自己要出去一会儿，接着便反手关上了家门。

像是生怕林尘垚会反悔，时缱一把抓住了他的手，然后拉着他跑得飞快。

在时缱敲门之前，林尘垚本来是在家打游戏的。

今天那一关也不知道是怎么回事，一直都过不了，他烦闷得揉了一遍又一遍自己的头发。

所以此时他的发型，着实有些类似鸡窝。

于是，院子里的老头老太太们便都看见了一个小姑娘拽着一个发型凌乱的少年飞奔而过。

这少年边跑还边喊：“谁啊？谁欺负我们家缱缱了？”

林尘垚最终被时缱拉到了郑意她们面前。他抱臂站着，微微偏了偏头，看着一副很有气场的样子。

但其实，面对这一排穿着花花绿绿小裙子的小萝卜丁，林尘垚实在是有些头疼。

他总不能揍小姑娘吧。

还没等他开口，郑意仰起头先说话了：“你就是王母娘娘？”

林尘垚记得她，她就是那天那个“领导”。

果然又是她欺负时缱……

等下。

这个小萝卜丁队长刚刚说什么？王母娘娘？

林尘垚困惑地扭头看了一眼时缱。时缱飞快瞟了他一眼，然后缩着脑袋不说话。

郑意见林尘垚不回答自己，又大着胆子问了一遍：“你就是时缱找来的王母娘娘？”

林尘垚一头雾水，开始不动声色地套话：“我是啊，你是谁啊？”

郑意见这个好看的大哥哥竟然如此爽快地答应当王母娘娘，不免有些震惊，她眨了眨眼，小声说：“我是仙女……是你女儿啊……”

闻言，林尘垚心中开始有了些眉目，八成是这些小姑娘在玩什么类似过家家那种角色扮演的游戏。

他又扫了一眼仍然缩着脖子的时缱，稍微用劲捏了捏小姑娘的耳垂，然后，顶着一脸假笑，配合着接话：“不，我只有一个女儿。”

他将时缱拽到身前，微微扬了扬下巴，一脸高傲地说：“你们都是捡来的，只有她是亲生的。”

大概是在一个好看的大哥哥面前玩扮仙女的游戏太过羞耻，这些幼小的心灵们一个个都承受不太住，纷纷在十分钟之内各自找了借口要回家。

等到所有人都提出不玩儿了，林尘垚才好脾气地准备走人。

其实，他也已经快要承受不住对面凉亭里老太太们探究的目光了。

林尘垚给时缱使了个眼色，示意她跟上来。

时缱悄悄吐了吐舌头，她知道自己该被骂了。

但还是好开心哦，嘿嘿。

在两人一前一后地准备要离开的时候，徐兰语忽然大声问道：“大哥哥，你是时缱的哥哥吗？我没有见过你。”

闻言，时缱愣了一下，紧张地看向林尘垚，心中也开始忐忑，她不知道他会不会承认是自己的朋友。

林尘垚转过身，目光先是落在时缱紧张的小脸上，然后扫过对面那一道道探究的目光，忽然笑开。

少年开了口，声音温和又认真："我就是时缱的哥哥。你们记得以后不准欺负她，不然哥哥可是会揍人的哦。"

林尘垚拎着时缱离开了。

时缱观察着林尘垚的脸色，小心翼翼地开口："哥哥，你生气了吗？"

林尘垚面无表情地看向时缱，声调毫无起伏："生气倒谈不上，但肯定也没有很开心。"

时缱后知后觉地后悔起来——她不应该撒谎把林尘垚骗出来的。

认识到自己的错误之后，时缱低头舔了舔嘴唇，主动认错："对不起，我不应该撒谎。"

林尘垚叹了一口气，总不好真的去跟一个小姑娘计较，于是认命道："可我们是朋友，我勉强原谅你一次，下不为例。"

闻言，时缱立刻开心起来，重重点了点头。

忽然又想起来一件事，她扬起脸看着林尘垚，问："我把星星折完了，你要不要等我一下，我上去拿给你？"

林尘垚看了眼时间："行。"

时缱欢快地跑上楼，轻手轻脚地将门打开后，仍旧习惯性地先探头看了看。

姥姥不在家里，可能是出去买菜还没回来。

时缱稍微放松了一些，但心中难免还是有些紧张。她快速跑回房间，将那一包星星从抽屉里拿出来。

刚要往外走，时缱忽然听见门口传来了开门的声音。

一瞬间，她觉得自己的心脏都要跳出来了，很果断地又折返回去。

时缱坐在书桌前，将那包星星扔回抽屉中，又将台灯打开，一把扯过旁边的习题册，摆出了一副正在看书的模样。

时缱的姥姥买菜回来了，去厨房会路过时缱的房间。

房门没关，她瞟了一眼，看见时缱直身坐在书桌前的背影，冷笑了一声“装模作样”，然后便走开了。

时缱抿了抿唇，习惯性地装作没听见。

过了会儿，时缱听见厨房里传来窸窸窣窣的响动，应该是姥姥在整理刚买回来的东西。

她尽量不发出声响地将抽屉拉开，刚打算将那袋星星拿出来，便听见姥姥扬声叫她的名字。

时缱小手一抖，那包星星便又跌回了抽屉里，她猛地推合了抽屉。

装星星的塑料包装袋封口处的粘胶被撕开又粘上了太多次，早就已经黏性不足，这么重重地跌落，又在抽屉里被甩了一次，封口处便翘起了一角，有两颗星星跌落到了抽屉深处。

时缱走到厨房门口，问道：“姥姥，有什么事儿吗？”

姥姥看了她一眼，先是指责：“没事别老待在房间里点着灯，电费不要钱吗？我一个老太婆要养活你也不容易，你也这么大个孩子了，难道不能懂事一点？”

时缱将双手交叠着放在身前，头垂得很低，一副犯了大错的模样，嗫嚅着：“对不起，姥姥，我知道了。”

姥姥看她又是这一副假装乖巧的模样，懒得继续说她，在围裙上擦了擦手，从兜里掏出一块钱递给了她，吩咐道：“去买包盐回来。”

时缱接过了钱，有片刻的惊喜——刚刚还在想要怎么偷偷溜出去，这下好了，可以光明正大地出去了。

她先是回了自己房间一趟，小心又快速地将那包星星从抽屉里取了出来，用自己的裙摆盖住。接着，她微微躬身，用手轻轻地按着那包星星，很快速地往门外跑。

姥姥看见她跑得飞快的背影，嘟囔着：“又在搞什么鬼……”

在出楼道门之前，时缱将那包星星从裙子里取了出来，仔细地看了看，将封口处的那个角捋平，然后才跑出楼道门。

她小跑到林尘垚面前，笑着双手奉上那包星星。

林尘垚接过，问："怎么去了这么久？"

"刚要出门的时候，姥姥跟我说让我去买盐，耽误了一下。"时缱简短地解释着。

林尘垚点点头，表示了解。接着，他低头看了眼时间，发现不早了，便和时缱道别："我该回去了，要帮我奶奶打打下手，今天她过生日。"

时缱有些不舍，但还是懂事地点头："能替我向阮奶奶说声生日快乐吗？"

林尘垚笑了："当然可以。"

"那明天见。"

时缱试探着，如果他不拒绝自己，那明天就还可以去自行车棚找他玩儿。

至于理由……

还有一天的时间，慢慢想总会想到的吧。

"好，明天见。"

林尘垚微微弯腰，拿着那包星星冲着时缱轻轻晃了晃，语气里满是真诚："谢谢你替我折完这么大一包星星，暑假结束之前，哥会把奖励给你的。"

Chapter 3 / 奖励

第二天，时缱没有见到林尘垚，往后的半个月，她也都没见到过他。

开学前一周，时缱实在是忍不住了。她打算去阮奶奶家，用看看那个箱子当作借口。

意外的是，开门的人，是林尘垚。

时缱愣住，准备好的腹稿通通消失，她憋了半天，只说出一句：“林尘垚，你怎么这么黑了啊？”

“嘶——”林尘垚不轻不重地给了她一个脑瓜儿崩，声音却透露出他并没有生气的真相，“没大没小。”

他侧过了身子，让时缱先进门。

屋内的空调正在运作，凉气丝丝，十分舒服。

时缱进了门，一身的暑气不一会儿便被驱散。

林尘垚家里窗明几净，一切都收拾得井井有条，明亮又温馨。

时缱不住地环顾四周，发现现在似乎只有林尘垚一个人在家。

“坐啊。”林尘垚指了指茶几上的果盘，里面盛着许多洗干净的葡萄，温声道，“刚刚洗干净的，尝尝甜不甜。”

然后，他便转身去厨房给她倒水。

时缱坐得僵直，一副局促的模样，丝毫不敢乱动。

没一会儿，林尘垚端来一杯凉水递给时缱，十分抱歉地解释：“上次说好第二天要带你玩的，没想到老头儿……唔，我爷爷，他跟我爸打我小报告，刚给奶奶祝完寿，我爸就把我打包带走了。”

少年懒洋洋地靠坐在沙发里，眼里满是笑意，说的话却是在诉苦：“然后我就被扔进部队训练了……小丫头，你不知道你哥这几天过得有多惨？”

时缱咬着葡萄，悄悄观察着他：眼前的人除了肤色变黑许多，手背上也添了几条浅浅的划伤。

“我刚刚到家，你来得正巧。”林尘垚补充解释着，“不然，我是打算晚些时候再去找你的。”

时缱有些莫名：“找我做什么？”

“我说了要给你奖励啊，折星星的奖励。”

林尘垚边说着，边进了一个房间，很快又出来，手上拿着一个纸盒子。

“巧克力。”他将纸盒子放在时缱面前，“会有点儿苦，但挺好吃的，空军特供巧克力，给你尝尝鲜。”

时缱看着包装盒上印着的蓝天白云图案，有片刻的愣怔，下意识地拒绝：“不用了……”

“啊……我忘记了。”林尘垚又拿过盒子，径自将它打开。

他抽出一条巧克力，递到时缱面前，修长且指骨分明的手微微摊开，一条巧克力躺在掌心。

见时缱不太明白自己的意思，林尘垚解释着：“一大盒你不好和家里人解释怎么来的，那就只拿一条，你就说是阮奶奶给你的。”

时缱抿抿唇，小小的心脏感到一阵暖意，眼眶也开始微微发涩。

他甚至替自己想好了理由。

她吸了吸鼻子，稳住眼泪，接过林尘垚手心的那条巧克力，轻声说：“谢谢。”

可刚一开口，发出的声音就惊动了眼泪，时缱只好低下头，但豆大的泪珠子还是扑簌簌往下掉。

林尘垚略有些吃惊，不明白刚还好好的，怎么忽然就哭了，只好手忙脚乱地解释：“剩下的也是你的，让我奶奶慢慢给你。”

时缱不好意思说自己是因为感动才哭的，只好随口瞎编了一个理由：“不是……是因为我太久没吃巧克力了，激动哭的……”

说完，她才意识到自己找了一个多么荒谬的理由。

两人对视片刻，同时笑出了声。

“我这半个月，就靠这个巧克力活命了。回来前，特意弄了一盒，好给你看看你哥的救命恩人。”

时缱小小的脑袋中有大大的疑惑：“你不是被你爸爸带走了吗？为什么说得像是被绑架了一样？”

“这么说吧，”林尘垚叹了口气，满脸认真，“被我爸带走和被阎罗王带走，并没有什么区别。”

时缱眨眨眼，目光里充满了怜悯。

没多久，林爷爷和阮奶奶也回来了。

在两位老人和善又关切的目光中，时缱局促着，不知该做何反应，只好找了个借口落荒而逃。

临走前，林爷爷还塞给她一把糖果。

林尘垚将时缱送到门口，脸上是促狭的笑意，压低声音说：“被我家老头儿僵硬的笑容吓到了吧？他平时简直不苟言笑，可吓人了。大概是你太可爱了，他怕吓到你，故意挂着个笑脸。

“其实他不知道自己笑起来更吓人。”

时缱哭笑不得，只好小声争辩：“你别乱说话，林爷爷挺和蔼的。”

林尘垚轻轻“哼”了一声，替她打开了门，嘱咐道：“奶奶让我走之前再带你去吃个汉堡包，你什么时候有时间？”

时缱愣了一下，今天才见到他，没想到这么快他就又要走了。

不过也是，暑假已经快要结束了。

这个暑假过得真快，不知道什么时候才会再见面了。

或许是寒假？

时缱的思维不知不觉中被拉远。

林尘垚用右手食指和中指的关节连着在时缱脑门儿上轻轻跳跃了一下，像敲门一样，笑着问：“嘿，想什么呢？”

时缱慌忙回神：“就……就明天吧？”

林尘垚：“那你可不能失约啊，我后天就要返校了。”

“这么早吗？”时缱有些意外，眼里满是慌乱和失落。

“嗯，因为要军训。”林尘垚双手插在兜里，微微耸了下肩，表示无奈。

他看出小女孩的不开心，微微俯身，看着她的眼睛，承诺着：“寒假再带你一起玩儿。”

闻言，时缱的眼睛果然一下就亮了起来，笑着伸出小拇指，脆生生道：“那，拉钩吗？”

林尘垚“扑哧”笑出了声，还是顺着她：“行，拉钩。”

白嫩的小手和被晒成小麦色的大手，两只手的小拇指钩在一起，然后，又用大拇指郑重盖了个章。

时缱捧着一把糖果，开开心心地回家。

开了门，她却发现姥姥在家，正抱着臂坐在沙发上看电视。

时缱下意识地将双手藏在背后，脸上的笑意也收得半分不剩。

姥姥瞥了躲躲闪闪的时缱一眼，又将视线转回了电视上，拿起遥控器换了个频道，才不紧不慢地问：“手上藏什么呢？”

时缱头皮一紧，将手伸出来，摊开给姥姥看：“糖。”

“哪儿来的？”

时缱紧张地吞了吞口水，飞快地瞟了一眼姥姥的表情，小声答道：“阮奶奶给的。”

姥姥冷笑了一声，翻着眼皮看她：“她倒是对你好。”

时缱沉默着，又等了一会儿，见姥姥还是不说话，便打算悄悄回房间里去。

路过姥姥身边的时候，时缱听见她轻飘飘地说：“以后少收别人的东西，别搞得像我虐待你一样。”

时缱脚步微顿，狠狠地咬住自己的嘴唇，轻声答道：“好。”

回到房间，时缱将灯打开，沉默地拉开最底层的那个抽屉，打算将糖果也放进去。

刚一拉开抽屉，那张在游乐场里的合照便映入眼帘。时缱将它拿在手上反复看了好久。

如果姥姥看见这照片，一定会生气吧?

毕竟她收别人的糖果姥姥已经不开心了，如果知道她还和别人一起出去玩了……

时缱用食指来回摩挲着照片的边缘，认真思考着要把它放到哪里才能不被发现。

她环顾四周，房间里本就没有几样家具，可藏的地方自然也就没有多少。

枕头里?

不行，不知道姥姥什么时候会换枕套。

柜子里?

也不行，不知道姥姥会不会打开看。

抽屉里、床垫下，甚至书本里，时缱都觉得不是很安全。

她想了想，将自己的铅笔盒拿出来，犹豫着要不要将照片放在这里，但又觉得这样似乎也不太安全。

时缱低头看着铅笔盒里面的笔。

她一共有三支笔，一支铅笔、一支最便宜的透明壳的中性笔、一支花哨一些的中性笔。

那支花哨的，是上次她数学考满分，数学老师给的奖励。

时缱垂眼思考片刻，最终将这支花哨的笔拿了起来，拧开笔身，把照片卷了卷塞了进去。

第二天下午，林尘垚带时缱去吃汉堡。

时缱这天格外沉默，不像原来，总是笑着，说要干什么她都很开心。

排队点单的时候，林尘垚有意活跃气氛，给她讲一些自己过去半个月遇到的比较悲惨的事情。

“我属于一对一式辅导，我爸亲自给我搞训练，作息都严格按照部队来，唯一的不同是别人是一个班一个班地搞训练，我一个人单独成班……”为了更好地跟时缱说明自己的感受，林尘垚思考了下，打了个比方，“你被老师留过堂没有？”

好学生时缱摇摇头。

林尘垚夸张地深吸了口气，一脸可惜：“那你就体会不到这种美妙的感觉了。”

他接着说：“我顶着大太阳站军姿的时候，我爸就在楼上的办公室里吹风扇，时不时走到窗边检查一下工作，看看我偷没偷懒。

“后来，估计是觉得我一直在办公楼下站着影响不太好，我爸就把我拎到楼上去。

“他第一次喊我上去的时候，我还挺开心，以为我爸终于知道心疼我了。没想到，其实就是换个地方站军姿。不过我想着换就换吧，至少站在走廊里，总有半天是晒不到太阳的吧，没想到……”

见时缱听得一脸投入，林尘垚故意卖了个关子，忽然转了话题：“下一个到我们了，你想吃什么？”

时缱果然一脸着急，随口回答：“我不挑食，吃什么都行。”然后催促着，“没想到什么呢？”

林尘垚含笑看了她一眼，还没回答，排在他们前面的那个人刚好取完餐走了，他便上前跟柜员点单：“一份儿童套餐，一份B套餐。”

柜员麻利地下单、收钱，然后忙着备餐去了。

林尘垚将找回来的零钱顺手塞进裤兜，低头看了时缱一眼。

小姑娘正在一旁眼巴巴地看着他，满脸都写着“然后呢”。

似乎觉得她着急的样子很有意思，林尘垚有意想逗逗她，脸上明明是压不住的笑意，却故意皱了皱眉，问：“我刚刚讲到哪里了？”

时缱立刻抢答：“讲到你被叫上楼，然后你说没想到，没想到什么？”

“哦，对，”林尘垚一副恍然大悟的表情，然后拖长了语调，“然后啊——然后我就开始跟着太阳一起走了。”

时缱有些不明白，歪了歪脑袋：“什么叫跟着太阳一起走？”

“就是，上午站在走廊里晒太阳，下午站在办公室里的窗户前晒太阳。”

“那下午进了办公室，是不是能吹吹风扇？”

林尘垚保持着一副“小姑娘，你真是可爱极了”的表情，意味深长地沉默着。

“你怎么又不说话了？”时缱催他。

“因为，你的问题让我久违的感受了一下，善良的人的想法是什么样的。”

餐好了，林尘垚向柜员道了谢，端起托盘，环顾四周，开始找位置。

在一个靠窗的角落，还有一个空着的双人位。

林尘垚一手稳稳地端着托盘，另一只手握住时缱的手腕，领着她向那边走。

他边走着，边继续说：“我不忍心打破这美好的氛围，想多感受会儿来自人间的温暖。”

“叔叔不是一个善良的人吗？”

林尘垚嗤笑一声，作为回答。

两人坐定后，林尘垚一边替时缱拆汉堡外面的包装纸，一边同她解释：“善良的反义词，就是我爸。

“本来我爸办公室里是装着吊扇的，为了让我吹不到风，他老人家特意把家里的台式风扇扛过去用。

“他多损啊，只把风扇对着他自己吹。我在太阳底下站着，看他办公桌上的文件纸被吹得都要飞起来了，我身上却一丝风都感受不到。

“还有更过分的。就仿佛生怕我有一会儿晒不到太阳，太阳落山的时候，我爸还会冲我喊口令，一会儿向前两步走，一会儿向右两步走的。一开始，我还不明白他葫芦里卖的什么药，直到我猛地发现，我一直都能晒得到太阳才懂。”

林尘垚说着说着，忍不住翻了个白眼，一脸气极又无语的表情。

时缱看着他声情并茂地控诉的样子，一边吸着可乐，一边想象了一下他本来都快晒不到太阳了，又得被迫挪到太阳下的场面，不觉笑出了声。

林尘垚见她笑，满意地点点头：“小姑娘嘛，快快乐乐的多好。像你哥我小时候就每天都很快乐，就算是挨了打，也是号两嗓子，然后继续快乐。”

时缱没有被他这番貌似洒脱的话迷惑，准确地抓住了要点：“你小时候经常挨打吗？”

林尘垚没想到她关注点这么奇怪，微微挑了下眉，思考了会儿，说：“说经常有点儿不准确，也就是家常便饭的程度吧。”

见这人仿佛还挺自豪的，时缱有些哭笑不得。

说到这里，林尘垚决定就此话题展开一下：“其实挺多小孩儿都会挨打的。”

他抬头看时缱的表情，见她没明白自己的意思，想了想，试探着说：“我的意思是，别的小朋友也都有自己的伤心事……因为，也并不是每个孩子都会被家长喜欢。”

时缱愣愣地看着他，最后这句话，她是第一次听说。

她没有什么朋友，自然也就没见过别的小朋友在家里是个什么样子。

可偶尔，在上学前、放学后的那十来分钟里，也能窥见些许端倪。

至少有一点，时缱明确地知道：那些小朋友都是被大人喜欢着的，捧在手里怕掉了，含在嘴里怕化了那样被喜欢着。

但自己不一样。

上幼儿园的时候姥姥还会接送她，但总是一脸寒意，十分不耐烦。

送去的时候，姥姥会直接将她扔在幼儿园门口，掉头就走；接回的时间不固定，偶尔准时，大多时候她要等很久。但如果姥姥已经到了，她还磨磨叽叽没有出园，挨骂一定是少不了的。

上小学之后，姥姥说她已经长大了，不需要接送了，时缱就开始自己去，自己回。

其实，这样也很好，至少不用担心会在校门口看见一脸不耐烦的姥姥，更不用挨骂。

小时候，幼儿园每天开园的时候，总有小孩儿哭闹着不肯进去。

时缱不懂那种不舍，她觉得幼儿园可真好，有那么多小朋友可以一起玩儿，还不用跟姥姥待在一起——姥姥其实不经常打她，可说话总是奇奇怪怪的，总是让她感到十分无措。

现在上小学了，时缱总是听见班里的同学期盼放假，她也不懂那种期盼。

直到有一天，她忍不住问同桌为什么想放假。

同桌一脸震惊地看着她，不明白她为什么会对这种理所应当的事情有疑问，想了想，解释道："放假当然比上学好啦，不用一直坐在这里听老师讲课，在家里想干什么就干什么。而且在学校，会有同学不喜欢你，也会有老师不喜欢你，但是家人就不同呀，家里人不会不喜欢你的，所以当然还是放假在家好呀。"

那是时缱第一次知道，原来别的小孩子在家里是可以想干什么就干什么的。

那也是时缱第一次清楚地认识到，自己跟别的小孩子究竟有什么不同——她的家人，不喜欢她。

林尘垚在说出这句话的瞬间其实就后悔了，他能猜到，时缱今天不开心大概是因为在家里发生了什么事情的缘故。

也许是因为自己明天就要离开了，他总想和她说些什么，好让这个总是独自一人的小女孩，在以后想起来时能有所宽慰。

可这话说出来，更像是在戳人家的伤疤。

你越界了。

林尘垚给自己刚刚的行为定了性，努力思考着该如何补救。

可他一个刚刚十五岁的少年，哪里又能说得清这复杂万变的家庭关系呢？

场面陷入沉默，气氛降至冰点。

时缱垂下了双眸，脑子里思绪纷杂，可那些问题太过复杂，并不是她这个年纪能想通的。

过了一会儿，时缱抿了抿唇，决定问出自己长久以来的疑惑："都是小朋友，为什么有些人会不被喜欢呢？是我们哪里做错了吗？"

闻言，林尘垚站起身，走到时缱面前蹲了下来。

"看着我，时缱。"他的表情郑重又认真，"你知道吗？不是只有小朋友会犯错，大人也会犯错。有的时候，大人犯的错误更严重，他们为了不承认自己的错误，会做出许多让没有错的人感到难过的事情。”

时缱不是很懂，她试探着举例：“比如姥姥不喜欢我，可能不是我做得不够好，而是姥姥不想承认她的错误吗？”

“也不一定是你姥姥，也可能是别人。”林尘垚不知道该怎么和一个八岁的小女孩解释这件事情，只得避重就轻道，“但能确认的是，时缱是个乖巧的小姑娘，是值得被喜欢的。”

时缱似懂非懂地点了下头，圆圆的眼睛里依然写满了迷茫。

“其实，我是想说，希望我们小时缱，以后每天都能开开心心的，不要因为不喜欢你的人伤心。如果她不喜欢你，那你也不要喜欢她。多跟喜欢的人在一起玩儿，多去做喜欢的事情。

“这个世界上，每个人都有可能不喜欢另一个人，并不会因为某种身份就必须去喜欢某个人。

“如果不被喜欢，也不要太过伤心，一定会有别人喜欢你的。”

时缱舔了舔嘴唇，试探着问道：“那……我可以多跟你在一起玩儿吗？”

林尘垚笑了起来，少年的笑意，真诚明澈。

接着，时缱听到一个温柔的声音，他说：“当然可以。”

时缱的心就变得暖洋洋的。

也许他是对的吧，总有人会喜欢自己的。

见时缱心情好转了一些，林尘垚站起身，将吃剩的包装纸和包装盒归拢在一起，准备离开。

时缱沉默地看着他认真收拾的模样，在心里打起了小算盘，故意问：“可会有谁喜欢我呢？”

以为时缱是在苦恼周围并没有人喜欢她，林尘垚很自然地回答：“你还太小了，以为身边就是全世界。其实不是这样的，时缱，等你慢慢长大就会发现，很多人其实只能陪伴你短短的一程，比如你现在的同学、朋友，等你小学毕业了也就分开了，接着你又会遇到你的初中同学、高中同学、大学同学，以后工作了还会有同事。每个不同的年龄段，你都将会遇见不同的人。并不是每一个人都会喜欢你，同样的，更不是每一个人都会讨厌你，所以，别着急，你一定会遇见喜欢你的人的。”

时缱认真地听着，觉得林尘垚说的未来，好像是那么美好。

但现在……

她微微鼓了鼓腮，小声说：“可现在没有人喜欢我啊。”

听见这话，林尘垚觉得这小孩儿颇有些没有良心：“我奶奶不喜欢你吗？我不喜欢你吗？投喂了那么多吃的，你吃过就忘啊？”

时缱轻轻吐了吐舌头，不好意思地笑了笑。

完蛋，太贪心了。

她只是想亲耳听到一个人说喜欢自己，有些说错话了。

于是，时缱开始狡猾地想要转移话题，她指着桌上套餐附赠的玩具，说：“哥哥，这个玩具我送给你吧。”

林尘垚一副要笑不笑的模样，看出她正拙劣地企图转移话题，挑了挑眉，说道：“这玩具我还没说给你呢。”

小姑娘瞬间羞红了脸：“哦。”

少年冷哼一声，一副幼稚的记仇模样，说：“吃完了，走吧。”

被林尘垚送到楼下，时缱正打算跟他道别，却听见他先开了口：“我明天吃过早饭就会坐车走了。”

时缱心头一紧，不舍的情绪瞬间占满了胸腔。

她抬头看着林尘垚，小声问：“那我……是不是应该送送你？”

像是怕会被拒绝，时缱飞速补充了一句：“过年家里来客，他们离开的时候，我看姥姥都会送他们。”

看她慌乱解释的模样，林尘垚失笑，轻轻拍了拍她的头，说：“行。”

“那，我先回去了。”话虽然这么说着，但时缱久久没动。

林尘垚从兜里掏出儿童套餐附赠的那个小玩具，递到她面前：“给。”

不想让氛围太奇怪，时缱撇撇嘴，故意装作一副赌气的模样：“刚刚不是说不给我吗？”

林尘垚轻啧一声：“小姑娘还挺记仇。”

时缱不知道怎么的，忽然就装不下去了，一脸马上要哭出来的模样。

她实在是太舍不得过完这个暑假了。

眼前的这个人像是个从天而降的礼物，忽然就出现在了自己面前。

他带她一起玩、帮她辅导作业、给她买好吃的、教她叠星星，让她体会到了原来朋友之间相处原来会是这么快乐的一件事情。

她的朋友。

她唯一的朋友。

林尘垚叹了口气，温柔地抚了抚小姑娘的头顶，轻声安慰：“好啦，我们下个假期见。”

时缱吸了吸鼻子，接过林尘垚手上的小玩具，用力点了点头，她想说：你一定要说话算话啊。

可她还没来得及说出口，便听见背后传来姥姥的声音。

“时缱。”

姥姥在喊她的名字，语气中不带有一丝情绪起伏。

时缱的脊背瞬间僵硬，手指不自觉地一松，玩具掉在了地上。

Chapter 4 / 失约

钟梅英闭着眼睛坐在沙发上。

时缱跪在客厅中央，心中惴惴不安，不明白为什么一回到家姥姥就让自己跪着。

她悄悄抬起头，飞快地瞟了一眼姥姥的脸色，发现姥姥仍旧闭着眼，于是小心地动了动已经有些跪麻了的双腿。

“我让你动了吗？”

时缱的身体顿时僵住，她死死地咬住自己的唇，深深吸了一口气。

脚实在是太麻了，刚刚动了一下，那种酸麻的感觉愈发明显，此时正是最难受的时候，可偏偏她不敢继续再动了。

时缱一边竭力忍受着这种难受的酸麻，一边还要分出一半的心思去害怕姥姥。

果然，没过半分钟，她便听见头顶传来一个满是讥讽的声音：“时缱，没看出来啊，才这么大一点年纪，就已经有这么多见不得人的心思了。”

时缱顾不上难受，震惊又不解地抬起头看向姥姥。

钟梅英冷哼了一声，讥笑道：“你这样看着我做什么？我说得不对？”

时缱鼓起勇气替自己辩驳：“我没有见不得人的心思。”

“你没有？”钟梅英抱着臂往后靠了靠，一脸厌恶，“那我问你，院子里这么多的女孩子，你为什么不跟她们一起玩儿，偏偏跑去认什么哥哥？你这么小的年纪，心里那些花花肠子倒还是不少嘛。”

小姑娘死死地握住拳头，指甲掐进了肉里，好不容易，总算忍住了泪意。

这一次，她没有畏缩着沉默，而是认真地解释着：“我不是认哥哥，我们是朋友。”

每一个字，都很清晰。

“朋友？”

仿佛是听到了什么天大的笑话，钟梅英大笑出声，然后用手扶住了额头。

她揉了揉太阳穴，然后脸色蓦地一变，忽然起身，扬手就给了时缱一个耳光。

时缱的脑袋登时就被打得偏了过去。

她先是听到耳边传来一阵尖锐而悠长的声音，眼前也跟着花了一下，很快，脸上也传来了火辣辣的感受。

眼泪瞬间滑落，时缱感受到了屈辱的滋味。

她不想流泪。

流了泪，就好像自己真的做错了什么。

时缱吸了一大口气，抽噎着问：“为什么……要打我？”

“我就是要打你！打你小小年纪不学好，交些不三不四的朋友，乱认些什么莫名其妙的哥哥，还让人家带你出去玩，收人家给你买的东西！”

时缱脸上挂着泪，大声反驳：“他不是不三不四的人！”

这是她第一次这么大声对姥姥说话。

可她真的无法忍受，那么好的一个人，要被无端泼上这样的脏水。

“好好好，你为了个小杂种敢这么对我喊。”钟梅英气极反笑，“你果然是你妈妈的种，都是一路货色！”

钟梅英觉得脑子嗡嗡的，时缱对她大喊的那一瞬间，她只觉得时光倒流，仿佛一下子就回到了九年前。

那时候，时缱的妈妈未婚先孕。

院子里住的都是同一个单位的人，不知道消息是从谁那里传出去的，一夜之间，整个院子都知道了。

那段时间，钟梅英只要出了门就觉得有人在她背后指指点点，往常一起打牌的好姐妹，也总是一见到她来就立刻终止话题，闭上了嘴巴。

“时家那个丫头……就是在外面胡搞瞎混，怀孕了呢。”

“这还了得，她妈妈也不管管她？”

“她妈妈只晓得打麻将，哪里管过孩子。她离家出走大半年她妈妈都不在意的，最后挺着大肚子回来了她妈妈才开始气急败坏。”

“天天打麻将啊？那靠什么生活？”

“时灵的爸爸是单位车队的，常年在外面跑大车，挣得多又不在家，她们母女俩过得可逍遥呢，不然平常工人家的孩子哪里敢这么瞎搞的啊。”

“哎哟，那可要让我家孩子离她远一些了。”

…………

后面他们还说了什么，钟梅英已经听不见了，她当时脑海里只有一个念头：回去拿把刀，杀了那个孽种，再捅死自己。

那天，钟梅英一回到家便直直地冲向时灵的房间。

时灵还躺在床上，被她一把拽住，拖到了地上。

钟梅英目眦欲裂，双手死死地掐住了时灵的脖子，手上青筋暴起，恶狠狠地问她：“你打不打掉这个孩子？不打掉，我们今天就一起去死！”

时灵拼命地挣扎着坐起来，双手死死地扒住钟梅英的手，哭着求她：“妈妈！你放过孩子！求求你，让我生下来……赵洲哥哥说让我回来生下孩子，等生下孩子之后，一定会回来找我们母子的，他说过会一辈子对我好的，他……”

钟梅英额头的青筋直跳，一把将时灵推倒：“小贱人！你究竟还有没有羞耻心？你哪里来的哥哥？”

时灵边哭边将身子蜷缩成一团，不停地喃喃：“他会回来找我的……

会回来找我的……只要我生下这个孩子……他一定不会抛弃我们母子的……”

“那就是个小混混！”钟梅英忍不住尖叫，“就是个小混混！专门骗你这种傻子的！你还想生下这个孩子？我看你是神经病了。不行，我今天就要把你送到医院去，必须给我把这个孩子打了！”

“我不打！这孩子都这么大了，你这是要杀了他！你凭什么杀了他？你凭什么管我？你管过我吗？你只知道打麻将，只知道麻将！”

…………

那天下午，钟梅英和时灵母女两个人尖叫、撕扯、互相辱骂指责，这种混乱的场面持续了很久。

时灵爸爸拖着一身疲倦回来，一到家，见到的就是这种场面。

他没想到自己女儿会未婚先孕，累极又气极，一口气没缓上来，当场就心脏病发去世了。

那两个月，时家过得极其混乱，时父去世，时灵生产，产后大出血，差点儿没命。

钟梅英只觉得心力交瘁，不到三个月，人仿佛苍老了十岁。

最终，时灵坐完了月子也没等来那个赵洲。

她气死自己的父亲，害母亲操劳成这样，将自己的人生搅成一团乱麻，觉得没脸再继续待在家里，便跟着表姐外出打工了。

只留下了时缱。

什么错都没有，但被视为最大的错误的时缱。

钟梅英骂完最后一句，怒气冲冲地回了自己房间，狠狠甩上了门。

“嘭——”

强烈的关门声来得太过突然，时缱被吓得一抖。

客厅里，只剩一个小小的身影继续跪在中央，四周很安静，能听见挂钟上秒针的“嘀嗒”声。

夏末傍晚的余晖透过客厅的玻璃窗照进屋内，落在时缱的身上，可她却感受不到丝毫暖意，只觉得浑身冰凉。

脊背骤然松塌，她慢慢向地上伏下去，手臂交叠着放在地上，额头抵在手臂上，小小的身体彻底蜷缩成一团。

钟梅英似乎在给什么人打着电话，一开始，她的声音很大，后来慢慢平息了些，再后来甚至隐约能听见笑声。

隔着一道房门，时缱听不太清姥姥具体在说些什么，也不愿意听清。

她有意放空着自己的意识，什么都不去看、不去听、不去想。

可眼前总是浮现刚刚她被姥姥带回家之前，林尘垚下意识上前一步的步伐和担心的眼神。

还有，下午的时候，他曾说过的话。

“一定会遇见喜欢你的人的。”

真的会吗?

时缱终于忍不住哭了起来，泪水像是断了线的珠子，不断涌出。

可她不敢放声哭泣，只能死死地咬住嘴唇抽噎，小小的身体剧烈地起伏。

过了许久，抽噎才渐渐平缓，时缱撑着地，缓缓让自己直起了身子，接着，又深深地吸了一口气，慢慢平复自己的呼吸。

时缱垂着眼皮，细白的手指拨开被眼泪黏在脸上的一绺绺发丝，用手背给自己擦了擦眼泪。

她的目光平直地看向远处，没有焦点，却算不上空洞。

脑海里反复响起林尘垚说的那些话。

“希望我们小时缱，以后每天都能开开心心的。”

“不是只有小朋友会犯错，大人也会犯错。”

“他们为了不承认自己的错误，会做出许多让没有错的人感到难过的事情。”

“时缱是个乖巧的小姑娘，是值得被喜欢的。”

“一定会遇见喜欢你的人。”

一定会。

遇见。

喜欢你的人。

那声音反反复复，坚定无比。

“好，”时缱缓缓吐出一口气，轻声说，“我相信。”

没过多久，时缱听见门锁转动的响声，接着，她看见姥姥从房间里出来了。

钟梅英脸上的怒意已然不复存在，眼角眉梢甚至挂上了些许笑意。

钟梅英看见跪在客厅中央的时缱，有片刻的愣怔，似乎完全记不得时缱为什么会跪在这里。

短暂的愣怔过后，她很快又想起了前因后果，于是刻意板起脸来，冷冷地说：“行了，我也懒得管你了。我刚跟你妈打了电话，这次开学就把你转到城西小学，那里三年级的学生就能开始寄宿了，你就去那儿上学，我们互相眼不见为净。”

闻言，时缱猛地抬起头看着姥姥。

算不上是震惊或是失落，她只是感到茫然。

“你以后每个月回来一趟，周末也在学校过。”

钟梅英说完那些话之后就出门了。

时缱也极为缓慢地回到了自己房间，缓缓坐在了自己的床上。

跪了太久，腿仿佛已经不是自己的了。

她怔怔地盯着自己的双腿，一边轻轻地揉着，一边想着姥姥刚刚的话。

其实也没什么大不了对不对?

反正自己在家也像是一个人，住在学校里也挺好呀，早上应该可以多睡一会儿了。

而且说不定会像林尘垚说的那样，遇到新的朋友……

时缱觉得有什么东西砸在了自己手背上，她怔怔地低下头，仔细瞧了瞧。

是水滴。

不对，是眼泪呢。

她无措地蜷成一小团，抱紧了膝盖。

其实，自己是被抛弃了吧。

时缱没有想到第二天起床，会看见妈妈时灵坐在客厅的沙发上。

她每年只有过年才会回来的。

时缱刚刚睡醒，脑子还蒙蒙的，有些反应不过来。她揉了揉眼睛，恰在此时，时灵也转过了头，视线落在她的身上。

时灵的视线停顿了几秒，然后深深地皱起了眉头："你的脸怎么回事？"

时缱有些许局促，下意识地摸了摸自己的脸颊，目光闪烁着，正要回答。

钟梅英从厨房走了出来，刚好听见时灵的问话，她目光扫过时缱，淡淡道："我昨天打的。"

时灵想起来昨天那通电话的前半段内容，明白了是怎么回事。

她视线下垂，用右手的指尖抚了抚左手掌心，略微思考了一会儿，轻声说："今天中午，蒋茂杰会过来。她这样，怕是不太好看……"

钟梅英一拍脑门儿，有些懊恼地说："呀，对对对，我怎么忘了这档子事？"

说着，她又回到厨房，往盘子里捡了两个包子，然后推着时缱往小房间里走。

钟梅英将盘子放在时缱房间里的桌子上，说："你就待在这里，今天别出来。"

关上门前，钟梅英又嘱咐了一句："一会儿听见来人了，别发出声音。"

时灵全程坐在门外的沙发上冷眼旁观着，一言不发。

时缱还来不及感受到忽然见到妈妈的惊喜，便被这一连串发生的事情彻底扰乱了心情。

她沉默地坐在床上，听见门从外面被锁上的声音。

并没有什么特殊的感觉，时缱只是觉得平静。

忽然，她像是想起了什么，猛然从床上跳了起来。

今天林尘垚要走了！

她昨天答应过要去送他!

时缱两步跨到门边，正打算拍门让姥姥放自己出去时，却听见门铃响了。

接着是脚步声，还有门被打开的声音——客厅的那扇门。

“你来啦。”和刚刚不同，时灵的声音里充满了撒娇和惊喜。

“是啊，刚到。”陌生的中年男人的声音响起，“伯母好。”

钟梅英惊喜又阿谀：“哎呀，这就是小蒋吧！真是仪表堂堂啊。”

“哪里哪里……第一次来，不知道您喜欢什么，就都买了点儿！”

“哎哟！这也太客气了……”

…………

时缱无声地放下手，转过身，背倚着门慢慢坐到了地上，抬头盯着对面墙上那个对于她来说过高的小窗户。

光线从那里落进这小小的房间里，可房间还是很暗。

时缱忽然想起林尘垚家中客厅里的那扇窗户。那么大的窗户，玻璃擦得干干净净的。

一室光明。

时缱闭上眼睛。

林尘垚今天会从哪个门离开家属院呢?

会是靠近这边的西门吗?

如果这里有一扇大一些的窗户,她说不定还可以站在窗户前招招手。

虽然他看不到自己，但自己可以目送他。

可是没有。

对不起啊，林尘垚。

时缱想着。

我出不去，对不起。

说是下个寒假见，其实过了六个寒假，时缱都没有再见到过林尘垚。

倒是分开的那年，她回家属院时，还见到过一次阮奶奶。

阮奶奶问最近怎么没看到她，还说林尘垚打电话回来的时候也总是会问到她。

时缱含混地回答，只说是转学了，不在附近的学校了。

阮奶奶依旧还是笑眯眯的，又关心了她两句，让她有空去自己家玩儿。

时缱笑着答应。

其实那时她也是真心答应的。

而且，时缱总是会幻想着，当自己某一天真的去敲阮奶奶家的门的时候，像上次一样，给自己开门的人会是林尘垚。

他大概会双手插在兜里，歪着脑袋，一脸不满地问自己："你怎么没去送我啊？"

可这幻想没能持续多久，就破灭了。

有天，时灵破天荒来了学校找时缱，然后直接将她带到一辆汽车上。

时缱只记得那天坐了许久的车，她有些晕车，一路昏昏沉沉的，醒来睡去了不知道多少次之后，在日暮时分，车停在一个完全陌生的地方。

一栋很大很华丽的房子前，站着一个陌生男人。

男人替时灵打开车门，小心翼翼地将她扶下了车。

时灵娇嗔道："哪就那么金贵？"

那男人笑着揽过她，说："当然金贵。要不是我实在走不开，你又不放心她，我哪里会舍得你坐这么久的车……累了吧？"

时灵甜蜜地笑着，摇了摇头。

接着，男人的视线偏了偏，看见坐在车里的时缱，和善地笑了笑，问："你就是时缱吧？"

他揽着时灵的肩，并没有上前的意思，只是保持着这样的姿势看着时缱，语气礼貌地同她打了招呼："我是你的继父。你妈妈很想念你，所以我们就把你接过来了。"

同时，时缱看见，倚在男人怀里的时灵脸上分明挂着笑意，可看向自己的眼神是那么冷漠。

时缱永远记得这个场景。

时缱体会了小半年母慈女孝的生活——尤其是蒋茂杰在家的时候。

再然后，时灵就生下了一个男孩儿。

他们说，那是时缱的弟弟。

紧接着，时缱就被送到了一个能住宿的小学。

这里的环境比起之前那所学校倒是好上许多。之前的城西小学里多是留守儿童，校舍也破旧，而这个新学校是一所学费不菲的私立小学。

时缱就在这里上完了小学，接着又升入了这所学校的初中部。

一路上，她成绩平平，算不上十分优秀。

但也像林尘垚曾说过的那样，她遇见了许多同学，大部分同学都对她还算友好，当然也有不太喜欢她的人。

可就算遇见了这么多人，时缱也没能再遇见一个像林尘垚那样关心自己的朋友。

Chapter 5 / 重逢

周六。

时缱背着书包、塞着耳机，打算去找个汉堡店解决午餐，然后边听歌边写作业，消磨一个下午的时光。

倏忽六年过去，当年那个刚一米出头的小姑娘，身高也蹿到了一米六。

她长高了许多，可脸的大小倒是没什么变化。

巴掌大的白皙小脸上，杏眼微挑，鼻子小巧又精致，厚薄适中的唇瓣上有一粒可爱的唇珠。

时缱的瞳仁天生比一般人要大一些，眼睛圆圆的，看起来便格外乖巧，像一只小猫。

她来到一家叫“M 记”的汉堡店，习惯性地点了一份儿童套餐后，时缱找了一个靠窗的角落坐下。

她今天有些不在状态，写题的时候频频失神，不断地拿出手机，按亮了之后，愣愣地看着屏幕发上许久的呆，又将手机放回包里。

诸此反复，有些焦虑的样子。

最终，时缱仿佛做了什么决定一般，再次按亮屏幕，拇指在屏幕上飞快地打字。

打打删删了好一阵，时缱眉头紧锁，抿抿唇，猛地将手机倒扣在桌子上。

因为太过专注，时缱没注意到隔着几步远的地方，有一个男人，站在那里看了她许久。

那人见她终于放下了手机，微微笑了一下，然后上前两步。他伸出一只手，虚握成拳，在时缱身前的桌子上轻轻敲了两下。

时缱缓缓抬头。

视线里，落入一张熟悉又陌生的脸。

看清的那一瞬间，多年来被压抑的委屈从心底翻涌着呼啸而出，她几乎泪盈于睫。

"林……尘垚？"

时缱试探着念出这个深藏于心的名字。

"行，还算不错，还能认得出我来。"对面的人微笑起来，轻轻敲了敲她的脑袋，"就是还这么没大没小啊，小姑娘。"

时缱竭尽全力才将那股泪意压下去，她缓缓吸了一口气，勉强找回自己平稳的声线："嗨，好久不见。"

"是好久不见。"林尘垚拉开对面的椅子，坐了下来，笑道，"我刚刚看了很久才敢来和你打招呼。这要是在大街上擦肩而过，我大概真的要认不出来你了。"

"我长高了一些……"时缱目不转睛地盯着对面的人，"你倒是好像没怎么变。"

林尘垚挑眉："哦？不觉得你哥我变帅了？"

时缱偏过头笑，她揉了揉鼻子，声音含混："嗯……帅了……点吧。"

林尘垚眯了眯眼，轻声嘟囔："小丫头审美看来是不太行。"

但好在看起来似乎过得不错，小姑娘瘦是瘦，但不算病态，整个人看起来还是挺健康的，就是脸上的黑眼圈有点儿重。

林尘垚默默在心里算她现在的年纪。

十四岁，应该是……初二左右？

初二作业有这么多吗？

"啊？"时缱没有听清他刚刚的话。

林尘垚不答，微微俯身，伸头看了看她面前的作业题，问道："我刚看你一直皱眉头，怎么？题太难了？”

时缱的笑意凝固在脸上，她垂下眼睫，微微张了张嘴，却没能说出一个字来。

见她脸色不好，林尘垚坐直了身体，神色正经了些，沉声问道：“怎么了？是不是遇到什么事情了？”

时缱放在桌下的那只手，大拇指正不断地抠着食指指侧。

她深吸了口气，像是下定了决心，声音略微有些发抖，问道：“你可以……去一趟我学校吗？”

林尘垚收起了脸上最后一点笑意，但声音依旧温和，怕吓着小姑娘一般。

“发生了什么事情？”

“时缱是个好学生，学习成绩也很不错，尤其是地理，她地理成绩算是拔尖的，宋老师也很器重她。

“这件事情吧……我觉得其实就是误会……”

面前的班主任摆出一副亲切和蔼的模样，将事情避重就轻地“娓娓道来”。

林尘垚越听，眉头皱得越深。

他怎么也没想到，会是这样的事。

林尘垚偏头看了身边的时缱一眼。她一直低头站着，不发一言，但纤细沉默的身影却透着不退半步的倔强。

他收回目光，低垂着眼睫，似是在组织语言，又像是，正竭力地压抑着怒火。

几秒后，林尘垚抬起了头，表情冷淡，语气中满是寒意：“我们不接受私下道歉。”

闻言，时缱浑身轻颤了一下，也终于抬起了头。她站在林尘垚身旁靠后半步的位置，微微仰视着身边这个比自己高出一个头的年轻男人。

她抿抿唇，轻轻闭了闭眼，掩住眼中已然翻涌呼啸的情绪。

他果然，说出了自己心中最奢望听到的话。

他果然，从来都不会让自己失望。

班主任邓永峰还在努力劝说着：“真的是个误会……宋老师那天，可能、可能就是想鼓励性地拥抱时缱一下……”

“鼓励性？”林尘垚冷笑一声。

邓永峰瞬间闭上了嘴巴。

林尘垚将舌头从左至右重重划过自己的牙齿，竭力让自己保持冷静，将已经涌至唇边的刻薄话语咽了回去。

顿了会儿，他声音漠然道：“大概情况我已经知道了，但我们拒绝这样轻蔑地转达致歉，要求按照你们校规对那个人渣进行处罚，并且，公开致歉。”

林尘垚的目光深深地凝在班主任邓永峰身上，语气加重：“我要看到，他当面，对我妹妹鞠躬致歉。”

见林尘垚不吃软的这一套，邓永峰抱起双臂，微微向后靠了靠，终于撕下伪善的面孔，傲慢开口：“我看你也是个孩子，咱们沟通不了，我还是找你们父母谈。”

说着，他就要去拿办公桌上的电话听筒。

时缱着急地拽了拽林尘垚的袖子。

林尘垚偏过头给了她一个安抚的眼神，看戏般瞧着邓永峰悬在电话数字键上迟迟不落的手指。

“看来您不太清楚我家的电话号码。”林尘垚似笑非笑，语气戏谑又轻蔑，“那就不麻烦您了，家长我来请吧。”

被一个毛头小子这么直白地呛了一通，邓永峰脸上有些挂不住，他讪讪地将手中的听筒放了回去，随口嘟囔道：“也并没有造成什么实质性伤害嘛，何必……”

林尘垚本来正在通讯录里检索联系人，听到这样的狗屁话后，他猛地回头，眉心紧锁着，冷声怒斥道：“这是你作为一名老师该说出来的话？”

邓永峰闭上了嘴。

许是一次又一次被这个年轻人拂面子，他的脾气也上来了，冷笑着：

“我倒是要看看你还能给什么人打电话。”

林尘垚拨通了电话，瞟了邓永峰一眼，话语中满是讥讽：“那你可得瞧好了。”

时缱没有想到自己会见到林尘垚的妈妈。

在办公楼里见到她的第一眼，时缱就被这个举手投足之间都是优雅气质的女人吸引了。

她步伐不紧不慢地向时缱走来，亲昵地揽住时缱的肩头，笑得近乎宠溺：“听说我们小缱受委屈了？”

时缱鼻头一酸，眼泪登时就掉了下来。

这突如其来的眼泪，不同于再次见到林尘垚时那种失而复得般的喜悦。

那尚且可以忍耐。

这是一种……原因不明的委屈。

就像是这十几年的光阴不过一场噩梦，突然一朝梦醒，发现自己正躺在妈妈的怀里。

而妈妈笑着摸了摸她的头，温柔地问：“怎么？做噩梦了吗？妈妈在呢。”

时缱的泪珠大颗大颗不断地往下砸，怎么也止不住。她许久没有这样哭过，明明知道自己应该停下，可眼泪根本不受控制。

时缱感到手足无措，只好死死咬住嘴唇，用双手捂住了脸。

视线转向一片黑暗，可整个人却跌入一个温暖的怀抱，还有一双温暖的手，缓缓地轻拍着她的背。

一下又一下，温柔且坚定。

时缱听见一个女声，那声音像刚晒过的被子一样让人感到柔软又幸福，她说：“好啦，好姑娘不哭哇。

“妈妈来了哦。”

就像是在哄小孩子一般。

可时缱却哭得更加汹涌。

看着眼前相拥的母女，邓永峰在一旁皱着眉头，不清楚现在是什么情况。

明明时缱的小学老师说，直到时缱毕业，也只见过她妈妈一次。

中间的家长会，她妈妈不是推托有事就是请病假，唯一来的那一次，也十分不耐烦。

那位小学老师的印象十分深刻："我没见过那样的家长，看孩子的眼神总是冷冰冰的，没有一丝感情。我当时还怀疑过这个女孩是不是找了个陌生人来给自己开家长会。"

邓永峰想不明白，为什么会忽然冒出来一个这么在乎时缱的哥哥，又冒出来一个和小学老师描述完全不同的妈妈。

事情同他的预想相差得有点远，邓永峰正犹豫着该怎么开口，余光忽然瞥见一个熟悉的身影走进办公室。

是校长季绪。

看清来人的一瞬间，邓永峰忽然感到脊背发凉，整件事越来越向着他意料之外的方向发展了。

一开始，他以为只要威胁一下这个看起来很好拿捏的女孩子，就能轻松保住自己的评优评先，顺手再收获一笔不菲的报酬。

后来说的请家长也只是为了恐吓她。他当时想着，这个年纪的小姑娘必然出于羞耻或者惶恐，不敢将这样的事情告知给更多的人。

没想到她竟然一口答应。

今天见到她哥哥的时候，邓永峰也没当一回事，甚至轻蔑地想着，时缱最终也只不过敢找来一个小孩儿罢了。

所以甚至连这人是不是时缱的亲哥哥，他都懒得问。

没想到，竟然会见到季绪。

在季绪走近的那几秒钟里，邓永峰心中还有最后的挣扎，希望季绪只是恰巧过来，而并不是因为这件事专程回来。

但事与愿违，邓永峰看见，站定后的季绪，第一时间就看向了那对抱在一起的母女。

季绪向女人致歉："非常抱歉，是我失察，让学校里发生影响这么恶劣的事情。"

女人眉目冷淡，话语像刀："我听时缱哥哥说，这位班主任的架子摆得很足，一定要家长来谈。"

说着，她又看向了一旁的邓永峰："这样的事情以为家长会选择私了，不知道是脑子不太清醒，还是压根儿就没有脑子。"

季绪微微低头，非常抱歉地说："再次向时缱同学和您致歉，我马上处理这件事。"

接着，季绪终于看向邓永峰，严肃地说道："邓老师，请你跟我出来一趟。"

二人离开后，办公室里便只剩下了时缱、林尘垚和抱着时缱的姚蕴宜。

姚蕴宜给林尘垚使了一个眼色，示意他先站远一些。

林尘垚看了一眼那个仍然在抽泣的背影，同姚蕴宜比口型：哄哄她啊。

姚蕴宜笑着点头。

见状，林尘垚沉默着站开了几步远。

姚蕴宜低下头，一边给时缱拍着背，一边凑在她耳边轻声问："缱缱，你希望那个老师公开致歉，还是私下里道歉呢？"

时缱深吸了口气，平复着自己的呼吸，接着，她从姚蕴宜的怀中抬起头，看见了一双慈爱的眼睛，那眼神中似有无声的鼓励。

它仿佛在说：大胆地告诉我你的想法，无论你的选择是什么，都是对的。

时缱愣愣地看了两秒，被这温柔蛊惑，吸了吸鼻子，说："我希望他公开致歉。"

姚蕴宜脸上闪过一瞬惊讶，她没想到这个一见到自己就开始哭鼻子的小女孩会有这么大的勇气。

"如果这样，你的同学们都会知道发生了什么事情，也许会有恶意的声音出现……"姚蕴宜没有打算劝说，只是同时缱讲述着这种选择的后果。

“我不怕，这并不是我的错。”时缱目光坚定，黑曜石一般的双眸仿佛闪着光。

姚蕴宜揽住她的腰，轻轻拍了拍小姑娘的肩膀，欣慰道：“勇敢的好姑娘。

“那接下来，让阿姨替你处理这件事，好吗？”

姚蕴宜向着林尘垚的方向招了招手，时缱下意识回头，这才注意到林尘垚不知道什么时候站到那么远的地方去了。

“你跟着哥哥先出去。”

时缱点了点头，退后一步，认真地给姚蕴宜鞠了个躬，真诚道：“谢谢阿姨，给您添麻烦了。”

林尘垚带着时缱出了办公楼。

时缱跟在他身后往外走，一路上一言不发。

两人坐在大楼旁的长椅上，林尘垚先开了口：“时缱，你已经做得很好了。”

时缱却和他道歉：“对不起啊，这么久不见，一见面就让你替我处理这样的事情，甚至还麻烦了你妈妈。”

林尘垚沉默了一瞬，说：“我很高兴再见到你。”

时缱一愣。

“如果你不是被你妈妈带来了云城，我们现在应该已经认识六年了，应该算是熟识的朋友了。”

不明白林尘垚具体想说什么，时缱困惑地望着他。

“不是你小时候告诉我的吗？”林尘垚弯起眼睛，“朋友之间应该互相关心啊。”

时缱抿了抿唇，有些愧疚：“可我好像一直在麻烦你。”

“哥哥这是在投资呢。”林尘垚打断她的话，故作高深道，“我掐指一算，我们时缱以后必成大器。我现在对你好些，等你出息了，自然会来孝敬我。”

时缱吸了吸鼻子，问道：“可我要是个白眼狼呢？”

林尘垚摇头，笃定道：“我林半仙不可能算错。”

过了半个小时，姚蕴宜走了出来。

林尘垚起身，两三步迎了上去，问道：“怎么样？”

姚蕴宜简单地说结果：“涉事老师会被上报吊销教师资格，和刚刚那位班主任一起被开除。”

“这么快、这么利落？”

姚蕴宜撇撇嘴：“小瞧你妈妈的能力吗？”

说完，她偏头看着站在林尘垚身后的时缱，看出时缱还在局促着犹豫要不要上前。

于是，姚蕴宜绕过林尘垚，走到时缱面前。

她温和地笑着，伸出了手，同时缱打招呼：“刚刚都来不及自我介绍。时缱，你好，我是林尘垚的妈妈。”

时缱慌乱回神，小心地伸出自己的手，虚虚地握住。

姚蕴宜回握住了时缱的手，力道不轻不重，温柔地包裹。

手被握紧的那一瞬间，时缱感觉到一股暖意从指间直达心脏。

她抬眼，看向姚蕴宜微笑着的眼睛。

这双眼睛和林尘垚的实在太过相似，这让时缱不由自主地立刻就对这个第一次见面的阿姨生出了莫名的亲近。

她像一个害怕自己不被大人喜欢的小孩子，圆圆的眼睛微微睁大，像一只紧张的小猫咪：“阿姨，您好，我是时缱。刚刚真的麻烦您了。”

姚蕴宜笑道：“不是麻烦，是阿姨帮助了一个勇敢的小女孩。”

说完，她抬手看了看时间，询问着：“已经快到吃午饭的时间了，要不要跟阿姨一起吃个饭？”

“刚刚门口那个人，我提出的要求是做解聘处理；伤害你的那个人，要求吊销教师资格并开除，另外，还要他下午当面和你道歉，然后手写一封道歉信在学校公告栏张贴公示一个月。除此之外，你还有没有什么别的诉求？”

时缱愣愣地听着，她本来脑海中只有一个念头：我要公平，绝不息事宁人。

可想归想，真正听到能有这个结果，时缱还是很激动：“足够了，已经足够了，谢谢阿姨，真的谢谢您。”

林尘垚却皱了皱眉头，说：“公开道歉信的话，时缱会受到二次伤害吧？”

时缱想说没关系，哪怕是这样，她也想曝光宋凯的行为。

姚蕴宜点点头，说：“这个问题我刚刚想过了。我这边倒是有一个解决办法，云大附中每年会在这个时候额外录取一批外校成绩优秀的初二的学生，以便提高本校的升学率。下周末就是选拔考试，时缱，你愿不愿意试一试？这样我们就能又惩罚了坏人，又保护好自己了。”

没想过还能有这样的机遇，时缱闻言，立刻激动地点头：“我愿意。”

时缱看着在自己面前弯下腰的宋凯，偏过了头。

无论如何，她都说不出没关系。

林尘垚冷眼瞧着对面弯着腰，但满脸不服气的男人，讽刺地扯了扯嘴角，拉上时缱的手腕，转身便走了。

身后传来不知是谁的声音：“时缱哥哥，你们就这么走了吗？”

林尘垚步伐微顿，微微皱着眉回头：“怎么？我们还需要说什么吗？”

“至少……回应一下吧？宋老师还弯着腰呢。”

“哦，”林尘垚表情寡淡，“不接受道歉，但对处理结果大致满意，走了。”

那天之后，时缱就没有再去过学校了，独自一人住在时灵在云城市内购置的公寓里。

时灵不常来这间公寓，只偶尔当弟弟又住院时，她感到疲惫，不想回远离市区的别墅，会偶尔过来歇息一两个晚上。

这套房子目前只有每周三会有保洁阿姨来打扫一下，其余时候大多都没有人。

所以，时缱只需要小心避开保洁阿姨，就没有人会发现她最近并没有去学校。

其实就算被发现了也没什么，时灵对时缱上不上学并不关心。

只要时缱不乱来，或者说，偷偷乱来也没关系，只要不请家长、劳烦她去学校，她对时缱的一切都不关心。

不过在金钱方面，时灵倒是并没有太苛待时缱，她每个月都会给时缱一笔生活费，并且这笔钱对于一个住校的学生来说算是很充足了。

有的时候，时缱会想，这大概也算是自己演戏的报酬吧——毕竟时灵还要时不时拉着她上演母慈女孝，以便在继父面前立住一个深情母亲、贤惠妻子的形象。

于是这钱，时缱收得心安理得。

虽然事实如此，但是为了减少多余的麻烦，时缱还是尽量不待在公寓里，每天会去市图书馆学习。

还有一周就是期末联考了，时缱每天很努力地复习，图书馆还没有开门就去排队，等到要闭馆了才收拾东西回公寓。

她已经不方便再回原来的学校考试了——同学间的传言是怎么样的并不重要，林尘垚担心到时候她的试卷会被心怀恶意的人动手脚，于是拜托姚蕴宜替她安排在云大附中进行期末考试。

林尘垚已经把能做的都做了，如果她还不努力，怎么对得起他呢？

时缱想起林尘垚拉着她的手腕离开学校的那天，他眉眼冷淡，隐隐看出一些六年前未曾见过的成熟感。

可出了校门后，他松开自己手腕，笑着说：“没事儿了，咱们以后会去更好的学校，各方面都是更好的那种。祸兮福之所倚，对不对？”

他这一笑，时缱仿佛又看到了六年前，那个坐在快餐店里，笑着说“当然可以”的少年。

——“那，我可以多跟你在一起玩儿吗？”

——“当然可以。”

那天，他们还一起去买了些辅导资料，又一起吃了顿火锅。

铜锅里沸腾着红色的汤料，林尘垚一边用公筷帮时缱涮肉，一边滔滔不绝地讲述着自己这几年的事情。

高一军训完，他放了三天假，回家黑得连亲妈都快认不出了；

高一那个寒假，他回了家属院，每天听着楼下孩子们吵吵嚷嚷的时候，他就会下楼溜达一圈，可一直没再见过她，听奶奶说她转学了；

高三的时候，他因为不想填报军校，跟父亲吵得不可开交，最后是爷爷掩护他在最后一刻改了志愿，去学了法律；

高三毕业的暑假，他一直住在家属院儿里，一半是因为跟父亲的关系一度到达冰点，一半是因为已经好几年没见过时缱了，想看看她过得好不好，但最后终究也是没见到，就连奶奶也不知道这个小姑娘去了哪里；

大学，他参加了社团、学生会、辩论队，每天都很忙，也很充实……

“说来也巧，我那天本来是不会出现在M记的，临时陪室友去附近的一个律所面试，天太热了，我出了地铁就不想走了，说在M记等他。”

林尘垚夹了一筷子涮好的肉放进时缱面前的碟子里，继续说道：“等餐的时候，无意间扭头看见你了。我刚开始还在想，这小姑娘长得还挺眼熟，后来你一拧眉我就认出你了。”

时缱正认真地给肉片裹蘸料，闻言好奇道：“为什么呀？”

林尘垚又给自己涮了片毛肚，说：“跟你小时候闹着不想回家的表情太像了。”

“我哪有闹着不想回家……”时缱小声嘟囔着，然后心虚地换了个话题，“你现在大学快毕业了吗？”

刚把毛肚塞进嘴里，林尘垚的声音有点含混不清，听不出具体的情绪：“见面这么久了，终于关心了我一句。”

时缱脸一红，支吾了几声，借着喝饮料来掩饰尴尬。

“过完这个暑假再开学就大四了。”林尘垚见时缱总是喝饮料，将红糖糍粑往她面前推了推，“觉得辣吃点这个，总喝饮料，一会儿喝个水饱多亏啊。”

时缱依言夹了一块糍粑，说：“其实我也快吃饱了。”

林尘垚看着桌上剩余的菜，陷入了沉默，大脑开始记录小姑娘这小到惊人的食量。

时缱察言观色，补救道："刚刚你一直忙着给我涮肉，还说了好多话，都没空吃……现在咱俩换换，我给你涮肉吧，你多吃点。"

林尘垚点头。

气氛一下沉默了下来，时缱在心里默默打算着接下来的日子该怎么办——如果考上了云大附中，该用什么理由跟时灵说她转学了？不上课可以不说，但转学这事毕竟太大了，瞒不住的，需要一个合适的理由。

她一边想着，一边心不在焉地给林尘垚涮菜，只是机械地夹着离自己最近的那一盘，沉默着煮了一片又一片土豆，等筷子一能扎透了，就往林尘垚碗里送。

林尘垚看着碗里源源不断进来的土豆，歪了歪头，笑道："哥刚才是给你肉涮多了？"

"啊？"时缱正在夹一片新土豆，闻言筷子一顿。

林尘垚轻敲了一下被土豆堆得冒尖的碗，无奈道："咱这桌上肉是吃完了吗？给你哥涮一片肉啊。"

时缱终于回神，看着那满满一碗土豆，忍不住笑出了声音。

"这么出神，在想什么？"林尘垚拦住了时缱夹肉片的手，"我自己来，你擦擦手，坐着就行。"

时缱应声收手，乖乖回答："在想怎么跟我妈说转学的事情。"

林尘垚动作一顿，认真地看着时缱，问："一直没问，你这几年过得怎么样？"

"比小时候在姥姥家好多了。"时缱笑了，"我妈为了树立好妻子、好母亲的形象，表面上的功夫下得很足。"

"那你在学校发生的事情要不要和她……"

时缱摆了摆手："她让我没事尽量不要打扰她。"

林尘垚皱眉。

时缱安抚般地笑了笑："这样其实挺好的，我跟她在一起相处也很累。小时候不懂，以为她是性子冷淡，但还是喜欢我的，后来我弟弟出生了……啊，我有个同母异父的弟弟，小我九岁，我看着他们相处，才明白什么是亲子之情。”

时缱以一种十分淡然的语气说完这段话，仿佛是在点评别人的故事一般。

林尘垚感到一阵心酸，还有些因为无力感而产生的烦躁。

时缱惊觉自己刚刚的话让人有些不好接，连忙道：“你不用想着怎么安慰我，我觉得现在就很好，能衣食无忧，过上体面的生活，我已经很感激了。虽然在学校里发生了不愉快的事情，可你帮我解决了。”

顿了顿，她笑得更加真诚：“能再次遇见你，真的太好了。”

林尘垚轻轻叹了口气，说：“好在总归是又遇见了，以后遇到什么困难记得找哥哥。”

时缱的杏眼笑成月牙，乖巧地点头。

奋笔疾书了一个上午，时缱捏了捏有些酸麻的手腕，开始核对答案。

她将错题用红笔勾出来，准备一会儿先简单吃个午饭再仔细整理。

她无声地打了一个哈欠，懒腰伸了一半，余光忽然瞟见自己的斜后方好像有人。

时缱收回高举的双手，有些惊讶地看着身后的人。

那人走上前两步，狐狸眼眯着笑，无声地比了一个口型：吃饭？

时缱也对他笑，快速收拾好笔袋，然后将演算过的草稿纸垫在书下，避免被吹飞，这才起身。

出了图书馆，时缱脸上还是带着抑制不住的惊喜，连声追问：“你怎么会在这里？你怎么知道我在这里？”

“小心台阶。”林尘垚拉了一下她的手臂，避免她跌下楼梯，见她站稳后便放开，笑道，“今天学校的图书馆电路维修，天气太热了，我来市图书馆蹭蹭空调。中午想吃什么？”

时缱偏着头略略思考了一下，建议：“要不要去吃手工面？我知道这附近有一家味道很好，而且有空调的店。”

林尘垚没有意见。

午饭确定后，时缱接着追问：“那你怎么找到我的？市图书馆这么多层，每一层又有这么多区。”

“我也是一早就来排队了，和你隔了五六个人。”

“那怎么不和我打招呼呢？”

“怕打扰你学习呀。左转还是右转？”

时缱向左指了指，有些着急地说：“怎么会打扰呢？如果我遇到不会的，你还可以教我。”

林尘垚有些意外地看了她一眼：“这次比上次见哥哥，话多了不少。”

时缱一顿，有些迷茫地眨了眨眼。

林尘垚很快反应过来这话里有歧义，解释道：“前两次见面，你都没什么话和我讲，我以为我们缱缱长大了，小姑娘长大了有了自己的小圈子，就不爱和哥哥说话了。”

“哪儿有……”时缱小声辩解，“是因为上次你一直在说话，我不想打断你。”

林尘垚挑眉：“哦，是嫌我话太多？”

时缱立刻摆手，急忙说道：“没有没有！”

林尘垚笑出声，用指节轻轻敲了敲时缱的脑袋：“逗你玩儿的。”

时缱松了口气，刚刚那一瞬间真的是不知道该怎么解释。

她不太擅长和别人分享自己的生活。

而且，这么多年没见，初次见面就是在麻烦他，时缱心里除了感激，还有些许不安与自责。

两个人认识六年了，见面次数虽然屈指可数，但是好像每次见面都是林尘垚在帮助自己、安慰自己。

这次好不容易抓住了一个别的话题，她才会一直抓住不放。

但这样追问，是不是会有点烦人？时缱思考着，步伐不自觉就慢了几步。

林尘垚有些疑惑地回头：“怎么了？”

时缱抿了抿唇，问：“今天我请你吃饭好吗？”

林尘垚有些意外。

时缱语速飞快，生怕他要拒绝："上次说好了请你吃火锅，结果你偷偷把钱付掉了。你帮了我这么多忙，总要请你吃饭的。"

"等你自己赚了钱，再请哥哥吃顿好的。"林尘垚向后走了两步，两人再次肩并肩。

林尘垚微微俯身，侧头看着时缱的眼睛："咱们先记着顿数，以后一起结算？"

点了两份不同浇头的手工面后，两个人找了个靠近空调但不对着风口的位置等餐。

"今天上午复习得怎么样？刚刚看你好像是在做数学卷子。"林尘垚倒了一杯水，递给时缱。

时缱接过，道了谢，说："挺好的，做了一套数学模拟卷，只有两个小错误，一会儿回去就整理到错题本上。"

林尘垚有些惊讶："上次听你班主任说你学习平平，是在恶意抹黑你？"

时缱笑得狡黠，一双杏眼眯了眯，像一只慵懒的猫："因为是我故意的呀。"

"怎么说？"

"学习好可麻烦了，同学们要不就打听你是在哪家学习机构补习的，要不就拐着弯儿问你每天学习到几点，可我真的没有特别补习过，但这样说她们会生气的。还有，各种活动老师也会让你去参加，说不定还会叫家长来商量重点培养计划……我妈妈肯定不乐意来。"

林尘垚用纸擦了擦自己面前这一半的桌面，然后又替时缱擦她面前那一半的桌面。他视线低垂，专注地看着桌面，看不出眼里是什么情绪。

过了会儿，他问道："缱缱，你有没有想过，如果，有一个很宝贵的机会，比如交流学习之类的，我只是打个比方，这些宝贵的机会会让你变得越来越优秀，但你因为隐藏自己的能力，与这些机会失之交臂，你会不会觉得很可惜？"

时缱愣怔住，这是她没有思考过的问题。

这些年，她只是想着如何能够安安稳稳地度过每一天，不惊扰时灵、不被老师注意、不与同学争执，努力将自己活成一个透明人。

她总是告诉自己，现在的日子比小时候已经好了不少了。

虽然依旧没有人关心自己，但自己的大部分时间都不用看别人的脸色、不用担心温饱，甚至偶尔还能和同学一起去食堂吃饭。

她努力把自己活成一朵壁花，希望无人注意自己，风平浪静地过完每一天。

她觉得，这样就算是很好了吧。

林尘垚擦完两人面前的桌子，抬眼看见愣怔的时缱。

她目光笔直地看着自己，脸上写满了迷茫。

林尘垚思考了一下，换了一个说法："之前你因为有机会能转入云大附中而开心，是因为能摆脱当时遇到的困境，但其实你并不害怕被讨论所发生的事情，却有些害怕成为众人的焦点，对吗？"

时缱迟疑地点了点头。

"不想过多地被关注个人的事情是很正常的，但是因为不想被关注而故意去把本来优秀的自己塑造成一个平庸的孩子，是可能会带来遗憾的。

"当然，我并不是说平庸不好，但你不可以只看到它给你带来的好的一面，也要看看它的弊端。凡事皆有利弊，你要学会权衡利弊，然后做出选择。缱缱，一味地躲避生活是不行的，你要想想自己想过什么样的人生。

"如果你只是想过平凡的人生，这很好。可是，不能因为害怕被注意，就完全不去考虑另一种可能性。也许，你更想成为一个发光的自己，可因为从小到大的习惯，你现在总是下意识地选择把自己藏起来，这样对未来的自己不太公平。"

时缱微微皱起了眉头，低声喃喃："我没有想过未来想过什么样的人生……"

林尘垚努力让自己的声音亲和一些，诱导着："比如，你现在有没有什么愿望？"

时缱思考了一会儿，缓缓摇头。

“什么样的都可以，或许你只是没有意识到这是一个愿望。”

时缱更茫然了。

林尘垚叹了口气，继续诱导：“比如，你小的时候不想待在家里，想和同龄的小朋友一起玩儿，这样的，也算。”

“这样也算吗？”时缱认真想了想，说，“我想离开云城，去一个谁也不认识我的地方，没有人认识我、没有人注意我、没有人知道那是哪里。”

林尘垚笑着问：“我也不行吗？”

时缱犹豫了一下，抿了抿唇，说：“可以偷偷告诉你。”

她话音刚落，两个人一起笑开了。

刚好此时，店员端来了两碗面，见状，自来熟地搭话：“你们兄妹感情真好。”

林尘垚接过面，同他道了谢，故意道：“也不一直这么好，前几天我妹妹还只肯给我吃土豆，一片肉都舍不得给我吃。”

时缱面上佯怒，轻轻噘了噘嘴，在桌下幅度极小地踹了对面的人一脚。

等店员小哥离开了，时缱这才小声抗议：“你这人怎么这么记仇呀？都说了不是故意的。”

林尘垚笑着掰开了筷子，先递给时缱，不动声色地换了个话题：“缱缱，其实等你顺利考上云城附中，你的愿望就实现一半了。”

时缱拌面的手停了下来，神色认真地听。

“你想，到了云大附中，那里没有同学和老师认识你，学校也在云城新区，远离市区。你又是初三了，学习任务紧，以我对母校的了解，就算你成绩优秀，老师也不会总请你家长来的。退一步讲，就算请家长，我可以把我妈妈借你用——当然，只能好事情借啊，你要是因为旷课打架这样的事情被请家长了，我可不借你的。

“如果你这次好好发挥，进了 A 班，就是我的直系学妹了。附中 A 班的纪律严明，大家都是削尖了脑袋进去的，它的生源构成复杂：外校竞赛保送的、外校考取的、本校土著 A 班的、本校升班考进来的。大家都在埋头学习，没有人会去纠结这个小姑娘是哪儿来的，最多寒暄的时候问一句你之前在哪个学校念书。”

闻言，时缱的眼睛亮了起来。

林尘垚继续给她勾画美好蓝图：“你就在那里好好学习一年，顺利的话，来年就能进入云大附中高中部，到时候，又是一段新的旅途，说不定你还能遇上跟你并肩作战的初三同学。高中三年很快也会过去，等你高考完，你就能按照自己的心愿，飞去你想要去的地方。

“等到那时候，你就可以不再依附你妈妈，你可以申请助学贷款、努力学习拿奖学金、勤工俭学赚生活费。等大学毕业了，你会找到一份称心的工作。

“缱缱，当你自己变得优秀起来，你的人生，可以依靠自己的力量去拥有更多的选择，会有机会看到更多的风景。”

依靠自己的力量。

时缱在心里默默咂摸这七个字，整张小脸都变得生机勃勃了。

从来没有人跟她讲过这些。

她以为，她一辈子都会跟时灵纠缠在一起，时灵只要动动嘴唇，就能决定她未来的去向。

她从没想过遥远的将来，对未来最远的展望是明天，最真诚的愿望是变成透明人。

一辈子，努力不打扰别人，安安静静地活着，然后安安静静地死去。

女孩的眼睛前所未有的明亮，她打开了新的思路——她自己也可以努力挣钱，到时候把时灵这些年花在她身上的钱连本带息地还给时灵。

虽然时灵不一定稀罕钱，但是时灵一定也巴不得自己可以快点消失在她眼前。

还了钱，自己的心里会真的觉得：以后的时缱和时灵再也没有半点关系。

如果是这样的未来……

“我一定会努力的。”

两人再次回到图书馆后，时缱破天荒地主动搬去了林尘垚右手边的空位上。

林尘垚看着抱着书突然落座的女孩，还没等他说话，就听见她先小声地开了口："你监督我好好学习哦。"

是不由分说的语气。

林尘垚失笑。

时缱下午的学习效率比上午低了好多，好在林尘垚并不熟悉她原本的做题速度。

因为时缱偶尔会感受到林尘垚落在自己身上的目光，每当这种时候，时缱总不由自主地紧张着。像是考试的时候，监考老师一直盯着你看一样。

不过幸好，每一次他都只是看看，并没有指出自己有什么错误。

日薄西山。

天空中布满了温柔的晚霞。

林尘垚轻轻点了点时缱手边的桌面，时缱抬头看他。

他压低声音征求她的意见："回家吗？"

时缱扭头看了看外面的天色，感觉自己今天的效率确实不太高，打算干脆给自己放一晚上的假，好好调整一下。

于是，她点点头，开始收拾东西。

两人走出图书馆，时缱舔了舔干燥的嘴唇，空调房里待久了，她觉得有点渴，一边寻找着自动售卖机，一边随口道："你刚刚看的书，好像都是英文的。"

"嗯，在准备考试。"

"哦哦，我听说过，是不是四级、六级？"她努力地回忆着，之前好像听某个同学夸赞过她哥哥这种考试裸考都能高分通过。

林尘垚没急着回答，低头从包里掏出一瓶苏打水，拧开，递给时缱。

时缱略有些惊喜："你什么时候买的？"

"在你做数学题抓耳挠腮半天都下不去笔的时候。"

时缱刚准备反驳他"今天就没做到能让我抓耳挠腮的题目"时，忽然想起每当他看过来，自己就仿佛被老师盯着看，总是紧张得下不了笔。

她只好把到嘴边的话咽了回去，接过水喝了一口，含混地应下了。

林尘垚一边背好包，一边回答时缱刚刚提出的问题："不是四六级考试，是Lsat（法学院入学考试）。"

"那是什么？"

"申请国外学校的材料之一。

"缱缱，哥哥正在准备申请国外的法学院进修。

"等你考上高中了，我也要去念研究生了。"

六月初，温热的晚风迎面拂过，时缱脑海中一片混沌，额前的碎发被吹乱，她机械地伸手捋了捋。

午饭的时候，刚觉得两个人共有了一个秘密——她将会拥有一个，除了他，任何一个故人也不会遇见的未来。

一下午的工夫，就变成了只有她一个人的未来吗?

时缱突然觉得，前路的阳光也没有那么灿烂了。

林尘垚伸出手在时缱眼前晃了晃，笑道："还有一年的工夫呢，现在就开始舍不得你哥了？"

时缱的目光木木的，不知道该怎么回答他。

她犹豫再三，还是小心地问出自己最关心的问题："你念完研究生，还会回来吗？"

林尘垚收起调笑的语气，正色道："只是打算换一种环境学习，开阔一下视野，毕业了就会回来的。一年就毕业了。"

时缱被高悬的心这才安稳下来。

她长到这么大也只有这么一个朋友，还没有来得及报答这个人对自己的善意，真的希望不要再和他走散了。

Chapter 6 / 妈妈

在努力了近一个月后，时缱在六月底参加了云城市期末统考。

考试结束后，她又在公寓住了一周，期间，拜托了之前那所学校里一个关系还算不错的同学，让她替自己从宿舍里拿出了一本日记本。

两人在约定的奶茶店里见面，客气地寒暄过后，同学便留下日记本离开了。

时缱独自一人坐在临窗的高脚凳上，看着窗外往来的行人，一只手摩挲着日记本皮质的封面，另一只手的指尖在桌面上轻点。

过了一会儿，她低头翻开日记本。

这本日记其实并没写过几页内容，时缱很快就翻看完了，接着，她又翻了两个空白页隔开之前的内容，这才从包里拿出笔开始写字。

5 月 24 日，再次遇见了林尘垚。

写完这一行字，时缱顿了顿，又翻开下一页，继续写。

6 月 2 日，答应了林尘垚，等以后自己挣了钱要请他吃饭的。

时缱画下句号，笔尖悬空半晌。

在后面继续写了一句话。

以后，一定要请他吃好多好吃的。

因为笔尖悬空太久，“以”字的起笔出现了一个小墨团。

时缱耐心地吹干，才合上了日记本。

犹豫了一下，她将日记本的外皮扒下，在封面这一侧的左下角里，掏出了一张巴掌大的照片。

是六年前和林尘垚在游乐场照的那张。

少年林尘垚一脸酷酷的，单手插着兜，盯着镜头的表情十分随意，竟然透露出一丝不羁的帅气。

时缱看了好一会儿，又默默将照片塞了回去。

时缱决定去云城大学看一看。临时起意的，说不清是什么目的。

也许是因为太久没有见过林尘垚了，她想去离他近的地方看一眼。

云城大学是百年名校，在云城共有三个校区。

法学院坐落于老校区，而时缱即将就读的云大附中在新校区旁边，距离此处有半个小时车程。

时缱背着双肩书包，仰头看了一眼云大老校区颇为气派的校门，此刻才后知后觉地开始思考：云城大学允许非本校学生入内吗?

六月底，早晨九点钟的太阳就已经足够烤人了。

时缱深吸一口气，努力作出一副淡定的样子，稳步向校门走去。

站在门岗亭里的门卫注意到一个一脸淡定的小姑娘正向学校里面走，他犹豫了一下，思考着这是不是哪个老师的孩子，自己要不要拦。

他的目光一直落在时缱身上。

时缱不动声色地抓紧了自己的书包带，硬着头皮看回去。

她一脸坦然，心脏却疯狂乱跳。

突然福至心灵，时缱还朝着门卫叔叔熟稔地笑了笑，仿佛是看到了一个熟人。

门卫刚准备开口问她找谁，却被她笑得一阵疑惑，以至于错过了询问，眼睁睁看她走了进去。

这是时缱第一次主动想去一个什么地方看看。以往，她总是缩在自己的房间里，对这个世界漠不关心。

云大的道路应该是新翻修过的，沥青很新，宽阔又平整。

道路两旁立着高大的香樟树，绿意盎然，遮云蔽日。

时缱一边慢吞吞地走着，一边张望。

路上没有什么人，刚过九点，有课的学生已经坐在教室里了，没有课的学生大约还没起床。

她转过一片园林，终于在岔路口看见了一块校园地图。

时缱仔细地找法学院，反复确认了路线，记住了几个岔路口该走的方向，然后才继续往前走。

一路上，她路过了运动场，跑道上有零星几个跑步的学生。

路过了新闻传媒学院，它对面有一大片人工湖，有学生在旁边大声诵读。

路过了文学院，民国式的建筑，一半的墙上布满了爬山虎，绿叶里露出几扇红色木框的玻璃窗，古色古香。

…………

可能是原来从来没有仔细观察过自己周围的环境，时缱感觉看什么都新奇。

虽然走了很远，却不觉得时间久。

终于来到了法学院的门前，一大块墨石立在学院门口左侧的草坪上，上面有“法学院”三个字，不知是谁题的字。

时缱抿抿唇，犹豫再三还是没有踏进这栋楼。

她害怕真的会撞见林尘垚，到时候要怎么跟他解释自己出现在这里呢？

云大附中离这里这么远，甚至无法撒谎说自己本来是打算去看看附中的，不小心迷路就走到这里，就顺便来看看他。

他可能会觉得自己打扰到他的。

时缱有些失落地向外走，走到新闻传媒学院门口的时候，有一个很漂亮的姐姐伸手拦下了她。

漂亮姐姐的眼睛像小鹿一样圆圆的，左眼下有一颗很小的泪痣，皮肤在阳光下白得发光。

“小朋友，可以请你帮姐姐一个忙吗？”

漂亮姐姐的声音也很好听，像温柔的春风。

时缱有些戒备地看着她。

“可不可以请你帮姐姐拍一张照片呀？”大概是看出时缱的戒备，女生有些不好意思地抓抓头发，解释着，“我这部手机是新换的，里面没有照片，我现在有点急需要三张全身照。”

说着，她指了指自己崭新的手机。

时缱沉默着。

漂亮姐姐感觉到了一点尴尬，抱歉道：“不好意思啊，有些唐突了，吓到你了吗？抱歉啊，我自己再想想办法……”

说着，她便要离开了。

时缱咬咬唇，叫住了她：“姐姐，等等！”

时缱帮大姐姐拍了三张照片，正面、侧面和背面的。

将手机还给大姐姐之后，时缱看见她在手机上轻点几下，接着又发了几条信息之后，很感激地抬头朝自己笑了笑，说：“真的很谢谢你，不然就要错过报名了。”

时缱有些好奇，鬼使神差地问了一句：“是什么报名呀？”

“是拍封面哦。”大姐姐朝时缱挤了挤眼睛，问道，“你有没有看过《满月》？”

见时缱摇摇头，大姐姐很是惊讶：“你不爱看小说吗？我像你这么大的时候天天偷偷看。”

“为什么偷偷看呀？”时缱抓住这个自己很熟悉的动词。

“因为被人管着，他很烦……”大姐姐轻轻皱了皱眉，小声嘟囔着，“不过，我的好日子也快到头了，到时候煞星又要来了。”

说完，她低头看了一眼满脸迷茫的小姑娘，一拍脑门儿，笑道：“看我，都忘记做自我介绍了。”

“我叫宁愿，安宁的宁，愿意的愿。”她朝时缱伸出了手。

时缱握住她的手，也自我介绍：“我叫时缱，时光的时，缱绻的缱。”

为表谢意，宁愿请时缱喝奶茶，时缱推辞再三，没有推掉。

“校园里的奶茶店离这里有点远，我怕你觉得我会把你带去卖掉。”宁愿狡黠地朝她眨眼，“咱们还是去校门口的那家，就在地铁口旁边。”

时缱想起来自己刚刚的戒备一定都写在脸上了，此刻不由得有点脸红。

宁愿惊奇地瞪大了双眼：“你怎么脸红啦？”

时缱不好意思地说：“我刚刚……确实有点害怕你是坏人……”

宁愿笑着摆了摆手：“这有什么呀，小姑娘孤身在外，戒备心重是好事呀。”

走过门岗亭的时候，时缱依旧朝门卫笑了笑，把门卫笑得有些不好意思——别人小姑娘都朝你微笑示意两回了，总不能当没看见吧？

于是，门卫朝时缱点点头，说：“来找你姐姐啊。”

时缱笑着摇了摇头：“不是，是来找哥哥的，没有找到。”

两人又走了一小段后，到了一家甜品店门口。

宁愿替时缱推开甜品店的门，询问她想喝什么，然后让她先去找座位，自己来点单。

时缱找了个靠里的位置，坐下没一会儿，宁愿就来了。

宁愿笑盈盈地坐下，第无数遍夸她：“你可真是我的小福星！我室友们都去上课了，从我接到这个消息一路往外走都没遇见什么人，可急死我了，幸亏遇见了你。”

时缱实话实说：“其实刚刚那个湖边就有人……”

宁愿手一挥，打断她：“不管，就是你的功劳。”

时缱愣愣地看了宁愿几秒，然后低头笑了。

服务生端上来一杯奶茶、一杯柠檬水，还有一块草莓奶油蛋糕。

宁愿把奶茶和蛋糕朝时缱那一侧推了推，笑眯眯地说：“吃块蛋糕开心一下，我看你好像不太开心。”

时缱道了谢，问道：“你不吃吗？”

“我得保持身材，不然上镜会胖的。”

时缱吃了一口蛋糕，问道：“姐姐你不是云大的学生吗？”

宁愿：“我是呀，但是在兼职做模特。”

时缱点点头，小声夸道：“好厉害。”

“我也觉得能自己挣钱很厉害，”宁愿的脸上有些小得意，“大学可有意思啦，强烈推荐你上大学后也试试兼职哦，自己挣钱给自己花的感觉超级棒。”

“那……高中有意思吗？”

宁愿登时便像一只泄了气的气球，愁眉苦脸道：“我觉得不太有意思，天天被按在书桌前学习，连看小说都要偷偷的。”

“每个人都被按在书桌前学习吗？”时缱的眼睛发亮。

宁愿看着她向往的表情，有些摸不着头脑，但也还是回答她：“是呀，我们当时就很惨，每天早自习、上午四节课、下午三节课、晚上还有大自习、回家还得写作业，别提多惨了……”

宁愿发现自己越说，对面的小女孩脸上的表情越是向往，忍不住问：“你很喜欢学习吗？”

时缱点点头，又摇摇头。

可明明就是一脸向往得不行的表情。

这就是学霸的世界吗？

宁愿觉得自己实在不能理解，原本还打算说等自己当封面这一期的《满月》出版之后，送给她一本的。

可这话怎么也说不出口——如果说了，感觉自己是在教坏好学生。

宁愿喝了一口柠檬水，选择换个话题：“刚刚听你说，你来找你哥哥，没有找到。是哪个学院的？要不要我帮你找找？”

时缱愣了一下，下意识否认道：“没有，我只是来看看大学是什么样子的。”

宁愿表示了然，问：“你还在念初中吗？”

时缱点点头：“暑假过后就初三了。”

“怪不得。”宁愿悄悄凑近，“是不是感觉有点压力？我也感觉是从初三开始就没有什么课余生活了，每天都是听课、做作业。”

时缱惊喜道：“从初三就这样了？”

宁愿真的感觉聊不下去了。

时缱感觉自己的生活正在确切地逐步向好。

上午去云城大学，遇到了一个可爱的大姐姐。下午回家还收到了林尘垚发来的微信。

林尘垚：我听我妈说你这次联考全市第七，恭喜你啊，小学妹。

时缱惊喜地叫出了声。

还没等她回复，就又收到了两条微信。

林尘垚：因为成绩太过优异，附中会免除你的学杂费，只需要每学期交200元的书本费就可以了。

林尘垚：我会去你原来的学校替你办理转学手续，不用担心。

时缱脸上有按捺不住的笑意，她想了想，回复消息。

时缱：感激之情，无以言表。请客吃饭记账单+1。

很快，林尘垚回过来一条语音消息。

时缱点开，听见那边传来一阵低沉的笑声：“要计总数啊，小姑娘，你只说+1，到时候怎么记得具体欠了多少顿呢？”

这人好像心情很好的样子。

时缱也跟着笑起来，很认真地敲下回复：

时缱：就是很多很多顿，可以无限刷新的。

林尘垚回过来一个“OK”的表情。

时缱抱着手机在床上翻滚了一圈，然后，坐起身抱了个枕头，随手点开了朋友圈。

第一条便是时灵的新动态。

带着宝贝去旅游。

配图是时灵母子二人的合照，两人脸上都洋溢着幸福的笑容。

时缱和时灵并没有什么共同微信好友。她只能看见时灵自己给自己的留言，应该是一条群体回复。

谢谢大家的关心，小宝的身体最近好多了，精神也好了。

时缱脸上的笑容登时便减去了七分。她抿抿唇，犹豫着是给时灵打一个电话说自己转学的事情，还是发一条微信。

考虑再三，她还是决定发一条微信。毕竟，她不知道时灵带着儿子去哪儿旅游了，如果是有时差的地方，说不定会惹得时灵不快。

时缱：我考进云城大学附属中学了，初三会去那里念书。

时缱垂眸看了这行字半晌，深吸了一口气，在开头加上了“妈妈”两个字。

接着，她又补全了一些消息。

时缱：不需要去学校办转学手续，附中会有老师去办理，新学校的学费也免除了。

写完，时缱又检查了一遍，觉得应该是没有什么地方会惹得时灵不快了，然后才点击了发送。

十分钟过去了，没有回音。

又等了半个小时，依然没有动静。

时缱觉得肚子有点饿了，中午只吃了蛋糕、喝了一杯奶茶。她决定先下楼去找点儿吃的。

不是用餐的时间段，便利店里的人不算多。

时缱点了几串关东煮，又拿了一个三明治，坐在角落的位置慢慢吃。

刚咬了一口萝卜，手机振动了一下。

时缱拿出手机，发现是时灵回复了自己。

时灵：哦。

只有一个字。

时缱眨了眨眼，吞下嘴里含着的萝卜，犹豫着该怎么回复。还没等她想好，时灵又发过来一条语音。

时缱点开，听见女人冷漠的声音：“暑假你住公寓，别回别墅了。”

时缱擦了擦手，再次播放了一遍这条三秒长的语音。

她也好想只回一个“哦”字。

但应该不行。

为了减少不必要的麻烦，她回复了两个字。

时缱：好的。

很快，手机收到了一条银行卡资金变动的提示短信。

时缱看着这个金额，默默算了下，这大概是她半年的生活费。

她猜测着时灵的意思——钱已经给了，这半年少联系。

这样也很好。

云大附中的学习生活果然如同林尘垚描述的那样，原本让时缱感到无所适从的同学交往已经变成了繁重课业里的调味剂。

时缱很喜欢这种没有时间深交的状态。

她现在还有一个固定饭友，是一个叫南露的女孩子，对方开朗又豪爽。每到饭点两人就相约去食堂。

南露很喜欢跟时缱分享自己听到的各种小八卦，每次去食堂，一路上都叽叽喳喳的：哪两个同学之间氛围很微妙；哪个老师最近很严，作业查得紧；哪个同学去参加了竞赛，如果获奖了，说不定会降低录取分数线……

时缱每次都听得认真，这种同学间正常的交流，她错过了很多年，所以倍感珍惜。

小时候被嫌弃穿的裙子不好看；跟随时灵转入好一点的小学之后，同学们又很排斥转学生；好不容易升入初中，大家站在了同一起跑线上，但班上总有一个女生阴阳怪气地说自己是富二代，大家高攀不起……

在时缱已经习惯独来独往的时候，南露风风火火地闯进了她的世界。

时缱第一次来报到的时候，班级里已经零零散散坐了几个同学了。

她环顾教室一周，然后挑了一个周围都比较空的座位坐下。她刚刚放好书包，拿出一支笔和本子，前座便坐下了一个穿着百褶裙的女孩子。

女孩刚一坐稳，就迫不及待地扭头同她打招呼：“同学，你真好看！我叫南露，我们交个朋友吧？”

面前抱着书包的陌生女孩笑得一脸自来熟，竟然让时缱有种莫名的亲切感。

时缱小心翼翼地伸出手，声音紧张得不行：“我叫时缱，你好。”

南露飞快地抓住了她的手，紧紧握住摇了摇，语气里有些撒娇的意味：“我一个人吃不下饭的，以后我们要一起去食堂吃饭哦。”

时缱有些受宠若惊，她眨了眨眼，迟钝地点点头。

南露更开心了，又凑近了一些，小声说：“你真的好好看呀，呆呆的样子也好可爱。”

时缱哭笑不得。

初三第一次月考结束，紧接着就是第一个月假。

时缱和南露一起收拾好作业走出教室，时缱一脸的恋恋不舍。

南露盯着她看了半晌，问：“缱缱，你不开心啊？”

时缱点点头：“是有一点。”

“放假还不开心啊？”南露惊讶，接着又恍然大悟，“我知道了，因为舍不得可爱的我，对不对？”

时缱看着她，笑了，点点头，正想说些什么。

南露一把抓过时缱的手臂，压低声音，语速飞快：“快看快看！校门口有一个帅哥！”

时缱依言望去，在一群白茫茫的校服里，一眼就望见了林尘垚。他也看见了时缱，正冲着她招手示意。

眼力见满分的南露看看帅哥，又看看时缱，很快反应过来两人是认识的关系。

她撞了撞时缱的肩膀，问道：“你哥哥啊？”

时缱支吾着点头，含混道：“表哥……”

“快快快，让我近距离瞻仰一下帅哥。”说完，南露便不由分说地拉着时缱往林尘垚的方向跑去。

两人站定在林尘垚面前后，时缱才反应过来发生了什么。

想到自己刚刚随口胡扯的“表哥”，她心里有了一丝不好的预感。

果然，南露已经开了口：“时缱表哥你好呀，我是时缱的同学，我叫南露。”

林尘垚微微歪头，露出一个意味深长的笑容。

时缱绝望地闭了闭眼。

真的太尴尬了。

比两人高出一个头的男人开了口，声音温和：“南露同学你好，我是时缱的表哥，远房表哥。”

南露说是瞻仰帅哥就是瞻仰帅哥，打了个招呼，近距离看清了帅哥的面容之后，就欢天喜地地离开了。

留下了时缱一人在原地头皮发麻。

林尘垚目送南露离开，然后低下头，向着眼前苦着一张脸的女孩微微俯身，笑道：“走吧？表妹。”

时缱委屈巴巴地看了林尘垚一眼，解释：“我怕直接说哥哥，南露会问我是不是亲哥……她的思想太跳脱了，如果我说是没有血缘关系的哥哥，一定会被拉住问很久。”

林尘垚忍住笑，语气认真：“没关系，说不定往上翻个几代，我们真是亲戚关系呢？”

林尘垚顺手接过时缱的书包，看着是打算掀过这一章的样子。

时缱松了口气，问：“去哪里呀？”

林尘垚：“表哥的车敢不敢坐？”

“喂！”时缱恼羞成怒，瞪着面前笑个没完的人。

林尘垚摆摆手，示意不闹了，轻咳两声，说：“不着急回家的话，我们就去商场逛逛？如果着急回去，我送你回家。”

时缱回道：“我倒是不着急回去，去商场逛什么呢？”

林尘垚沉吟片刻，提议：“去商场的电玩城怎么样？”

时缱没有异议。

林尘垚便驱车带时缱去了她住的公寓附近的一个商场。

电玩城在三楼，两人乘手扶电梯，绕了一圈上去。三楼电梯口的第一家店是家书店，玻璃橱窗里放了很多展示的杂志和书籍。

时缱扫了一眼，忽然停下了脚步。好像看到了在云大碰到的那个好看的姐姐了，时缱凑上前去仔细看。

林尘垚注意到时缱的停顿，问道：“怎么了？”

时缱指了指玻璃橱窗里的一本杂志。

林尘垚顺着她的指尖，扫了眼杂志的名字，《满月》。看样子，好像是小说杂志。

“喜欢看小说？”林尘垚随口问道。

时缱下意识回答："啊……不是……我上次去……"

接着，她猛地住了口。

"嗯？"

时缱脑子转得飞快，很快就给自己找了个借口："我上次去……食堂……看见有人一边吃饭，一边看这个杂志，估计是挺好看的……"

林尘垚失笑："现在的初三学生时间被挤压得这么厉害？在食堂吃饭还要抓紧时间看小说？"

时缱含混地应了声，然后推着林尘垚走了。

"不买吗？"

时缱硬着头皮说："我觉得，还是好好学习比较重要。"

"偶尔看看小说放松一下也没关系啊，我初三的时候还每天晚上偷偷打游戏呢。"

时缱语塞，无语地看了林尘垚一眼，觉得如果自己不去买这本杂志，他说不定会偷偷给自己买回来。

于是，她转身进了书店，找到堆放《满月》的书架。

书架旁有个穿着黑色T恤的男生也立在这里，星眸剑眉，鼻梁高挺，周身的气质看起来有些清冷。他低垂着眼，睫毛像鸦羽一般垂着。

时缱只略略扫了一眼便收回了目光，她的审美还是比较偏向林尘垚这种阳光型的。

她伸手拿杂志，忽然听见身边的人发出一声冷哼。

时缱忍不住又扭头看了他一眼，只见这个气质清冷的黑衣帅哥一脸冷漠地抽出一本杂志，用两指捏着，拎着去了收银台结账。

时缱疑惑地皱眉，这杂志，拍得挺好看的啊，宁愿笑得多甜啊，还捧着盘草莓，旁边立着一个清秀的男生深情地看着她。

氛围感很足，很符合这一期的主题——暗恋。

耳边传来"咚咚"的敲击声，时缱回头。

林尘垚正抱臂站在几步远的地方，脸上没什么表情："看呆了？"

"啊？"

他上前来替时缱抽出一本杂志，在小姑娘耳边，似笑非笑道："学习累了，看小说放松可以。想早恋放松，腿打断。”

几次月考下来，时缱开始在年级内小有名气。

漂亮纤柔的少女，在眼睛里有了光之后，一下就灵动了起来。

再加之成绩拔尖，每次优秀学生光荣榜上总能看见她的照片——素颜怼脸证件照都漂亮到不行的那种。

但时缱对这些来自陌生同学的关注并不关心，她依旧每天闷在教室里刷题，除了必要，很少出现在除了教室之外的场合。

时缱本以为这样就能浇灭他人对自己的好奇心，却没想到，因为她的不常露面，反而为自己添上了一抹神秘色彩，引起更多的关注。

南露却对这个阴错阳差的结果很是满意——抱着“要向全世界炫耀自家宝贝”的心情，南露对时缱名气的关注程度完全超越了时缱本人，她甚至还会特意关注学校贴吧，实时监控有关“时缱”的讨论帖数量。

但这周开始，学校贴吧的讨论重心从“时缱”转向了另一个名字。

南露对此很是不满。

经过两天锲而不舍的努力，南露终于调查清楚了新的关注焦点是隔壁班的班长，而让他的讨论度骤然上升的原因，是每个周五的下午，这位长相阳光帅气的班长同学，都会去校篮球场挥洒汗水，展现其鹤立鸡群般的篮球技能。

“初三了还有空打篮球？”时缱疑惑。

“唔……前、前校篮球队的。你之前没在附中你不知道，他每次体育课打篮球都会被一起上课的女同学围观，场面可壮观了。”说到这里，南露忽然意识到自己被时缱带偏了，于是赶忙又将话题拉了回来，“你就跟我一起去看看嘛！相信我，只要你往篮球场边一站，今晚学校贴吧的首页就又会是你的天下。”

时缱敷衍地“嗯”了声，又继续去算题。

南露一脸痛心：“你怎么对自己的‘王座’这么不在意！”

时缱笑道：“我是来读书的，又不是来登基的。”

“那就当是去认识个新朋友嘛！”面对油盐不进的时缱，南露开始用胡言乱语做最后的挣扎，“然后你们共同努力，考上同一所高中、同一所大学……这是什么小说照进现实里的情节！只要你现在下去，就是这本小说的开篇。”

时缱一边往卷子上填完一个答案，一边淡淡道：“我那个表哥你记得吧？”

南露回忆了一下：“校门口那个帅哥？”

时缱点头，说：“上次他带我出去玩，跟我说：想早恋，腿打断。”

“啊……”南露觉得十分遗憾，同情地看了时缱一眼，“那你还是好好学习吧，你哥哥看着温温柔柔又爱笑的，书上说这种男生发起火来最可怕了。”

“哪本书？”时缱好奇。

“《当代男子图鉴》。”南露正色道。

晚自习结束后，时缱和南露一起下楼。

时缱住校，南露走读，但南露为了多跟时缱说几句话，每天都会把她送到宿舍楼下。

“下周你要过生日了吧？可惜是个周三。”

时缱不太在意地说：“没关系，生日上课也挺好的。”

南露恨铁不成钢地看着时缱：“你学着对自己好点好吗？要学会爱自己！生日还学习什么？”

时缱哭笑不得：“生日学习怎么就不好了？”

南露义正词严道：“生日就该给自己放假！学什么学！”

时缱总是说不过她，于是顺着她讲：“那也没办法啊……没赶上周末嘛。”

南露思考了一下，凑近时缱耳边，给她出主意：“你要不装作肚子疼，去请一天病假吧？”

时缱一脸认真：“我觉得也不是不行……”

南露惊喜：“你终于开窍了？”

“但下周四不是有月考吗？周三如果出去玩，我怕我周四收不了心，考砸了可就麻烦了。”时缱面露难色。

南露忽然想起来什么，急忙摆手：“你就当我刚刚放了个屁！玩什么玩！你这次月考再稳坐前三，直升本校高中部就稳了。玩什么玩！学习！”

时缱笑着看南露慌张的表情，她好像比自己更在乎自己的这次月考成绩。

时缱亲昵地挽住南露的手臂，安抚道：“好啦，开玩笑的。你还不知道我吗，我可是沉迷学习好吗？”

确实如此。

南露点点头，然后噘了噘嘴，凑近时缱，安慰她：“可怜的宝宝，等我那天给你带小蛋糕进来。”

时缱点点头：“行。那中午我请你吃饭，去最贵的窗口。”

南露感动地抱紧她：“呜呜，富婆快抱紧我。”

时缱的生日在平安夜。

那天南露给她带了一块切块蛋糕，中午两个人一起去食堂吃了麻辣香锅。

往回走的路上，时缱一直放在口袋里的手机破天荒地振动了一下。

是一条微信。时缱点开。

林尘垚：生日快乐。刚刚去你们教室，没看到你。我给你买了零食，放在1号宿舍楼的宿管阿姨那里，下晚自习了记得去拿。

时缱愣了两秒，然后立刻把手里喝了一半的奶茶塞进南露怀里，语速飞快地说：“我肚子疼，帮我拿回教室。”然后便跑开了。

时缱动作太快，南露都没能反应过来，等时缱的身影完全不见，才喃喃自语：“肚子疼往校门口跑什么呀？”

时缱气喘吁吁地跑到校门口的时候，林尘垚刚迈出校门。

她一着急，便脱口喊出他的名字：“林尘垚！”

林尘垚停下步伐，回头看见气喘吁吁的时缱。

他“嘶”了一声，咬牙。

时缱鼓了鼓腮，老老实实又叫了声“哥哥”。

林尘垚往回走了几步，伸手替时缱捋顺被风吹得乱糟糟的刘海。

“慌什么？跑得这么急。”

天冷，他的手指也微凉。

时缱快要发汗的额头猛然被冰，她下意识缩头。

林尘垚这才意识到自己的手有点凉，他收回手，抱歉道：“抱歉，冰到你了吧？忘记刚刚一直提着东西，手凉。”

时缱不在意地摆摆手，气还没喘匀：“是我……刚刚跑来……额头太热了。”

林尘垚不解：“什么事情这么着急，怎么不发微信？如果我走得再快一些，你岂不是要扑个空？”

时缱说不出话，她知道他来有些惊喜过头了，只想着见他一面，没有细想过他可能是到家了才给她发的消息。

她讷讷地张不开嘴。

林尘垚以为她还没缓过来，安慰道：“不着急，慢慢平复一下呼吸。”

时缱拿出三十分钟赶作文的紧迫感，努力给自己找寻一个合理的借口。虽然说谎会紧张，但幸好她现在本来就说话不太连贯。

“你能不能……找个借口把我带出去？”

林尘垚挑眉，没想到是这种有些叛逆的要求，问：“理由呢？”

“我上周天回家，错题本落在公寓里了……”时缱边说边小心翼翼地观察他的表情，“明天要月考……我想再看看错题。”

林尘垚皱眉：“每周就放半天假，你还跑那么远回公寓了？”

时缱绝望地闭了闭眼，果然，就知道这种慌忙找出来的借口一定漏洞百出。

她低下头，一副犯了错被抓住的样子，做最后的挣扎：“好吧，其实不是。是明天要考试了，我太紧张了……想让你带我出去走走，放松一下……”

林尘垚抱臂看着面前低垂着脑袋的小姑娘。

考虑良久，他还是答应了："看在你今天是小寿星的分儿上。你们班主任电话多少？"

时缱惊喜地抬起了头。

下午时分，商业街已是满眼的热闹。

商场门口立着一棵巨大的圣诞树，树上挂满了装饰物，树下堆着大大小小的礼物盒。

天气也好，阳光灿烂，暖洋洋的。

时缱怕冷，还是紧紧地裹着围巾和毛线帽，羽绒服的拉链拉得严严实实，外面的扣子也扣得一丝不苟。

林尘垚却只穿了一件羊毛大衣，轻薄又修身，将原本就瘦高的身材优势发挥得淋漓尽致，尤其是站在裹得圆圆的时缱身边，显得更加修长。

路过一家以深色系为装修主色调的店铺时，两人的身影清晰地印在了玻璃上。

时缱发现了这种强烈的对比感，她伸手压了压围巾，露出一张满是笑意的脸。她回过头，正想说话，却看见环形廊道的另一侧，有一个四五岁大的男孩子在一家男装店门口哭。

看清楚那男孩儿的样子之后，时缱的笑容僵在了脸上，手也慢慢放了下来。

林尘垚顺着她的目光看去，不明所以，但见她神情专注，便试探着唤了她一声："缱缱？"

很快，从店里跑出来一个衣着雍容的女人，她踩着细高跟，步伐却飞快，三两步冲到男孩儿面前，一把抱起了他。

女人看起来快要急哭了，一手托着男孩儿，一手轻轻地拍打他的背，不停来回走动着，轻轻摇晃，嘴里似乎还在说些什么。

离得太远，时缱听不见她在说什么。

男孩儿很快便不再号啕大哭，而是趴在女人的颈窝处抽泣，小小的身体一抽一抽的。

看起来，女人刚刚说的话，应该是在安抚小孩子。

时缱呆呆地看了这母子俩许久。从林尘垚的角度看去，只能看见时缱的小半张侧脸。女孩看得满眼认真，他没有打扰她。

一直到母子俩离开，时缱才醒过神来。

她如梦初醒一般，神态迷茫，视线在空中飘荡了一圈，最终落在了林尘垚的脸上。

她转头的时候，围巾掉下来了一些，下半张脸也跟着露出来。

林尘垚这才看清了时缱的整张脸，她嘴角绷得笔直，像是死死地咬住了牙。

她说："我小时候也很爱哭的。"

陈述句。

语气很平，听不出具体想要表达的含义。

林尘垚回忆着刚刚对面那个女人哄孩子的画面，思考着怎么接话。

"可我几乎没有怎么见过她，"时缱吸了吸鼻子，"记事以来，我只在她面前哭过一回。

"可她很厌恶地扭头就走了。

"原来，她其实会对这么大的小孩儿有耐心，会这么温柔地哄人。

"刚刚那个女人，也是我妈妈。"

她也是我妈妈。

弟弟刚出生的时候，时缱也曾见过几次他们母子相处的场景，每次弟弟一哭，时灵就手忙脚乱地把小孩儿塞给月嫂。

时缱原以为，可能时灵天生就不会应付小孩儿哭。现在看来，当时的时灵应该是因为太过惊慌了，她怕自己照顾不好儿子，才会把儿子塞给月嫂的吧。

总之，不会是因为厌恶。

原来，她不是嫌我麻烦。

是真的，真的是，厌恶。

厌恶我。

Chapter 7 / 毕业典礼

那日过后，时缱没有陷入负面情绪太久。意外地，她感觉自己好像终于想明白了许多事情。

并不是每个孩子都是受到祝福降世的。

可以理解。

可既然自己已经活了下来，并且长到这么大了，总要继续向前。生不由我，可生活暂时还由得我。

时缱想起林尘垚给自己勾画的蓝图，也想起在云大遇见的那个漂亮姐姐。

是不是，等她上了大学，也会变成那个姐姐的样子？

自信又开朗，对生活充满期待。

时缱不再浪费时间去无谓地胡思乱想。林尘垚为她指明了道路，宁愿向她展示了生动的前景，她只需要努力就好了。

好好学习，考上一个好高中，然后再好好学习，考上一个好大学。

其实，上天也为她开过窗。

林尘垚让她感受温暖，原来没有血缘关系的人也可以对自己抱有无限的善意；

宁愿让她向往将来，也许将来其实有很多有趣的事情在等着自己。

南露让她体会生动的情谊，让自己开始慢慢习惯接纳他人。

虽然亲情缘薄，可是没关系。

她会让自己的人生变得生动起来的。一切都会变好的。

想清楚之后，时缱更加努力地学习。

按南露的话来说，她已经陷入和学习的热恋不可自拔了，热恋中的人都没她如此痴迷心醉。

初三下半学期过得格外快，在一场又一场的考试中，时缱几乎感受不到时间的流逝。

她眼里只有知识点检查、错题分析、查漏补缺这一整套流程。

时缱本来就是聪明的孩子，加之拼命地努力，那年中考考出了云城市第一名的好成绩。

在她的感染之下，原本志不在学习，对成绩保持一种佛系态度的南露也为了想继续跟她做同学而努力学习。

最终，两人双双直升云城大学附属中学高中部的特优班。

录取结果出来的那天早上，南露给时缱打了一个视频电话。

时缱正睡得迷迷糊糊，她昨晚整理书籍，翻出了那本去年跟林尘垚逛商场时买的《满月》。里面的小说太吸引人，她一不留神就看到深夜。还有几篇是连载的，时缱算算时间，半年了，应该又出了好几期了。

她打算今天起床后，收拾收拾去把接下来的几期都买回来。

“缱缱宝贝！”南露兴奋的声音把时缱震了个清醒。

时缱揉揉眼，费力地撑起身子坐起来，她睡得太沉了，刚醒感觉浑身都没有力气。

“我们又可以做同学了！我本来担心成绩不够特优只能分在你隔壁班的，连让我爸花点钱把我买去你们班这种后路我都想好了……啊！疼——”

时缱关切地问：“撞到了？”

下一秒，电话里传来一个中年女人的声音：“也不嫌丢人。”

“妈，你打我干啥呀？”南露委屈。

南露妈妈一把把南露挤开，凑在镜头前和时缱打招呼：“这就是时缱吧？我们家小露经常提到你呀。阿姨真的很谢谢你带着她一起学习，小露说你总给她讲题的，让你费心了。”

时缱猝不及防对上一张保养得当的陌生中年女人的脸，她愣了一秒，然后飞快地扒拉了两下自己的头发，将手机举远了一些，以求看起来更端庄礼貌一点。

“妈，你把我们缱缱吓到了！”南露替她说话。

时缱连忙摆手，说：“没有没有。阿姨好，我是时缱。露露自己本来就很努力、很聪明的，我只是偶尔帮她梳理一下知识点，她一点就通。”

南露得意：“看到没有，我说吧。”

接着，她又抢过手机，把自己妈妈往门外推：“好了好了，妈妈你先出去，我还有话跟缱缱说。”

“我还没说完呢……你这丫头，那你让时缱有空来家里玩儿，我给她煲汤喝。”

“知道了知道了。”

传来一声关门声后，那边就安静了。

下一秒，南露凑到镜头前，稀奇道：“你今天怎么醒这么晚？都九点半了，这不像是你的作风。”

“我昨晚担心录取结果……”

“……时缱，你变了。你都会对我扯谎了。”

南露磨牙霍霍，全市第一担心什么录取结果？担心想去的学校临时倒闭了吗？

时缱活动了一下脖子，感觉自己好像有点落枕了，皱着眉坦白：“好吧，是我昨晚沉迷看小说……”

“嚯！”南露惊叫，“你终于开悟了，宝贝！”

时缱觉得脖子疼，又对南露夸张的反应感到想笑，两种情绪碰撞之下，形成了一个苦笑：“是挺有意思的。”

“那你怎么笑得这么苦？”

时缱苦着一张脸：“我落枕了……”

南露无语半晌，终于想起今天打电话的主要目的：“缱缱，你下午能不能陪我去繁盛啊？”

繁盛是云城最大的购物商场。

“你有东西要买吗？”

时缱一边问着，一边小心翼翼地挪动着下了床，用脚勾到了拖鞋，穿好后，往洗手间走去。

“我喜欢的那个男团……”南露的声音忽然娇羞，“今天下午在那里有签售……”

“哦……”时缱了然，“我给你打掩护。”

南露对时缱上道的行为很赞赏，她悄悄打开房门，故意大声说：“什么？你下午要去买书啊？都中考完了还买什么书啊？！”

门外果然传来妈妈的声音：“中考完了怎么就不用学习了？小露你也跟着去书店买点儿书看看！”

时缱把手机立在了洗漱台侧面的边柜里，一边刷着牙，一边笑。

南露勉为其难的样子：“啊……好吧好吧，那我也去吧。”

说完，她重新关上了门，一手举着手机，一手捂着嘴偷笑。

兴奋了一会儿，南露压低声音：“好了好了，我要开始收拾了。我一定要是全场最美丽的崽！缱缱宝贝，咱们下午一点不见不散哦，么么哒，拜拜！”

时缱吐出嘴里的泡沫，洗漱完毕后拿起已经安静的手机往外走。

忽然，手机又响了起来。时缱以为南露还有什么没有交代完的事情，低头一看，竟然是林尘垚打来的。

她愣了两秒，很快接通。

“恭喜你呀，小状元。”林尘垚声音里满是笑意，祝贺完又有些抱歉，“前段时间忙着毕业答辩，考试之前一直没有关心你。”

“那考完了你也没有关心我……”时缱小声抱怨。

林尘垚的笑意更甚，却说着抱歉的话：“是我的错，最近实在是太忙了。”

忽然，他话锋一转：“明天邀请你来我的毕业典礼好不好？哥哥当面给你道歉。”

时缱眼前一亮，小小的委屈登时烟消云散。

“我也可以去吗？”

“当然可以。”

下午一点，繁盛国际。

时缱拎着两杯奶茶，立在商场门内等南露。

南露穿着华丽的小裙子，编着精致可爱的头发，很快出现在时缱的视野里。时缱没有见过南露这么隆重的打扮，一时有些看呆了。

她侧身，看了看自己今天的打扮：丸子头、白T恤、牛仔短裤、运动鞋。她又想了想自己衣柜里的衣服，忽然开始烦恼明天要穿什么衣服去林尘垚的毕业典礼。

不说隆重，总要正式一点吧。

南露也看见了时缱，三步并作两步地小跑到时缱面前，她笑着伸手在时缱面前晃了晃：“嘿！看什么呢？”

时缱回了神，说：“看你呀，你今天好可爱。”

闻言，南露高傲地抬了抬下巴：“那当然啦，我打扮了三个小时！”

“露露啊……”时缱有些不好意思地咬了咬唇。

“哈？”

“你能不能……一会儿签售会结束，帮我看一条裙子啊？”

南露眨了眨眼，然后八卦地嗅了嗅时缱：“缱缱，我好像在你身上闻到了一种不同寻常的味道。”

时缱愣住，没有反应过来她指的是什么。

“你是不是……”南露笑得暧昧，“有喜欢的人了呀？”

时缱白净的小脸一下涨红，着急道：“哪儿有！我是要去参加我表哥的毕业典礼！”

“哦哦，”南露有点失望，收起自己的八卦小雷达，“那是要穿得好看一点儿。”

南露谢绝了时缱的奶茶，说签售会不知道要多久，她不能因为上厕所错失哥哥的任何一个瞬间。

走之前，她叮嘱着："你帮我收好了，我一会儿出来再喝！"

两人分开后，时缱拎着两杯奶茶，独自一人去找书店。她记得繁盛有一家网红书店，不知道有没有卖《满月》的。

时缱绕了好一会儿才找到这家书店，也如愿找到了《满月》，可时间过去太久，中间两期已经下架了。

时缱叹了口气，只好将最新的几期买下来。

她拎着奶茶，担心如果打翻的话会影响他人，只好结了账，又去找咖啡厅。

在咖啡厅里，时缱点了一块蛋糕，然后找了个位置坐下，开始看刚买的杂志。

因为跳了两期，情节和她昨晚看到的有点接不上，甚至还出现了几个陌生的名字。时缱失望地叹了口气，将杂志收了起来。

她百无聊赖地坐着等南露，思维渐渐发散到漫无边际的地方。

忽然，她又惊醒一般，将思绪扯回现实——明天，要带礼物去吧?

时缱琢磨了一会儿，开始上网搜索毕业典礼都需要什么。

网上什么回答都有，可大部分都在分析送什么东西代表着什么寓意。但好像所有的礼物，最终的寓意都会绕到喜欢上。

时缱皱了皱眉，她不想被林尘垚误会。

误会自己喜欢他。

他帮了自己那么多，难道还要麻烦他费心思去拒绝自己?

想到这里，时缱愣了一下。

为什么自己刚刚下意识的反应，不是否认对他有别样的心思，而是担心他会花心思拒绝自己?

她分明没有肖想过林尘垚的。

时缱皱了皱眉。

恰在此时，南露打来电话询问她在哪里。无暇细想，时缱收拾好东西，去二楼女装区跟南露碰头。

买衣服的过程很顺利，时缱和南露几乎没什么分歧。

可到给林尘垚挑礼物时，两人的意见几乎就没统一过。

南露建议的礼物是一条领带，深灰色的，右下角有个沿着边的黑色钝角三角形图案。

时缱有些抗拒。

刚刚的搜索结果，都说领带是很亲密、很暧昧的礼物。

坚持认为这条领带很好看、很适合大帅哥的南露反驳道：“网上搜什么东西都有人说暧昧。

“再说了，送给要毕业的表哥一条领带不知道多实用好吗？兄妹之间就不要搞些花里胡哨的东西了，香水什么的才不实用又尴尬。”

时缱还在犹豫，说：“不然还是算了，我不清楚他的穿着喜好，万一他不喜欢呢？”

感觉品位被质疑的南露眼睛一瞪：“这种简单朴素又别致的款式凭什么不喜欢？”

谁都不能质疑她的品位。大帅哥也不行！

“不是他不喜欢……”时缱昧着良心补救道，“说不定是他的气质压不住呢？”

南露感觉这个理由还可以接受，她哼唧一声，不太情愿地继续给建议：“那也不是没有别的办法……不然就送电子产品好了，冷冰冰的，一点儿都不暧昧。”

时缱觉得可行。

千挑万选，最终，时缱选中了一个电子手环。

南露面无表情，满脸都写着：就这？

时缱却很满意：“既不贵重，让收礼的人没有负担，又很实用，不愿意用还可以随手一扔，不占地方。”

南露无语，时缱竟然连别人不想要的情况都想好了。

“那你买个体重秤不也一样？”

“体重秤没有电子手环体积小，我刚刚考虑过的。”时缱很认真地回答。

南露不由得翻了个白眼。

第二天上午九点，时缱拿着一小束花到了云城大学门口。

这是昨晚在南露推荐的花店定的。

时缱对花没有什么研究，进了花店大概描述了心里想要的大小，花艺师建议她挑九朵，她就满花店地选，也不问花语，只考虑好看、颜色放在一起和谐。

拿到的成品大小和她想象中的一样，小巧又精美。

花艺师设计得也很好看。

时缱单手握着，显得花束还比较大。考虑到林尘垚比自己大了好几号，放在他手里肯定就很和谐了。

时缱今天披散着头发，耳边夹着一个可爱的发夹，身上穿着一条英式校园风的连衣裙。

她虽然没有化妆，可皮肤瓷白无暇，加之昨天被南露拉去修了个眉毛，脸上唯一有些原生态的地方也变得精致了起来。

白色的裙摆落在她膝盖下面一点，裙尾处滚了一圈海蓝色的边，polo 领外系着一条短短的蓝底白条纹的小领带。

小拇指粗的深蓝色腰带勾出她纤细的腰肢。

十五岁的小姑娘，已然出落得亭亭玉立。

林尘垚穿着学士服在校门口接时缱，看到捧着花的时缱走到面前，笑着说："小姑娘长大了，知道爱美了。"

时缱脸微微有些红，她抬手把花送到林尘垚的面前："祝你毕业快乐呀。"

"谢谢。"林尘垚接过花束，笑意更加明显。

"还有这个。"时缱把提着的礼袋也送给他。

礼袋上印着大大的品牌 Logo（商标），林尘垚接过后感受了一下重量，估摸着不是手机，他松了口气。

"谢谢你的礼物，但价钱超过两百元的礼物不要送哥哥。浪费，钱留着自己花。"

时缱有些不安："超了四十九元……行吗？"

林尘垚看着她紧张的样子，摇头笑道：“下不为例。”

见他收下，时缱如释重负。

她昨天都不敢挑贵的，就是怕他不肯收。

时缱年纪不大，可已经隐隐长成了一个美人胚子。

一路上收获了不少目光，她只当没看见，跟林尘垚聊着天。

“阮奶奶来了吗？我很多年没见过她了。”时缱忽然问。

林尘垚说：“奶奶和爷爷都没有来，奶奶年纪大了，晕车更严重了，说是不想折腾，让我多拍点儿照片给她就行。”

时缱还想问些什么。

林尘垚猜出她的想法，抢先回答：“我爸妈也没有来，我爸这段时间外调别的地方，我妈一放暑假就迫不及待跑去我爸的驻地了。”

“阿姨不想看看你穿学士服的样子吗？”时缱惊奇道。

林尘垚皮笑肉不笑：“姚女士说她每年都能看到穿学士服的小帅哥，我只不过是其中平平无奇的一个，还是老公比较重要。”

时缱“扑哧”笑出了声。

俩人一边聊一边走，快到体育馆的时候，迎面遇到一个脚步匆匆的同学往校门口走。他匆忙中不忘和林尘垚打招呼，两个人很熟悉的样子。

刚错开没几步，又见他急忙跑了回来：“垚哥！”

林尘垚顿住步子，疑惑地看他。

“这位是——”男同学看着时缱的目光有掩饰不住的震惊。

时缱心里一紧：这人不会又要回答……

果然。

“我表妹。”林尘垚的声音里有掩饰不住的炫耀，“好看吧？”

男同学不住点头，一脸服气：“你们家基因可真好。”

林尘垚对他把自己也夸上了的回答表示十分满意：“兄弟上道，你现在不急了？”

男同学如梦初醒，边跑边道别：“我还要去接人！表妹，欢迎来到云大啊！”

时缱震惊地看着新鲜出炉的表哥二号，觉得这人也太过自来熟了。

林尘垚带着她继续往前走，解释道：“我室友，话多，别理他。”

时缱点点头，小声说：“还挺……可爱的。”

“你什么眼光？”林尘垚无语，“等长大了交男朋友，别找这样的，找成熟稳重一点儿的。”

时缱故意说：“这样的多欢脱啊。”

林尘垚似笑非笑地睨了她一眼，再次提醒她：“成年之前，敢早恋，腿打断。”

毕业典礼在云大体育馆举行，观礼家属坐在山顶，毕业生们坐在内场。各级领导讲话完毕后，众人已经昏昏欲睡。

正当此时，主持人上来宣布有个中间暖场活动——由各院系毕业生们带来一系列歌曲串烧接龙。

开场的是个穿着黄色垂布学士服的女孩子，看起来应该是小有人气，一出场就引来一阵不小的欢呼。

两三个人接连唱完后，出来了一个穿着粉色垂布学士服的男生，当他唱到“没有哪个港口是永远的停留”时，恰好走到了林尘垚身边。

镜头不可避免地带到了林尘垚。

场内传来一阵惊呼，引起一阵小小的骚动。

林尘垚彼时正低垂着眉眼，长而浓密的眼睫毛微垂，像若有似无又恰到好处的眼妆，并着他高挺的鼻梁和流畅的脸型轮廓，像是美术馆里的雕像一般。

他没有戴学士帽，帽子被他随意地夹在臂弯里，姿态放松又舒展，莫名帅气。

听到骚动，林尘垚终于抬起眼。

那个唱歌的男生也有些莫名其妙，回头看了一眼大屏幕，明了地笑了。

两个人大概关系不错。

男生唱完一句“凤凰花开的路口”，故意将话筒递到林尘垚嘴边。他笑容满面，带头起哄，没拿着话筒的手不停往上抬，示意林尘垚接上。

林尘垚无奈地笑了笑，但还是很给面子地唱出了下一句：“有我最珍惜的朋友。”

以林尘垚为中心的一小片范围内，关系不错的同学们一阵欢呼叫好。

时缱看着，嘴角不知不觉地也挂上了笑容。

她想，他果然在同学群里很受欢迎。

真好。

拨穗仪式结束后，林尘垚作为优秀学生代表上台讲话。

他声音温雅，音色柔和又不失力度，讲述了自己入校以来的一些经历和自己大学时代做出的努力，鼓励学弟学妹们珍惜大学时光、不负大好年华。

演讲中间还穿插了两段小趣事，生动诙谐又鼓舞人心。

最后，他官方地感谢了校领导、老师以及同学。

就在时缱以为林尘垚说完了，正准备鼓掌的时候，林尘垚稍稍顿了两秒，将演讲稿折起，临时加了一个结尾。

“今天，我妹妹也来到了现场。”

大屏幕上的他笑得温和，时缱的心脏却猛地一跳，她完全没想到他会提到自己。

“她是一个勇敢又聪明的小姑娘。这话虽然有点自吹，”他的声音轻缓，目光温柔，“但我希望她以后以努力的哥哥为榜样，努力过好每一天，成为更好更优秀的自己。”

说完，林尘垚结束发言，向大家致谢。

全场掌声雷动。

时缱听见坐在旁边的阿姨们正在讨论：“哥哥这么优秀，妹妹也一定不差的……这家真是好福气，孩子们又优秀又友爱……”

时缱顿时觉得眼睛好酸。

她本以为自己亲情缘薄，可林尘垚当真是将她当成了自家妹妹般疼着哄着。

视线有些不受控制地模糊，蒙眬间，时缱好像看见林尘垚走下台阶的身影在微微发着光。

像一轮小太阳。

典礼结束之后，林尘垚给时缱发消息，让她从 C1 口出。

时缱没来过这里，找反了方向，等她转到 C1 口的时候，人都差不多快走光了。

稀稀拉拉的几个人中，长身玉立的林尘垚格外显眼。

时缱快步走去。

林尘垚也看见她了，待她走近，问道："是不是绕了个圈儿才找到？"

要说的话被他抢了先，时缱惊奇地问："你怎么知道的？"

林尘垚用学士帽轻轻拍了拍她的头："因为 C1 口原本应该是离你最近的一个出口。走，帮哥哥拍几张照片，还要给奶奶发回去。"

时缱欣然答应，两人并肩往外走。

"去哪里照？"时缱张望了一下。

林尘垚思考了一下："去法学院门口吧。"

时缱点点头，跟着他走。

学院门口聚集了不少来拍毕业照的学生。林尘垚人缘不错，被拉着照了好久的合照，时缱安静地在一旁等他。

最后一轮照完了，林尘垚随手拉过一个人，俩人一起往时缱这边走。

走近了，时缱才看清，是之前喊自己表妹的那个男生。

那个男生看见时缱，笑着自我介绍道："我叫冉景同，是你表哥的室友。"

时缱也礼貌地回应："我叫时缱。"

冉景同有点疑惑："垚哥，你妹妹不跟你一个姓啊？"

"表妹。"林尘垚一边调出相机，一边鄙视道，"多读点书吧你。"

冉景同委屈："我是还要继续读的啊。"

林尘垚没好气地把手机往他手里一塞，将他往后推了推："拍照。"

冉景同顺从地接过手机，开始调整光线角度。

趁着这个空当，时缱对林尘垚小声说："哥，你对人家好冷漠，有点儿没礼貌。"

“不是没礼貌，”林尘垚很淡定，“是两害相较取其轻。跟这家伙交流过多只会肝火郁结，你也不想看见你哥被木头气死吧？”

时缱噤声。

冉景同终于调好了角度，见两人似乎在交谈，他扬声提醒：“准备照相了啊——三、二、一！”

时缱闻声有些紧张，她站得笔直，像冰柱子一样僵硬，连笑都忘记了。

冉景同照好了一张，看了下照片，说：“表妹，你这个表情不行啊，怎么这么僵硬啊？你哥是不是打过你啊？”

林尘垚没好气：“就你屁话多！谁是你表妹？再瞎喊一个试试？”

“行行行，我不喊了。”大概平时没少被揍，冉景同立刻投降，“时缱，你记得笑啊，你哥这是毕业又不是肄业。”

林尘垚皱了皱眉，“嘶”了一声，登时就要往前走。

冉景同立刻举起一只手，安抚道：“我胡说八道的，逗逗小朋友嘛，垚哥消消气。赶紧照赶紧照，我妈还等我吃饭呢。”

林尘垚收了步子，又站了回去。

时缱努力调整了一下自己的状态。

冉景同说：“好，准备啊。”

时缱盯着镜头，笑得还是有点不自然。

但冉景同没注意到她的表情，他的关注点在另一个地方。他皱了皱眉，头也不抬地说：“你们兄妹不太亲近啊，站这么远做什么？”

林尘垚不想听他废话，抬手揽住时缱的肩膀，将她往自己身边带了带。

时缱惊讶地瞪大了眼睛，嘴角的笑容收了，但因为天生嘴角上扬，表情竟然意外地生动又可爱。

像一只被吓到的小猫咪。

冉景同捕捉到了这个瞬间：时缱惊讶的表情，以及林尘垚还没来得及拿下去、仍然落在她肩头的手。

时隔七年，两人的第二张合照。

毕业典礼结束，林尘垚送时缱回家。

到她家楼下时，他像是变戏法一般，拎出一个长方形的礼物袋，说："来自哥哥的回礼。"

时缱有些惊喜，笑着问："你什么时候准备的？"

林尘垚耸耸肩，示意她打开看看。

是《满月》，从俩人上次一起去买的那一期的次期到出版的最新一期。

一期不落。

时缱有些惊讶，她以为中间那两期已经断货买不到了，毕竟繁盛的那个书店号称是云城市收录书籍杂志最全的书店。

时缱正想问他在哪里买的，就听见他说："每个月都准备了，想着你忙着备考应该没工夫去买，等考完了也许会想看。"

时缱心头一暖，乖巧道了谢，正准备道别。

林尘垚忽然开口："缱缱，我暑假会离开云城，回去陪陪奶奶。"

时缱有些手足无措，原本还想着在他出国前，趁这个两个人都空闲的暑假，多找些借口见见他。

可她说不出口，只好语无伦次地应道："应该的，你要出国了，是应该多陪陪阮奶奶。她一定很想你……应该的……"

林尘垚看出她的失落，却不知道该怎么安慰。

爷爷奶奶年岁渐高，这两年身体已经大不如前，他想在出国前多陪陪二老。

他心里也总觉得，既然已经和时缱恢复了联系，比起两位老人，以后总归是能见到她的日子更长久些。

林尘垚默默地打了许多腹稿，却终究没能找出一句合适的话。

时缱觉得这沉默让她有些不舒服，于是找了个借口便匆忙离开了。

林尘垚看着时缱离去的单薄背影，心里总觉得有些隐隐不安。可那不安轻飘飘的，像风一样略过，他没能抓住头绪。

暑假快要结束，正当林尘垚打算返回云城的时候，林爷爷突然病倒了。

老爷子一生身体强健，突如其来的病让林家上上下下都慌了手脚。

林父没法久留，又不能辛苦同样年事已高的阮奶奶，姚蕴宜便和林尘垚两个人白天夜晚地轮流陪护林爷爷。直到林尘垚不得不离开时，林爷爷才逐渐好转。

因为时间不够，林尘垚没有再回云城，直接从爷爷家出发去了当地的机场，转机出了国。

他在微信上和时缱解释了突发情况。

时缱表示理解，但还是对于不能送他略有遗憾。

但这遗憾也没有持续很久，时缱那个时候已经被学习搞得焦头烂额——她不知道还有初升高衔接班的存在，等到开学才发现自己和别的同学间，几乎已经落下一个月的进度了。

高一刚开学，时缱一头撞入陌生的 f（x）函数、mol 计量。

陌生的知识点大量涌入，她接受得略有些吃力，只好心无杂念，拼命补课。

尖子生们的世界，从来没有谁会原地等着你去追的。

时缱努力，别人更努力，这一路她跌跌撞撞，心态几度濒临崩溃。

等勉强追平同学们的进度时，已经入冬了。

因为时差，加上两个人都很忙，林尘垚和时缱这半年来几乎是在用漂流瓶交流——有空便回消息，也没有谁等谁。

电话只有中秋节的时候打过一通，互相问候完，时缱就忙着去分析月考试卷了。

所以当十二月底终于空闲下来后，时缱看到林尘垚发消息说他寒假应该不会回来，因为有个很好的实习机会，他需要留在那里。

那一刻，她感到一阵足以将她淹没的委屈涌上心头。

她忽然明白，林尘垚虽然待她极好，可终究也有自己的人生要去忙碌。

她知道这委屈有些不讲道理。

可是，她真的很难过。

在每一个因为成绩而焦虑失眠的晚上，她都想着，等到新年林尘垚回来，要和他炫耀自己有多厉害。

那么大的压力，可是她都没有跟任何人抱怨，自己一个人全部消化了。

她想着，到时候也许林尘垚会夸自己做得好，那么，她就能跟这段焦虑的日子和解了。

当那个心理预期的节点轰然崩塌，她开始有些无所适从。

虽然心情阴沉了两天，但时缱从小就习惯了自己安慰自己。不管有没有真的想通，很多事情，她都会尽快给自己找一个借口，当作它已经过去了。

这次，她告诉自己：要依靠自己，不要把希望寄托在别人身上。

大家都很忙的，别给别人添麻烦。

托这种习惯的福，生日那天，时缱的心情还算不错。

那天，她的手机忘在了家里，放学后才看到林尘垚掐着国内时间的零点给她发了一条“生日快乐”。

时缱看到这条信息的时候，已经心无波澜，她很平静地给林尘垚回复了“谢谢”，并退回了他的转账。

时缱：你在国外也很辛苦，我这里钱还很充足。谢谢你的祝福，钱就不收啦。

附带一个可爱的表情包。

云城此刻已经是夜幕降临，可大洋彼岸的费城正是朝阳初升。

正在图书馆自习的林尘垚手边的手机一振，看完消息后，他的眉头渐渐皱了起来。

他觉得有哪里不对。

这一个月来，时缱很少联系他，他发给她的消息也是隔了好几天才会收到回复。他本想着，也许是高一刚开始，小姑娘有些应付不过来。

可这条消息……

林尘垚又反复读了几遍，眉头越皱越深。

看着挑不出错处，但林尘垚隐隐觉得，他和时缱之间好像又退回两人最初相处的模式了。

而在此之前，时缱明明已经学会偶尔对他抱怨一些生活琐事了。

他将思维短暂地从课本里抽出，分出心思去思考时缱忽然转变的原因。

也许，是因为自己过年不回去了？

思来想去也只有这么一个可能，可是他实在是找不到两相平衡的法子。

机会实在是难得，他没办法仅仅因为小姑娘生气就放弃。

只有自己以后多主动和她联系了。

那年新年，林尘垚没有回来。

毕业后，林尘垚仍然没有回来。

他寒假实习过的那个公司对他很满意，发来了不错的offer。并且，和他还算是亲近的小高层告诉他，公司有意扩张业务版图，正在筹建中国分部。

如果时机合适，且他表现优异、能胜任职务，也许两年之内，他就能被调配回国。

确实是个很难得的机会，权衡过后，林尘垚选择了入职。

近半年来他更难联系得上时缱了。

发出去的消息，那丫头一个月集中回一次。

就算他特意算好了节假日给她打电话，也大概率没人接。

一个季度大概只能通话一次，问就是课业繁重，每次说不到两句话就要忙着去学习。

林尘垚觉得很无奈，但他手上的事情也很多，为了展现出自己的能力，每个项目他都倾注全部心力，每一秒都恨不得掰成两半用。

这种情况下，又不能飞回国揍她一顿。

他只好默默在心里记下这笔账，预备等回国了之后一起找时缱算。

时光匆匆，如白驹过隙。

转眼便还有不到一个月就要高考了。

就连平时总是叽叽喳喳的南露，在高考倒计时不足三十天的时候，也仿佛忽然被点了哑穴。她每天都顶着一对黑眼圈来学校，偶尔放学路上还会哭，需要时缱开导她。

距离高考还有一周的时候，有一天晚自习，时灵忽然出现在了时缱教室门口。

那天，时灵破天荒的没有化妆，可依然穿着华贵。

她拎着价值不菲的手袋，立在只有纸张翻动声音的教室门前，柔柔地喊时缱的名字。

时缱从试卷堆里茫然抬头，她许久没有见过时灵了，上次见面还是前年农历新年。

去年弟弟身体出现了些问题，时灵发了条消息让时缱不要回去，以免打扰弟弟休养。

时缱早就习惯了，并没觉得有什么伤心的，甚至还因为不用在过年的时候总是提心吊胆地看别人脸色而开心了一瞬。

时灵脸上挂着一个有些虚浮的笑容，冲时缱招了招手。

时缱内心“咯噔”一下，强烈的不安涌上心头。

时缱刚刚走近，时灵便一把抓住了时缱的小臂。

时缱下意识地低头看向时灵的手。她的手好冰，这么热的天气里，冰得像三九天忘记戴手套的手。

时灵勉强冲她笑了笑：“时缱，妈妈给你打电话为什么不接呢？”

时缱下意识地解释：“我快要考试了……就没怎么看手机。”

“什么考试呀，这么重要？”时灵脸上的笑快要挂不住了，“跟妈妈去医院看看你弟弟吧。”

时缱的嘴巴轻轻张了一下，发不出声音。

她很想说，妈妈，我还有不到一周就要高考了。

是很重要的考试。

是我努力准备了很久的、真的很重要的考试。

可她话到嘴边，忽然变成了请求：“下周再去，可以吗？”

能不能等我考完了再说?

让我先考完，我什么都答应你。

求你了。

时缱哀求地看着时灵，顷刻间，眼泪抑制不住地涌了上来。

她内心的不安放大到了极点。

冥冥中有种强烈的预感：她这四年的辛苦，好像快要付诸东流了。

果然，时灵不笑了。

她拉着时缱手臂的那只手骤然握紧，语气变得很僵硬，是命令的口气：“先去医院看弟弟。”

Chapter 8 / 高考

九岁的时候，时缱多了一个弟弟。

蒋依时。

继父取的名。

继父解释完这个名字的寓意之后，时灵轻轻拍了他一下，撒娇："怎么好拿孩子的名字说情话？"

"不光是我，这小子以后也要事事依你。"男人笑着表忠心，"你就是我们家里说一不二的那个人。"

彼时，他们在客厅里谈笑，时缱独自坐在餐桌旁听着。

她脸上没有任何表情，心脏却开始微微抽痛，想起了自己名字的寓意。

时灵半拖半拽着将时缱带到了一家私立医院。

这家医院的装修很温馨，不像公立医院总是一片骇人的白。

蒋依时面色苍白地躺在一间 VIP 病房里。

小小的男孩儿躺在病床上，脸有些浮肿，手臂上连着透析血液的仪器，两根通着血的管子跟随心跳有节奏地跳动。

时灵并没有让时缱上前，她知道这对几乎没怎么见过面的姐弟并没有什么感情，就算此刻儿子在时缱面前奄奄一息，也并不会激起时缱多少同情心。

时灵看着面前出落得越发水灵的女孩子。她的眉眼，越来越像她那薄情又不负责任的生父。

是以，时灵从来不喜欢看到她。

这次，是这十八年来，时灵第一次感觉时缱还有点用处。

时灵收回思绪，开门见山地说：“你的弟弟需要肾移植。”

虽然时缱早已不对时灵抱有什么希望了，但此刻，她还是忍不住盯着时灵看了半晌。

时灵的语气就像是在说：你弟弟想要一个棒棒糖。

女人保养得当，脸上并没有什么明显的岁月留下的痕迹，只是脸颊因为过于疲惫和忧心而有些凹陷。

时缱绝望地闭了闭眼。

给蒋依时移植一个肾，她一定赶不上高考了。

这场她期待已久的考试。

这场她以为是开启新生活的钥匙的考试。

也许，以后她都再也没办法参加了。

时灵会把自己当作弟弟的备用肾源，牢牢地看管起来吧？

如果一个肾不行了，她相信时灵一定会毫不犹豫地要求自己把另一个肾也拿出来。哪怕自己会死，时灵大概眼睛都不会眨一下。

她想，时灵也许是想要收回给她的这条命了。

“我……”时缱的嗓子发哑，她不得不清了清嗓子，然后很缓慢地说，“可不可以再给我一个星期？”

“下周六……下周六我一定来这里。”她的声音里已经带上了哭腔。

“不行！”时灵几乎尖叫，“你弟弟很难受你看不到吗？你没有良心吗？不想着尽早救他，还要等什么？”

时缱手足无措，眼泪大颗大颗地砸落。

她觉得天旋地转，几乎站立不住，像是溺水了，无力感将她严丝合缝地包裹住。

她忽然想起四年前，在云大旁边的甜品店里。

记忆里，那天阳光灿烂，一切的人和事物都像是镀上了一层金色。

那个漂亮的姐姐说：“大学可有意思啦，强烈推荐你上大学也试试兼职哦，自己挣钱给自己花的感觉超级棒。”

还有三年前，在云大体育馆里。

林尘垚立在演讲台前，声音带着笑意。

“今天，我妹妹也来到了现场。”

“她是一个勇敢又聪明的小姑娘。这话虽然有点自吹，但我希望她以后以努力的哥哥为榜样，努力过好每一天，成为更好更优秀的自己。”

这些年里，她真的很努力地过好了每一天。

可她也许永远没有机会去成为更好更优秀的自己了。

时缱很快被带去做各种检查。

她行尸走肉一般，很配合，但不说话。

她被关在一间单间病房里，除了医生护士，没见过其他人。

门口有人看守，是时灵害怕她跑掉。

时缱每天都很配合地吃饭，配合地被安排着做各种检查，不哭不闹，以求时灵放松对她的警惕。

她也是真的需要好好吃饭，不到最后一刻，她都不想放弃。

她已经不再是那个被关在小房间里只会看着那个小小的窗户默默流泪的小女孩儿了。

她学会了挣扎、学会了努力、学会了要自己救自己。

她不想等到有机会逃跑的时候，却因为自己太饿了而跑不动。

可为了专心复习，时缱把手机放在了宿舍的衣柜里。

所以，此刻，她没有任何联系别人的方法。

其实，也没有任何人可以联系。

南露也要高考了，她最近的心态很脆弱，时缱不忍心因为自己的事情打扰她。况且她也还是个小姑娘，没有办法帮自己。

林尘垚远在大洋彼岸，他这两个月好像也很忙碌。

以前，他每天都会给她发消息；上上个月发消息的频率变成了一周三四次；上个月开始是一周一两次。按这个频率推算，这个月可能只有一两条消息了。

时缱躺在床上翻了个身，不再去想林尘垚。

她默默算日子，已经过去三天了。

还剩下四天就要高考了。

今天护士来查房的时候，她悄悄问了检查结果要什么时候出来。

护士答还要四五天。

时缱试探着问："蒋依时的情况很紧急吗？如果晚两天做手术会怎么样？"

护士的年纪也不大，早就注意到这间病房外面好像一直有人看守。

她也曾好奇地打听过，得知事情原委后，虽然觉得很不忍，但是也被叮嘱过：不要掺和这家的事情，得罪不起的。

可她终究还是不忍心，听说这个小姑娘没几天就要高考了，其实考完再来也不会耽误。

她隐晦地回答："你妈妈应该是太担忧了，妈妈嘛，肯定还是希望自己的小孩儿能少遭几天罪的。"

说完，她怕时缱再追问，便急匆匆地走了。

时缱垂下双眸。

"妈妈嘛，肯定还是希望自己的小孩儿能少遭几天罪的。"

她闭了闭眼，感觉再也无法忍受再继续待在这里了。

哪怕考完捐一个肾给蒋依时也没关系。

她一定要去考试，然后想办法离开云城。

时缱决定要冒一次险。

她赌时灵不会知道她在哪个考场，只要每场考完躲着走，坚持到8号下午，四门全部考完，她就自由了。

就6号晚上逃跑吧，这样的话，时灵就没有时间去找自己。

就去……去找南露吧，时灵应该不知道她。

到时候就和南露说自己紧张，想第二天跟她一起去考场，她应该不会起疑心。

应该只有从窗户跳出去这一条路了，时缱默默盘算着。

幸好，她住在三楼。但这里只有一张床单，拧成绳子估计放不了太远。不过没关系，好歹能稍微离地面近一些，只要保证自己不会摔伤得太严重就可以。

她还要走出去呢。

时缱起身，往窗前走，打算仔细看看高度。

她拉开了窗帘，楼下是一个小花园。

夜色静谧，路灯的光芒惨白，能照亮的范围不是很广，楼下的景物还是显得很昏沉。

时缱仔细看了看窗下，是草坪。她勉强放心了点——应该不会摔得很惨。

忽然，余光瞥见了一点红。

时缱仔细看去。

不远处，有一个男人正倚着稍远一点的路灯抽烟。

那个红点，是他指尖点燃的烟头发出的火光。

远远看去，那男人身材消瘦，穿着一身黑色的衣服，身形有些熟悉。

男人终于抬起头。

两人视线相撞的瞬间，时缱捂住了嘴巴，努力不让自己惊叫出声。

嘴被封住了，惊叫便化作眼泪尽数涌出。

是林尘垚。

风尘仆仆的林尘垚。

两天前，林尘垚接到了时缱手机打来的电话。

当时，费城时间已经是深夜，他还在加班。

他有些意外地接通电话后，听见那头传来了一个陌生女孩子的声音。

“你是叫林尘垚吗？是时缱的表哥吗？”

林尘垚将电话从耳边拿开，再次确认来电人后，回答：“我是林尘垚。请问你是哪位？”

“我是南露，是时缱的同学。”

林尘垚听到这里，感觉心脏猛地一缩，这并不是什么好事的开场白。

如果他没有记错，应该没有几天就要高考了。

一瞬间，他思绪纷杂。

“时缱前天被她妈妈带走了，到现在都没有回学校。我听说她和她妈妈关系不太好的，我很担心她会出事。

“老师也不知道她去哪里了，我昨天拜托我妈妈帮我打听时缱家在哪里，听说是她弟弟病了，全家都在医院。

“可时缱没理由在高考前不回来学习，一直待在医院陪她弟弟，她们家也不缺请护工的钱。我很担心是她出事了。

“你是时缱的表哥，你能不能劝劝她妈妈，有什么事情等考完了再说……

“缱缱真的很想参加这次高考的……

“她期待了很久。”

问清是哪家医院后，林尘垚礼貌道谢，挂断了电话。他匆忙和项目组的同事交接了手头的工作，然后搭乘最早的飞机回云城。

他太着急了，甚至没能冷静下来细算哪一班航班能更早到。

他搭乘的这个航线，中间转了两次机，落地的时候已经是国内时间晚上八点。

从机场一出来，林尘垚就打了个车直奔这家私立医院。

进门前，他努力醒了醒神。

还不知道会发生什么，他得打起精神。

中间转机的时候，林尘垚拜托了冉景同，记得冉景同提过，他女朋友就是在这家医院进行毕业实习。

时缱在 VIP 病栋，三楼。

冉景同的女朋友在 VIP 病栋门口等林尘垚。

一见到他出现，她就迎了上去，语速飞快、简明扼要地说明了情况。

在听到时缱妈妈强逼时缱捐一颗肾给她弟弟的时候，林尘垚还是没忍住问了一句：“什么？”

那一刻，他真的怀疑自己听错了。

“你进不去的。就算进去了，也带不出来她。”冉景同的女朋友最终下了结论。

这句“带不出来她”，猛然点醒了林尘垚。

他忽然反应过来，如果他惊动了时缱的妈妈，但又无法一次性把时缱带出来，说不定，在手术之前他可能再也见不到时缱了。

林尘垚用指节揉了揉自己的眉心，勉强维持着思绪清明。

他问清了时缱的病房，立在楼下一边抽烟醒神，一边思考对策。

其实强硬带走她，不太难。

难的是要怎么替她解决这个困境。

第三支烟抽到一半，他抬头时看见一直紧闭的窗帘拉开了。

窗前，立着一个小姑娘。

那个，日子过得这么艰难的小姑娘。

时缱把床单打结，固定好之后慢慢往下爬。

她把床单按对角搓成了条，打完牢固的结之后，勉强还剩了一米六七的样子。

窗台离地有六七米，她小心翼翼地向下爬。

林尘垚在看见时缱把床单甩出窗口的时候就按灭了烟头，快步往窗边跑。

看见小姑娘赤着脚迈出窗的那一刻，他觉得自己本就紧绷的神经瞬间绷紧到了极点。

他高高地伸出了自己的双臂，可两人之间最近也还差了一米多的距离。

他碰不到她。

“缱缱，”林尘垚努力让自己的声音镇定，“相信哥哥一次，我能接得住你。”

时缱的声音带着哭腔，她不敢向下看，却很笃定地“嗯”了一声。

“努力把身子弓一些，尽量不要让自己笔直落下。”

林尘垚做了最坏的打算，大不了他就给时缱当肉垫，被砸伤了就去住院。

他一定要带她出来。

时缱依言尽力将自己缩成一团，可她实在是臂力不支，手掌也疼，她快要抓不住了。

她不再犹豫，压低声音，紧张地说："我准备要松手了。"

下一秒，时缱听见林尘垚温柔的声音从下面传来："别怕，我一定接住你。"

她闭着眼睛，松了手。

林尘垚勉强接住了时缱，然后重重用力向后一倒，让自己垫在了她的身下。

他感觉自己胸腔、后背都很疼，胳膊更是疼得半天都动不了。但幸好，时缱应该是没有伤着，很快就爬了起来开始关心他。

林尘垚被时缱扶起来坐在草坪上，他的手臂太疼了，可此地实在不宜久留。

他深吸了口气，打算跟时缱说两句话分散注意力："有没有伤到哪里？"

时缱摇摇头，蹲在他身边，正在仔细地观察他的伤势。

小姑娘两只眼睛里都是泪。

"那就行，我们先离开这里，但哥有点儿站不起来。"林尘垚努力冲她笑，"缱缱，来，搭把手。"

时缱按照林尘垚的指令，双手穿过他的腋窝，抱紧他，将他用力向上提了一下。

林尘垚借着这股力道站了起来。

他缓了缓，手臂好像也好点了，最起码能动了，虽然还是很疼。

正准备走，他低头看见时缱光着的脚丫。

林尘垚只看了一眼，很快就有了决定。

他半蹲着，背对着时缱，说："来，哥哥背你出去。"

时缱拼命摇头，哭着说："你刚刚肯定受伤了，我自己能走。"

"上来。"林尘垚给出了一个时缱无法拒绝的理由，"你没穿鞋，一会儿扎伤了脚，过两天遇到你妈跑都跑不快。"

时缱咬咬嘴唇，倔强道：“我扎伤了脚也能跑，我能忍。”

林尘垚站直了身，面向时缱，用半开玩笑的语气说：“我知道你能忍，但是哥哥忍不了。我一想到你到时候考试的时候脚还钻心地疼，我也钻心地疼。”

时缱还是一脸倔强，不肯妥协的样子。

林尘垚无奈道：“行，哥心疼你不心疼。我现在手疼，想快点儿找个医院治疗一下，行不行？”

想了想，他又补充了一个理由：“咱们得快点儿离开，一会儿要是被发现了，我不就白挨砸了？”

说着，他再次转过身，半蹲下去，安慰她：“你一会儿把我的脖子搂紧一点儿，背小姑娘能用多少力气？”

时缱不再坚持，攀上林尘垚的脖子爬了上去。

林尘垚忍着手臂疼，把她往上掂了掂，然后快步离开了医院。

两人打了个车，换了家医院挂了急诊处理手臂。

林尘垚伤得不是很严重，医生给开了一些外敷的药。

时缱没带身份证，住不了酒店，林尘垚便带她回了自己家。

姚蕴宜外出交流学习去了，交流期有一个月，预计月底才能回来。

家里空无一人，林尘垚把时缱放在沙发上，然后叮嘱着：“别下来，我去楼下便利店给你买拖鞋。”

临出门时，他又补充道：“我带钥匙了，一会儿自己开门，很快回来。”

时缱点点头，看着他出门。

这个空间在关门声响之后变得一片宁静，她四周打量着这个陌生的环境。

装修很简洁，布置很温馨。电视柜上摆着几张照片，离得有些远，看不太清楚，应该是全家福之类的。

时缱的视线一顿，忽然想起来自己没有身份证，准考证也得回学校拿，可时灵会不会在学校等着她？

时缱发愁。

林尘垚果真很快就回来了。他买了新的毛巾、牙刷、拖鞋，甚至还有一次性内裤。

把袋子里的拖鞋拿出来给时缱穿上，剩下的，林尘垚没有一一拿出，而是连着塑料袋一起递给时缱。

“我带你去洗手间，你洗个澡，早点儿睡。”

时缱顺从地点点头，她跟着林尘垚去了洗手间。

林尘垚简单地介绍了一下洗漱用品都放在哪里，花洒开关怎么调试，然后就关上门出去了。

时缱正在往外拿塑料袋里的东西，隐隐约约觉得还缺点什么。

还没想明白，就听林尘垚又在外面敲了敲门。

她把门打开，探头，问：“怎么啦？”

林尘垚说：“我下楼的时候下单了一单加急跑腿，去给你买睡衣，应该还有十分钟就到了。”

顿了顿，他脸上有些不自在，说：“你洗慢点儿……”

说完，他便一把把门关上了，然后在门外大声叮嘱：“把门锁上，小姑娘在外怎么一点儿防备心都没有？”

时缱“咔嚓”一声扭上了门锁。

然后，她听见门外传来一个不太自然的声音：“那个睡衣，我……一会儿给你挂在门上。”

接着便是一阵匆忙的脚步声，应该是人已经走了。

时缱背倚在门上，忍不住低头笑了。

时缱很快洗漱完，将门打开了一个缝，然后伸出手将因为门把手转动而掉在地上的袋子捡起。

她将购物袋里包装着的睡衣拿出来。

她打开包装，展开睡衣，是一套卡通图案的长袖长裤睡衣。

时缱手里拿着睡衣，觉得这个本应该空了的购物袋，重量不太对，好像还有一件什么东西在里面。

她伸手进去摸，拿出看清后，脸微微红了。

是件内衣。

再仔细一看，她又忍不住笑了。

是那种刚刚发育的小女孩儿穿的小背心，带海绵垫的，一体式的。

幸好时缱很瘦，这种内衣穿着也刚刚好。

她收拾好浴室，将自己的脏衣服放在袋子里一起带出来。

林尘垚见她湿着头发，走进主卧替她翻了一个吹风机出来。

他站得老远，大概是两个人都需要把胳膊伸直才能传递物品的距离。

时缱接过吹风机，道了谢。

林尘垚说：“先凑合一晚上。我给南露留言了，她还没睡，回复说知道你的身份证在哪里，我明天去你们学校帮你拿，明晚就带你去住宾馆。”

他怕小姑娘介意两人独处，更怕她害怕。

孤男寡女的，是要避避嫌。

要是姚女士在家就好了，时缱就可以住在这里了，她肯定能更好地照顾时缱。

时缱很快明白了他的意思，再次道了谢，问：“我睡哪个房间？”

她也怕他尴尬，打算赶紧回房间，然后没事就不出来了。

林尘垚指了指一个房间，说：“你就睡我的房间吧，我刚换好的床单被罩。我去睡我爸妈房间。”

他看了眼时缱穿着的睡衣，长袖长裤，这个天可能会有点儿热。

于是，他补充道：“如果觉得热，可以开空调。我一会儿给你拿遥控器。”

时缱点点头，同他道了晚安，很快就进了房间。

房间里布置简约，有一整个柜子放满了手办，墙上还贴了几张海报，像是游戏的，又像是动漫的，大部分她都不太认识，只认出了海贼王。

时缱找了个可以插电的地方，吹干了头发。

她收好吹风机，放在林尘垚的书桌上，又抽了张纸，仔细把掉在地上的长头发拢在一起，包好丢掉。

然后，她走到床边，准备上床睡觉。深蓝色的床品，被子和枕头套得歪七扭八。

时缱掀开被子，果然，床单也铺得皱皱巴巴。

应该是套被子的人胳膊疼，铺床不太方便。

时缱犹豫着要不要出去看看，忽然想起林尘垚还没给自己送遥控器，正好用这个当借口。

她打定主意，往外走去。

林尘垚闭眼坐在沙发上，脑袋微偏，靠在沙发背上，像是睡着了。

时缱扭头看了看，从医院拿回来的药还在桌上放着，纸袋都没有打开过。

她想了想，还是叫醒了林尘垚。

林尘垚迷茫睁眼，看着时缱，好一会儿都反应不过来现在是什么情况。

花了将近一分钟才想起。

他太累了。

他回来之前就在连轴转地加班，又猛然遇到时缱的事情。

好不容易把时缱带出来，他只觉得神经一松，打算先睡一觉再说。

林尘垚没坐起来，只摆正了头，问："你怎么出来了？"

时缱看着他疲惫到极点的样子，将出来的借口忘得一干二净，直接问道："你要不还是上点儿药再睡？"

林尘垚睡眼惺忪："没事，就这样睡吧。"

"那去床上睡？"

"我妈要知道我没洗澡就借她的床睡，会揍我。"林尘垚笑了，"客房床没铺，我也实在不想再铺一张床了，就在这里凑合一晚吧。"

"你不用管我，"他清了清嗓子，继续说，"南露刚刚又给我发了消息，说明天来看你，带着你的身份证和笔记本。你早点儿休息，明天好学习。"

时缱说："也不差这一小时。我去给你铺床，床单放在哪里？"

林尘垚确实也很想好好地躺着睡一觉，等他醒来了还要去想想办法，看看能不能解决医院里的事情。

于是，他没有拒绝，说道："在我房间里衣柜左边，从下数第二层抽屉里。"

时缱依言去拿。

找到那个抽屉，拉开一看，里面放着两套叠好的床品。

时缱将上面那一套拿出来。

她抱着床品，立在林尘垚的房间门口，问：“客房是哪一间？”

“我房间对面那一间。”

时缱开门进去，很快铺好床后，再次回到沙发旁。

这一次，她坐了下来，将茶几上装着药的纸袋拿起来，用没得商量的语气说：“我给你上药，上了药进去睡觉。”

林尘垚看着她，觉得她像一只刚会走路的幼猫，似是想学恶龙咆哮，却只毫无杀伤力地“哈”了一声。

时缱研究了一下医嘱和药品说明后，开始仔细地给林尘垚的胳膊上药。

这药得吸收才行。

她细细喷了一层喷雾，然后轻轻揉着。

氛围有点尴尬，林尘垚张了张口，却不知道能问些什么。这种情况下，任何一个话题他都不敢轻易抛出。

时缱却主动找了个话题：“我是不是没有告诉过你，我弟弟叫什么名字？”

林尘垚摇了摇头，见她没抬头，只是很专注地在揉药，便出声回答：“没有。”

“他叫蒋依时。”时缱补充解释，“我继父姓蒋，他说这名字的意思是，时灵是家里说一不二的人，他们父子俩都要依时灵的。”

林尘垚注意到了，这次时缱没有称呼时灵“妈妈”。

时缱揉匀喷雾，又拿起一管药膏。她拧开药膏，将药膏的盖子反过来，扎破了封口，挤在林尘垚的胳膊上，接着揉开。

“我叫时缱，时光的时，缱绻的缱。”女孩儿的声音很低，“我一直都这么自我介绍。

“可是，我一出生的名字其实不是这个字。

“是‘谴’，言字旁那个‘谴’。

“谴责的谴、天谴的谴。

“姥姥说，给我起这个名字就是这两个词的意思。

“我的出生就是要被谴责的，就该降一道天谴砸死我。

“她说，在给我上户口的时候，也是这么对派出所的片警说的。

“我后来翻过我的出生证明。那个登记的名字，‘时’字写得很工整，但‘缱’字写得很潦草，既像言字旁，又像绞丝旁。我觉得，可能是登记的片警故意模糊着写的。

“后来，转电子档案的时候，登记的人估计是觉得不会有人家会给小孩儿的名字用‘谴’这个字吧，所以我现在才用的绞丝旁的这个‘缱’字。”

林尘垚沉默地听着，觉得这药里不知道什么成分凉性这么强，那凉意都从胳膊蔓上自己心口了，凉得有点发麻。

他忽然想伸手抱抱时缱，可夜深人静、孤男寡女的，小姑娘还穿着睡衣，不合适。

还有点乘人之危的意思。

实在不合适。

最终，林尘垚只是抬起手，轻轻揉了揉女孩儿的头发。

时缱抬起头，大颗大颗的眼泪顺着脸颊无声滚了下来。

她颤声问出了一个困扰了她好久好久的问题：“可为什么要生下我呢？我又不是自愿来到这个世界的……”

女孩儿的声音里满是委屈。

林尘垚坐直身体，正色道：“可我好感谢你来到这个世界。

“你从小就那么努力地生活。我当时就想着，这个小女孩儿好了不起。

“游戏里发布任务还讲究难度等级和奖励等级相匹配呢，可你领着最起码A级难度的任务，只能得到很少的奖励。但每次见到你，你都傻乐傻乐的，大热天还要来给我送饮料。我对你能有多好呢？也不过是带你出去玩了一次，可那对于我来说算得上什么？

“后来你不见了，听说被你妈妈带去大城市了。我担心你，但也始终觉得，这个小姑娘不论在哪里都一定会努力生活的。

“我高中的时候有一阵挺迷茫的，不知道未来要干什么。有一次，忽然就想起你来了。

“我当时想，你那么小一个姑娘都能笑着面对生活里的不如意，我这算什么？要是把我放在你的成长环境里，说不定我都长不大。说起来，我还厚颜无耻地让你喊我一声哥呢，我得打起精神，不然以后我们再遇见，你朝气蓬勃地出现在我面前，问我，哥，你怎么过成这个鬼样子啊？我该怎么回答呢？我还有脸认你这个妹妹吗？”

时缱听得呆住，连哭都忘记了。

她从没想过自己还给过林尘垚鼓舞的。

“我以为我一直在麻烦你。”时缱愣愣地说。

林尘垚俯身，从茶几上抽了一张纸给她擦眼泪。

“你小时候就明白朋友之间是要互相帮助的，怎么反而长大了还忘记了呢？”林尘垚表情认真，“你带给我精神上的鼓舞，我给你一些力所能及的物质上的帮助。

“我们是互帮互助，是平等的。

“时缱，你并不亏欠我什么。

“你要昂首阔步地往前走，你值得好好过完这一生。”

时缱停下手上的动作，低着头垂下眼睫，小声地问：“那我可以不给蒋依时一颗肾脏吗……我知道，我这样有点儿坏……”

“你给我把头抬起来，记清楚了。”林尘垚冷冷地打断她的话，“器官移植本来就要讲究自愿，就算他是你亲弟弟也要你愿意。

“没有谁生来就该给谁奉献的。”

第二天，林尘垚一大早就出门了。

出门前，他给时缱点好了外卖早餐，叮嘱她，一会儿南露就会来家里，他点了两人份，如果南露没有吃饭，两个小姑娘可以一起吃。

林尘垚出门不到半个小时，南露就到了，果然匆匆忙忙地都没吃早饭。

南露还不知道发生了什么事情。

时缱不想她担心，便一边引她在餐桌旁坐下吃饭，一边笑着说：“因为弟弟病情不太乐观，所以多留了一天，害你担心了。家里没人，我表哥就把我接来他家了。”

恰好，云大附中的毕业生今天已经开始了“放假”。

并不是完全意义上的放假，只是不再把学生们都强制圈在学校了，希望他们稍微缓解一下紧张的心情。

附中的老师们这三天还是按照学校上学放学的时间上班，都坐在办公室里，方便学生们找自己问问题。

所以，南露并没有起疑心，只当是时缱因为弟弟生病有些伤心过度，不想往学校跑。

她从书包里拿出了带来的东西：时缱的身份证，还有各科笔记本，包括最近三次模拟考试的卷子。

南露一边给时缱递卷子，一边说道：“昨天班主任把准考证也发下来了，你没在，他不肯发给我你的准考证。不过，我已经告诉你表哥了，他说他想办法替你去拿。”

时缱道了谢，犹豫了一下，轻声唤南露的名字：“露露。”

南露正咬着一个小笼包，闻声看向她，扬了扬下巴，示意她有话就说。

时缱试探着问：“这几天，我方不方便去你家住呀？”

“你表哥家住着不习惯吗？”

“我们毕竟都大了，住在一起不太方便。我表哥妈妈……”时缱默默在心里算了一下称谓，“我姨妈也不在家，我表哥工作也挺忙的……”

时缱本想说，这样很打扰林尘垚。

可转念一想，这样也会很麻烦南露，她便生生把话咽了回去。

“哦……我知道了，他没工夫照顾你。”南露喝了一口豆浆，“那你跟我回家吧。我妈妈现在每天都专门给我做饭的，她怕我吃外食，在这种关键时刻拉肚子。

“我爸爸工作比较忙，每天回来都很晚，我妈怕他打扰我休息，就把他赶回老房子住了。你不用担心会不方便，家里就我们仨儿，偶尔来的保洁阿姨都是女的。

“我高三之后，因为家离得很远，就搬到学校斜对面那个小区了。

是套三室两厅的房子，刚好有一间空房，你去了铺上床单就能用。浴巾、毛巾、牙刷都有新的……

“你是不是也没带几件衣服？不用回家拿了，太耽误时间了，我有几件买小了的衣服都没剪标签，你直接拿去穿。

“还有什么呢……我想想……”

南露撑着头开始认真思考时缱还会缺什么。

时缱看着南露喋喋不休的样子，觉得眼眶一阵发酸，说：“但我会不会打扰你……”

“麻烦什么呀！”南露瞪眼，从桌下踹了时缱一脚，“咱俩可是好朋友。”

她看出时缱的犹豫，安慰道：“我妈妈也会很欢迎你的。你如果还是担心，咱们到时候就说，是我太紧张了，拉着你来住两天，顺便麻烦你给我讲讲题。”

南露连细节都帮时缱想好，将借口都往自己身上揽，替她消除一切犹豫。

“不要把心思放在这种细枝末节的事情上啦！”南露一脸恨铁不成钢，然后为她摇旗呐喊，“给我冲！冲它一个云城高考状元！”

时缱忍着眼泪笑，她猛然伸长了手臂，侧身紧紧搂住南露的脖子。

南露挣扎着：“哎哎，干吗呀……怪肉麻的……”

“不管，就要抱。”

南露没听过时缱说这样的话，一时之间束手无策，喃喃着：“好吧，好吧，抱抱抱……”

那天下午，和林尘垚打了招呼之后，南露就将时缱带回了家。

南露妈妈看见时缱果然很高兴，两个人准备好的理由都没有用上。

南露的书桌有点儿小，还有三分之一放着各种护肤品，实在坐不下两人一起学习。于是，南露便把妈妈赶回了卧室，拉着时缱一起坐在客厅的餐桌上学。

南露妈妈很顺从地回了房间，直到晚饭时间，才出房间去厨房给两个孩子做饭。

时缱学得心无旁骛，她好几天没有做题了，原本还很担心到时候直接上考场会手生。

好不容易有了做题的机会，自然要狠狠补回来。

南露看着这个稳坐年级前三的人还这么奋笔疾书，也只好跟着好好学，不然妈妈看见又要骂她。

不知不觉，两个人便学到了晚饭的点。

晚饭的时候，南露妈妈一直招呼时缱多吃点儿，跟她说考前一定要补好营养，还一直夸她："我们露露真是好福气，两次大考都有你带着她好好学习。小缱啊，阿姨真的很感激你，你就把这儿当自己家，有什么需要直接跟阿姨说，阿姨一定帮你办妥。"

时缱头一次在别人家被这么欢迎，她一时不知该做何反应，有些接不上话。

南露一听，咬着的鸡腿肉都来不及咽，急急就替时缱把自己妈妈按回去："我是好福气，但妈你这样说时缱多尴尬啊，搞得跟她就是来给我补习的似的。你别给人家这么大压力，人家也要好好学习的。"

南露妈妈笑了："是是是，是我考虑不妥。"

南露给时缱夹菜："多吃点儿，吃完咱们继续学习。"

说着，她还邀功似的冲时缱挑了挑眉，意思是：别尴尬，姐罩你。

时缱抿嘴笑了。

晚饭后，两人学到十点，被南露妈妈强行赶回房间，让她们早点儿睡。

南露妈妈很热心，亲自给时缱收拾好了房间。

时缱其实还想看会儿书，但又不忍心拂阿姨的好意，于是便去洗漱了。

客房里没有卫生间，时缱去了南露的房间洗漱。

她洗好一出门，便看见南露倚在门口，用山大王的口气说："美人儿，看看本王给你弄来了什么好东西。"

时缱疑惑地看着南露。

南露把背着的两只手都举起，在她面前晃："嗒嗒！你的手机和便携小台灯。知道你还没学够，拿去，想看到几点就看到几点。"

两人笑闹一阵，时缱拿了两样东西回房间。

手机收到了很多未接电话和微信，她一条也不想点开。

忽然，收到一条新消息提示。

不是微信，是手机短信。

时缱给微信设置了不显示消息内容，短信却没有。

那条弹窗便直接显示了消息内容。

林尘垚：安心学，好好考，剩下的事交给哥哥，哥哥来想办法。

6月6日，高考前一天。

时缱正在整理英语作文通用句式时，忽然收到了林尘垚的电话。他让她下楼一趟，但不要慌，没什么着急的事情。

在小区门口，时缱看见了林尘垚。他今天穿了一套黑色西装，熨帖整洁，显出几分矜贵的气质。西装外套被他脱了下来，随意地搭在臂弯里。他手上拎着的袋子里，装着几盒切好的水果。

男人长身玉立，正看着身前不远处的地面发呆。

三年没见面，初初相遇便是“兵荒马乱”，时缱一直没有细看过他。

此时，他就静静地站在那里，时缱忽然不想急着上前了。

她站在不远处默默看着他。

林尘垚瘦了许多，面部线条也因此变得锋利不少，下颌线更加明显，已经可以说是锋利了，眼皮也比原来稍稍薄了一些，不笑的时候竟有了些许不怒自威的味道。

但他对着自己的时候，那双狐狸眼十有八九在笑，时缱也就没什么机会仔细看到他不笑的样子。

哦，也有一次。

她小时候爬楼顶被林尘垚抓住那一次。

他那天明显生气了，可她一直低着头，也没看见。等她终于仰起头的时候，他的脸上已经只剩余怒。

那天，十五岁的少年林尘垚微微皱着眉，低头对时缱说：“老实待着，哥去拿，你以后不许再往上爬……不然揍你。”

他那时的脸颊比现在稍微圆润一点，眉宇之间也是一派少年气。

现在的林尘垚，也许是已经被社会磨炼过的缘故，皱眉时，偶尔会显露出几分戾气。

男人低垂着的眼睫微动，似是要抬起眼了。

时缱赶紧收回思绪，迈步往前走，装作刚刚来的样子。

林尘垚抬眼看见了她，微笑着招了招手。

他没有多余的寒暄，上来便是开门见山：“你弟弟和你配型不成功，不用担心这件事情了，放手安心去考。”

时缱有片刻的讶异，这是她连想都不敢想的，最好的结果。

她不敢相信自己有这样好的运气，试探着问：“是真的不成功，还是你……”

林尘垚笑了，狐狸眼弯起，狡猾得像是看着小鸡崽的老狐狸。

“缱绻，你只需要知道配型不成功这个结果，不要深究，因为我也没有答案。这是我想要的结果，是我传达给你的结果，也是我最终得到的结果。多年后，当你再回忆起这件事，也只需要记得，是因为配型不成功才无法救你弟弟的。”

“但他也不会死。你当时并不是唯一一个给你弟弟做配型的人，只是成功概率最大的那个。”林尘垚想起了什么，嘲讽地勾了勾嘴角，“在你之前就有人配型成功了。”

时缱下意识想问是谁，又忽然想起时灵几欲发疯的样子和一直没见过的蒋茂杰。

她有一个念头，几乎快要脱口而出。

林尘垚微微摇头，示意她不要再想了，事情再如何发展，已经不关她的事情了。

时缱定了定神，又想起林尘垚刚刚对自己的称呼。

她眨了眨眼睛，确认着：“你刚刚……是叫我缱绻吗？”

林尘垚点头，认真地说：“我觉得这个名字好，以后就这么叫你了。

“这是我刚去买的水果，已经让店员都切好了。你拿去和南露还有她母亲一起吃，不过少吃一点，尽快吃，等到晚上就不要吃了，切开放久了，就不新鲜了。

“在别人家住着，要注意礼貌。

“不过，再借住两天就行了。考完了哥哥就接你走，我给你租好了一个一居室。”

时缱是带着完全放松的心情去考场的。

第一天，一切都很顺利。

上午考完语文，林尘垚在考场外面等时缱，也没问她考得怎么样，只是说：“昨天忘记问你想不想喝点儿东西，也不敢随便准备，怕你思虑重，不想喝也强喝。天气热，明天中午给你煮点儿汤晾凉了送来？

“绿豆汤或者酸梅汤？可以回答‘我不想喝’，但是不能回答‘太麻烦你了’。”

时缱笑了：“想喝绿豆汤，这两天日头大，想消消暑。”

林尘垚点头应下，开车将她送去南露家。

时缱和南露没能分到一个考点，好在两人的考点离南露家都不远。

一开始，南露妈妈本打算雇车接送时缱的，但林尘垚叮嘱过，说他来接送自己考试，时缱便婉拒了。

南露妈妈听说是时缱的表哥接送，也就没什么异议，只是叮嘱她一定要回来吃午饭。

“阿姨送了露露就回来给你们做饭，亲自买菜、亲自做，保证你们吃得舒舒服服的，吃完了还能小睡一会儿。”

这次，时缱推辞不过，便答应了。

林尘垚将时缱送到南露家楼下，却不打算上去。

他说：“还有点儿别的事情，你上去吃饭，吃完了好好休息，我提前一个小时来接你。”

时缱不知道林尘垚是在找借口还是真的有什么事情，也不敢轻易留他，便让他走了。

下午考完，林尘垚又送她回了南露家。

这次，他买了两大盒鲜奶和几个现烤面包，让时缱带上去。

时缱问："为什么总带东西呀？露露家都有呀。"

"吃别人白食你能放得开？总得有点你能安心吃的东西吧？"林尘垚看了她一眼，理所当然的语气，"再说了，哪有自家孩子借住别人家真就完全撒手不管的？等明天你考完了，我还要备好谢礼，上门感谢的。"

自家孩子。

时缱将这四个字在心头滚了一圈，低头笑了，然后大着胆子跟他皮："那，哥你都记账上，我以后慢慢还你。"

"记了记了，一整本，一分钱都不少。"林尘垚将东西塞在时缱手里，催她快上去，"行了，快上去，安安心心地吃完饭，然后复不复习都行，但记得早点儿睡。"

时缱欢快地点头，然后雀跃着跑开了。

第二天，变故突生。

考完第三门后，时缱走出考场，边走边找林尘垚的身影。

昨天他站的地方没有看见人，时缱四处张望，忽然看见了一张阴沉沉的面孔。

时灵。

时缱头皮一麻，立刻就转头，快步往相反的方向走，打算避开她。

可人潮汹涌，纵然时缱有心想跑，也只能挤着慢慢走。

正走着，时缱猛然间感觉头皮一阵疼痛。

头发被人大力地扯着，她猝不及防，尖叫一声，身体顺着那股强大的力道往后仰。

时缱努力睁眼想要看清是什么情况，却看见时灵倒着的狰狞面孔。

时灵一脸狠意，尖叫着骂道："小贱人，你有没有良心？你弟弟奄奄一息你还要跑来考试？他都快死了你还想着你的未来？

"你想得美！我不会让你如愿的！

"他要是活不了了，你也跟着去死吧！

"你跟我走！跟我走！别考了！不准考了！"

时缱挣扎着，没想哭，可眼泪还是掉了下来。

周围有不少素不相识的学生和来接考生的家长。

大家被这突如其来的变故吓呆了一瞬之后，几乎是不约而同地拥上去帮忙。

有人拉时灵，有人扶时缱，有人去掰时灵拽着时缱头发的手。

“哎，这位阿姨，干什么呢，怎么打人啊？撒手啊！”

“凭什么不考了啊？您知道复习得多苦吗？”

“欸，同学，同学，你伸手抓住自己的发根，别被她扯受伤了。我不敢帮你拽，怕拽疼你。”

“哎，妹妹，有话好好说，别打孩子啊。”

“说什么气话呢，快撒手，小孩儿这下午还要考试呢。”

“就是啊，别激动，有什么等考完再说嘛！”

…………

不远处，维护治安的警察也吹着哨子往这边赶来。

大家都在帮忙，可一时间也没能立刻分开时缱和时灵。

时灵还在大声叫骂，对周围的声音充耳不闻。

时缱满脸泪痕，被拽着头发，用不上力气。

忽然，人群被分开。

一个男人冷着脸往里走，边走边说：“借过一下。”

他声音里没有感情，只能勉强维持住不让自己吼出来。

走近看清状况之后，他毫不犹豫地一把捏住了时灵的手，用劲往时缱脑袋的方向折。

时灵的手腕传来“咔嚓”的响声，她被这力气所迫，尖叫着松开了手。

林尘垚眼疾手快地将时缱护在了怀里，低头看她的脑袋，观察有没有出血。

时缱捂着头，边哭边摇头，小声说：“我想快点儿离开这里……”

林尘垚点头，护着她转身往外走。

时灵还想动手，却被人群隔开，大家都在拦她，劝她别闹了。

她近不了时缱的身，只在时缱身后声嘶力竭地喊着：“时缱，你会遭天谴的！你会遭报应的！你不得好死！我就不该生下你！就该让你去死！”

时缱哭得身体都发抖，却一直死死咬住嘴唇，努力不让自己哭出声音。

时灵见时缱快要走远了，忽然变了脸，绝望地大声喊着：“你救救他！配型检查肯定是出问题了！再做一次检查！说不定就能配上了！你别走啊！你回来救救小宝啊！”

林尘垚身形一顿，他松开护着时缱的手，让她在原地等一等自己，转身又往时灵的方向走去。

时灵泪流满面，不解地看着林尘垚走近。

这个身材修长的男人低下头，在她耳边说了句什么。

时灵瞪大了眼睛，满脸都是不敢置信。

两秒后，她颓然倒地，喃喃道：“你撒谎……你撒谎……我不信……你在撒谎……”

接着，不顾众人诧异的目光，时灵跌跌撞撞地爬起身，不知道去了哪里。

“你这样求时缱，不如回去问问你丈夫啊。”

“回去问问他，他的配型结果到底是什么。”

Chapter 9 / 试探

高考结束后，林尘垚上门拜访了南露一家。然后，他接走了时缱，将她安置在替她租好的公寓里。

第二天，林尘垚来接时缱吃饭，顺便耳提面命地叮嘱她一定要回消息、接电话、有困难及时说。

“再忙，抽空回个消息的时间也是有的吧？”林尘垚的语气满是意有所指。

时缱想起之前自己半是耍性子，半是真忙于学习地不理他的那段时间，感到一阵心虚，理亏得一直点头，林尘垚说什么她都毕恭毕敬地答应。

这场景，倒真像一对亲兄妹。

犯了错的妹妹被哥哥教训着，完全理亏，不敢争辩。

当天晚上，林尘垚便又飞回了费城。

这次实在是耽搁太久了，他好不容易坚持到现在，中国分部的筹备工作已经进行到了关键，不能在这个节骨眼上出大的纰漏，否则这一年多来的努力便是付诸东流。

走之前，林尘垚和时缱说明了原因，包括他未来的打算。

比如，他会争取在一年之内调回中国。

可他说这些，却并不是完全为了跟小姑娘解释自己当初为什么失约没回来。

“缱绻，这是我对未来最近的规划。现在，高考已经结束了，你需要想想你以后做什么了。

“我当初不想进军校，坚持读了自己感兴趣的法律。到目前为止，我对自己的选择很满意。

“哥哥希望你也能好好考虑一下专业怎么选，而不是让自己接下来的生活被随便填的几个字去决定。”

林尘垚走后，时缱在楼下的便利店找到了一个短期兼职。

不工作的时候，她会窝在林尘垚给她租的小公寓里，偶尔南露也会在这里住一两晚。

有一天晚上，南露在这里住，时缱当晚也没有夜班。

深夜，两个小姑娘开始讨论高考志愿。

“你打算报什么专业？”时缱问。

“我啊……”南露翻了个身，和时缱面对面，“我报财会之类的吧，然后毕业了就回我爸爸的公司工作。”

时缱有点儿惊讶：“我看你很不喜欢算算数。”

一向跳脱的南露此刻却出奇清醒：“但我认真考虑过了，我没什么心眼儿，又太心软了，很不适合做生意，而且也没什么特长，估计也创不了业，那将来十有八九会成为一个打工人。我想过了，我最大的优点就是细心，估计干财务方面的工作应该还不错的……”

南露打了个哈欠，继续说：“既然去哪儿都要打工，就还是回自己家创造价值嘛，肥水不流外人田。”

时缱听着南露的规划，感到一阵迷茫。

南露已经想得这么具体了，可自己还是白茫茫的一片。

南露说完，问：“那你呢，你报什么？”

“我不知道……毫无头绪……”时缱闷闷地说。

“那你以后希不希望变得很厉害？”

“哪种厉害？”时缱思考了一下，说，“我对未来的希望是挣很多很多钱，然后给你和林尘垚买很多好东西，带你们吃很多好吃的。”

南露凑近，抱住时缱，感动道：“呜呜……美人儿，本王真是没有白疼你。”

两人闹了一阵子，南露半趴着，支着脑袋继续给时缱出主意：“我觉得你英语很厉害，之前不是还代表学校去参加过一个英语演讲比赛吗？

“虽然你那几天很紧张、很自闭，但你成绩还是很好啊，带队老师还夸你发音好。

“你以后考不考虑当翻译官啊？我有个姐姐就是翻译官，我妈说同声传译很挣钱的。”

时缱思考着可行性，她除了学习确实没有什么特长，也没有什么兴趣，选择自己有一定基础且擅长的事情，确实是一个不错的选择。

前两天，她和林尘垚讨论这件事的时候，林尘垚给出的建议也是要结合自身特长去选择，他当时根据她的情况给出了两个方向的建议：经济管理学院的财会、精算或者外国语学院。

时缱还在考虑着，南露已经在给更具体的建议了：“英语系的话，云城外国语大学其实很不错。”

时缱沉默了一下，决定同好友开诚布公：“露露，我不会留在云城。”

南露看着时缱黯淡下去的神情，微微直起身，问道：“发生什么事情了吗？”

时缱和南露讲了自己和家里尴尬的关系、与母亲的多年不合，以及考前自己被带去医院真正发生过什么。

南露听得怒发冲冠，眼睛都气红了：“真的吗？畜生吧！”

“幸亏你配型不成功。天底下竟然还有这种人，怎么你弟弟的人生是人生，你的就不是了？”她抱紧了时缱，“没事啊，你想去哪儿我都陪你，咱俩争取报一个大学，实在不行咱们报一个城市。我罩着你。”

时缱拍拍南露的背，安慰道：“没关系，都过去了。未来就是新生活了。”

南露还是愤愤不平，皱着眉说：“你妈就因为自己年少爱错了人，把你生了下来，就这么不把你当人吗？”

时缱顿了一下，她没有深究过时灵不喜欢自己的原因，甚至没有想过“时灵究竟为什么不喜欢自己”这个问题。

此时南露无心一问，她也有些许愣怔，轻声说：“也许吧。”

时缱最终被枝南大学英语系录取了。

这所学校的外语学院很强，而且，这是一个离云城很远很远的城市。

更开心的是，南露也如愿被枝南大学的财务管理专业录取了。

两个人收到录取通知书的那天，兴奋地抱在一起号叫了许久。

南露帮时缱一起申请助学贷款，两个小姑娘凑在一起研究了许久，最终申请了两年的助学贷款，时缱总算是松了一口气。

开学前，时缱辞去了便利店的兼职。

这两个半月以来，除去日常开销，她存下来了五千块钱。算了算自己开学后可能的开销，她转了两千块钱给林尘垚。

时缱：房租我先还一部分，等以后慢慢都还给你。

时缱发消息的时候忘记计算时差，消息发过去，正是美国凌晨时分。

无人回应。

等到云城时间晚上八点，才收到了林尘垚的回信。

他收下了这笔转账，然后又转回来了一万块钱。

林尘垚：行。这笔也到时候一起还给我。

林尘垚：要开学了，去和南露一起逛逛街，买两身漂亮衣服，哥哥给你报销，然后，开开心心去报到。

林尘垚没有微信转账，直接支付宝打了钱。

时缱没有拒收的机会。

她抿抿唇，认真打字回复。

时缱：我一定会还钱的。

林尘垚叼着块面包打字，瞥了一眼收到的消息，摇头笑了笑，回复她。

林尘垚：我知道，所以我借钱才这么大方。

林尘垚：冉景同你记得吧？

林尘垚：我毕业的时候，给我们照相的那个人。

时缱回忆着林尘垚提到的这个人，她忽然想起两个人的那张合照。

她都没见过那张照片，当时照完竟然忘记找林尘垚要了。

手机里还不断有新消息进来，时缱把目光转回手机屏幕上继续看。

林尘垚：他上个月找我借钱买手办，你哥可是一毛没拔。

林尘垚：放心，哥哥又不是慈善家。

林尘垚：也没那么多钱挥霍。

林尘垚：到时候会追着我们小时缱还钱的。

晚风好温柔，从窗外吹拂进来，厚重的遮光窗帘也微微晃动。

这座公寓在靠近市中心的位置，周围的住宅楼参差林立。

夜幕下，万家灯火如星光点点，安宁又温馨。

时缱趴在小阳台的围栏边，捧着手机看消息。

对话框里，一直有“白色气泡”不断往外冒。

时缱脸上笑意渐浓，她慢慢打字回复林尘垚。对话框里终于冒出了一个绿框。

时缱：好，不追着不还的。

林尘垚正仰头喝着牛奶，余光瞥见对话框里冒出了新消息。

他目光扫去，看清了之后微微呛了呛。

这小姑娘真是……

新生报到那天，时缱和南露一起出现在了枝南大学校门前。

时缱推着一个 28 寸的箱子，她行李少，箱子都没有装满。

这个箱子是南露买给她的。

那天时缱正在便利店里上班，南露推着这个箱子走进店里。

“怎么样怎么样！好看吗？”南露特别兴奋地给她展示这个箱子。

时缱点头，给南露装了几串她每次来必点的熟食，然后熟练地下单归账，挂在了自己名下，等下班结算。

她把装好的食物递给南露。南露也不跟她客气，咬下了一个丸子后，声音含混地说：“我就知道你也喜欢，这是我挑了好久才挑到的姐妹款。我们时缱这种娇柔小美人，就应该用粉色的。”

时缱愣了愣：“给我的？”

南露眨着大眼睛点头：“那不然呢？”

时缱下一句便想问：多少钱？

南露一眼就看出了她的心思，直接把她的话瞪了回去，满脸都写着：敢提钱，就绝交。

时缱接收到信号，紧紧闭上了嘴，但她还是觉得不妥。

南露主动提议：“那等明年我生日，我找你要个贵点的礼物行吗？”

时缱无奈道：“露露宝贝，我这还没踏入大学校园，就已经背了一身债了。”

“那人家不管，人家就是要跟你用姐妹款的！”南露开始熟练地撒泼打滚。

“唉……”时缱叹气，“看来我上大学了之后，得多打两份工了。”

时缱回头看了看十分费劲地推着同款箱子的南露，第 101 次提出帮她推箱子的建议。

南露推着和时缱同款不同色的箱子，咬着牙坚强道：“不用，本王已经是成年人了，不用你这个未成年帮忙。”

时缱无奈，从七月底南露过完生日，她就一直以“我是成年人，而你还是个小屁孩”为借口，什么都不让自己做。

又走了一段，见南露实在是推着费劲，时缱一把抢过了她的箱子，把自己的塞给她：“本未成年人决定尊老爱幼。”

南露也是实在没什么力气了，长这么大她都没推过这么重的东西，何况还推了这么久。

手中的箱子重量一下减轻了一半多，她实在不想再推辞了，只是叮嘱时缱：“那你慢慢走，累了我们就休息一会儿。”

下一秒，时缱摆了摆手，推着南露的箱子健步如飞。

两人找到报名处，时缱先送南露去了经济管理学院的帐篷。

南露填完信息，拿好校园卡，时缱见有学长替她搬行李，才和她道别，自己去找外语学院报名处。

在另外一个片区，时缱找到了悬挂着“外语学院报名处”的帐篷。

此时已经快十二点了，估计是去吃午饭了，这一排帐篷里只零星坐着几个人。

外语学院的帐篷里坐着个男生，他正低着头，用手机打字。

时缱推着箱子走过去，礼貌喊他：“学长，我来报名。”

那男生头也不抬，腾出一只手，指着旁边的椅子，说：“先在这里坐一会儿……你们……”

说到这里，他终于发好消息，抬起了头，看清时缱之后，他的话猛然转了个弯。

“你们新生一路远道而来，辛苦了，学长给你找找学生卡哈。”

时缱疑惑地问：“不填信息吗？”

“哦哦，需要需要。”

这位学长明显业务不熟练，他拿出一张空白信息表，然后翻了翻手边已经填好的表，看清别人是怎么填的之后，这才开始叮嘱时缱哪些必要信息不要写错了。

时缱填完，将表推给他，问：“学长，我宿舍在哪儿啊？”

学长和她对视着，满眼迷茫。

接着，他很快回过神，打了个电话，问那头宿舍在哪里看。

那边很快回复，他在信息表下抽出一张写满了名字和宿舍楼栋的表格，然后一边找，一边问："学妹，你叫什么名字？"

"时缱。时光的时，缱绻的缱。"

很快找到她的名字，看清了住在哪里之后，他起身热情道："南区桃园 9 栋。走吧，学妹，我送你去！"

时缱犹豫："那这儿不就没人了？"

"没事，去吃饭的那个人一会儿就来了。"

学长毫不在意地解释，然后跟隔壁帐篷的同学打了个招呼，麻烦他们帮忙看一下东西，便带着时缱去找她的宿舍了。

十分钟后，外语学院的帐篷里出现了一个拎着打包餐盒的男孩儿。

看见帐篷里空无一人，他无语地皱起眉头，很快拨通一个电话。

"人哪儿去了？"电话一接通，他就咆哮着质问，"说好了给你带饭，你给我看一会儿的呢？"

那边回了句什么。

他满脸不信："你会这么好心？再说了，我们学院的学妹你热情个什么劲儿？你们自己学院的迎新你都不去……"

大概是被挂了电话，这男生翻了个白眼，将手机从耳边拿下，咬牙切齿道："谢景曜，你这个狗东西。"

枝南大学英语系大一的课程比较多，时缱还找了两份兼职：周五到周日晚上要去给一个小孩子补习英语，半天都没有课的日子和周末的白天还要去一家咖啡厅兼职。

然而就是在这么紧凑的生活节奏中，时缱还是能时不时见到谢景曜。

有的时候是在下课的时候恰好遇见他，他会说"好巧啊，学妹，一起去食堂吧"；

有的时候他会出现在外语学院大课的课堂上，声称自己要为了 12 月的六级做准备，来专业的地方补习补习；

甚至在他得知时缱周末晚上会去给小孩子补习后，经常会在她要回学校的时间去学校地铁口附近散步，"偶遇"之后就送她回宿舍。

最后连南露都知道了谢景曜的存在，她特意跑来跟时缱打听着这个人，问是不是谢景曜喜欢她。

“我不确定，”时缱苦恼地挠挠头，“但这几个月老是碰到他，说是巧合也有点太多了。”

“什么巧合！”南露激动起来，“每一个偶然的背后都隐藏着必然，你辩证法没好好听吗？”

“那也不能就说他喜欢我……”

“那他吃饱了撑的？”

“难道一直出现在我周围就能叫喜欢我吗？”时缱别扭着，故意梗着脖子跟南露辩。

时缱最近发现了一个关于自己的秘密。

记不清是哪一个周末的晚上，她给小朋友补习完回学校，刚刚走出地铁口，她看见了一个十分像林尘垚的背影立在那里打电话。

心跳当时就漏了一拍，时缱的脚步不由自主地停了下来，整个人像被钉在了原地。

直到那人转过身来，时缱看清他的面容。

不是他。

心里立刻涌起一阵没来由的失落。

就算她再迟钝，那晚之后，她也明白了自己对林尘垚已经有了一些不同寻常的感情。

可具体是哪天开始的，时缱说不清。

或许是从医院逃离的那天。她双手紧紧抓着床单，悬在空中，上下左右皆无所依，掌心被磨得生疼，胳膊也因为即将力竭而颤抖着。

那个时候，她听见林尘垚轻声唤她的名字，说：“相信哥哥一次，我能接得住你。”

时缱当时想着，如果林尘垚没来，自己原本也是准备要这样逃走的。

到时候，她也会是这样悬在这里。

只是当她又痛又怕的力竭之时，她不会听到这个温柔又坚定的声音，也不会落入那个怀抱。

她最终，只会重重地摔在地上。

南露看时缱梗着脖子硬犟的样子，轻轻偏过头，笑得暧昧。

“时小缱，你不太对劲。”南露下了结论。

时缱像鹌鹑般缩了缩身子，小声争辩：“哪儿有……”

“看看看！”南露指着时缱的动作，像抓到了什么证据一般，突然兴奋。

她心里有一个猜想，估计得八九不离十：“你是不是……已经有喜欢的人了啊？”

时缱一瞬间觉得好渴，她捧起身边的柠檬水，咬着吸管小口嘬。

天气早就转凉了，但跑道上还有很多学生在夜跑。有一个人塞着耳机默默跑的，也有小情侣成双成对互相打闹的。

青春洋溢的氛围。

林尘垚念大学的时候，应该也曾在云大的跑道上挥汗如雨过。只是不知道，当时，他的身边有没有心仪的女生。

他今年二十五岁。

有没有喜欢的女孩子？有没有心心念念的女孩子？又或者，他早就已经有了一个相恋多时、已经打算长相厮守的人了。

没生出别样的心思之前，时缱未曾考虑过这件事。意识到自己心里有了别样的心思之后，她不敢问这件事。

也不能问。

从小到大，林尘垚多次帮助自己。

为着那份同情心，他费钱费力费时间。可难道就因为自己比别的小姑娘惨一些，还得让他把爱情也搭进来吗？

时缱闷闷地低头，手指轻轻点着柠檬水的塑封，塑料薄膜发出“啪啪”的声响。

南露见她神色郁郁，凑近，压低声音问道：“真有啊？”

“可我不知道他喜不喜欢我……”

南露是个直来直往的性子，闻言想都不想，直接说：“直接问呗。”

时缱抬头看向操场边上的大灯，冬天了，那里已经没有小飞蛾了，冷白的灯光寂寞地打下来，有种孤寂的感觉。

“他万一要是直接拒绝我，那我不就以后都不能跟他说话了？”

南露惊讶：“这么喜欢啊？不是才认识的人吗？”

时缱支吾着“嗯”了一声，随口道：“小时候补习认识的……”

也不算骗人，小时候林尘垚真的辅导过自己做暑假作业。

南露想了想，说：“那要不……你先试探一下？”

时缱的脸上终于有了些活力：“怎么试探？”

“不要直接问他喜不喜欢你，你可以拿你自己说事呀。”南露替时缱出主意，“比如……你可以说你有喜欢的人了，看看他是什么反应。如果他表现得很在意，那就是有戏；如果他完全不在乎，甚至直接恭喜你或者是给你出主意，比如帮你看看是个什么样的人，那多半是没戏了。”

时缱眨着眼睛看南露，心里估算着这个举动可能会带来的后果。

南露说完，满意地点点头，满脸都写着“不愧是我，这法子真不错，我可真是个小机灵鬼”。

回到宿舍，时缱洗漱完便爬上了床。

她趴在枕头上，开始琢磨着要怎么说。

时缱：哥，最近好像有个男生在追我，你怎么看？

不行，以后不能再叫他哥哥了，不然，他永远把自己当妹妹看可怎么办？

时缱果断地把称呼删掉。

可这样说，又感觉好像自己对谢景曜真的有意思一样……

时缱皱了皱眉，把剩下的字也全部删掉。

她不想撒谎，怕自己以后忘记今天编的瞎话，不小心说漏了嘴，那多尴尬。

斟酌半晌，时缱打上去了一行最稳妥的话。

她反复看了好几遍，终于按下了发送键。

时缱：我觉得我好像有一个喜欢的人。

林尘垚正在进行一场风险分析会议，会上的争论让他感觉头昏脑涨。

中场休息，他去茶水间为自己打了一杯美式，一条长腿微屈，斜倚着茶水间的吧台，正轻轻按着自己的太阳穴，闭目养神。

忽然，放在西装内兜的手机振了一下。

林尘垚伸手将手机拿了出来。他扫了一眼信息，然后又确认了一遍发消息的人。

沉默三秒，林尘垚终于对这个消息做出了反应——

他冷笑了一声。

字都懒得打，切换成语音消息，声音冷冰冰的。

“时缱，我提醒你一下，你仍然还是个未成年。

“而且还在读书。

“敢恋爱，你试试，腿给你打断。”

发完这三条语音，林尘垚顿了顿，心想：这样说，是不是有点太苛刻了？

于是，他深吸一口气，满脸的不情愿，语气也很勉强。

“我下个月就回来了。

“……最起码得给我看看是个什么人再说。”

林尘垚发完这两条消息，把手机扔进兜里。

他看了眼手边吧台上的那杯咖啡，忽然一点儿胃口都没有了。

林尘垚把自己现在的心态归类为“老父亲得知自己捧在掌心多年的可爱小女儿打算和某个臭小子在一起”。

啧。

估计长得不咋地。

估计成绩没时缱好。

估计也不是什么好人。

林尘垚面无表情地把咖啡倒进水池，然后将空纸杯丢进了垃圾桶里。

他松了松领带，越想越烦。

感觉自家的白菜马上要被猪拱了。

水灵灵的美丽大白菜和哈喇子直流的丑陋野猪……

林尘垚心气不顺地推开会议室的门，回到自己的位置上坐了下来。

他随手翻了翻那份早就已经烂熟于心的会议文件，忽然觉得哪哪儿都是问题。

接着，后半场会议，变成了林尘垚的单方面演讲。

时缱在发完消息的那一刻，就立刻把手机倒扣着扔到一边，深吸了一口气，钻进了被子里。

她忐忑地等待着。

没多久，手机连振了三下。

时缱慢慢从被子里探出脑袋，她盯着手机，缓慢地眨了几下眼。

怎么响了三下？是南露发消息过来了，还是林尘垚回消息了？

时缱抿抿唇，慢吞吞地将手机拿过来。她的大拇指在屏幕上按来按去，就是不解锁。过了一会儿，手机又振动了两下。

收到的微信新消息数量从三条变成了五条。

时缱失望地撇撇嘴，估计是南露给她发消息了。

她解开锁，点了进去，却发现五条消息都是来自林尘垚。

时缱的头下意识地往后仰了仰，然后，紧张地点进对话框。

五条语音消息。

宿舍已经熄灯了，稳妥起见，时缱爬下床去拿耳机。

天气很凉，可时缱不习惯穿厚睡衣睡觉，她还穿着林尘垚买给她的那套秋款睡衣。

就三四步，鞋也不想穿，她踮着脚赤足走到了自己的凳子前坐下。

时缱戴好耳机，前三段语音听完，她的嘴角渐渐勾起一个笑容。

第四段，那笑容勾到最大。

第五段语音结束，嘴角已经扯平了。

时缱回想着南露的话，失落地垂下眼。他果然，是不喜欢自己吧。就像是，你资助了一个小孩儿，难道就会爱上她吗？

时缱自嘲地扯了扯嘴角，自己之前是在期待什么呢？

然后，她赤着脚慢慢地爬上床。

这一次，她觉得十一月的地板真的好冰好凉。

时缱提醒自己，要把自己的喜欢收好哦，不要打扰别人。

林尘垚发现，那天之后，微信里的时缱忽然又变得沉默了起来。

这是生气了？为着那个不知道是个什么玩意儿的毛头小子？

林尘垚气笑了。

前两个月公司选址中国分部设立地点，他甚至专门做了个 PPT 去论证选择枝南的好处。

洋洋洒洒，多维度分析，一共二十多页。

他熬了个通宵才做完的，就是为了回去以后能更方便照顾她。

现在这丫头就为了个不知道从哪里冒出来的臭小子不理他了。

好样儿的，时缱。

真棒。

人事部的调令刚下，林尘垚就开始沉默地对手头的工作进行交接收尾。

全部处理好之后，林尘垚架了副墨镜、拖着行李箱出现在了机场。

同行的还有两三个同事，都是中国人，大家默默讨论着今天格外低气压、格外沉默寡言的林尘垚。

“垚哥今天有点沉默啊。”

“他这几天心情都不咋样。”说这句话的同事跟林尘垚坐隔壁，知道点儿内情，压低声音跟大家八卦，“好像是妹妹早恋，烦心着呢。”

“哦哦，那确实心烦。小姑娘嘛，又打不得骂不得的，要是个弟弟还能踹两脚。”

“是啊，我看他挺宠他妹妹的。上次他妹妹不知道出了什么事，他接了电话连夜就飞回国了。熬了多少个大夜写的方案，说交接给别人就交接给别人了。”

“哎，老林真是好哥哥啊。”

“人家就比你大两岁，老什么老？”

飞机中转后，林尘垚和同事道别，直飞枝南。

下了飞机，他不慌不忙地打了个车。

等车时，他又精挑细选地定了个酒店。

酒店定好没多久，车也到了，林尘垚给师傅报了酒店地址，又在路上处理了几封工作邮件、回复了几条微信。

事情都做完了，林尘垚沉默地盯着那个被自己置顶的对话框看了一会儿。

这个小姑娘，真是没良心。

他冷哼一声，收起了手机，决定回酒店先睡上一觉，坚决不主动去枝南大学找人。

谁还没点儿脾气了？

哼。

晚上七点半，林尘垚顶着一张黑脸坐上了去枝南大学的车。

他翻来覆去地睡不着，总觉得不安心，还是自己主动去看看时缱算了。

前两年她毕业的时候他爽约没回来，就当是赔罪吧。

林尘垚心平气和地给自己找借口。

人生地不熟，好在天黑，他头微微低了点儿，混在一群外出聚餐回来的学生里进了校门。

林尘垚跟着人群走了一阵，然后掏出手机开始翻地址。

他记得上个月给时缱寄一些国外的小零食，找她要过地址。

林尘垚翻到地址之后默默记下，接着抬头环望一圈，发现好像没看见什么指示牌。

他走了两步，拉住一个男同学，问：“同学，麻烦问一下，南区桃园 9 栋怎么走？”

那男生很有警惕心的样子：“你不是我们学校的？”

“哦，是这样，”林尘垚解释着，“我表妹在这里念书，今年刚上大一，小姑娘最近叛逆，拒绝跟家里联系，我来看看情况。”

那男生半信半疑地点了点头，见林尘垚衣冠楚楚，不像什么猥琐男，正准备给他指路，又想起这年头耍流氓的也不都长得像流氓，于是他再次确认了一下：“你妹妹念哪个系啊？”

“英文系。”林尘垚好脾气地回答。

巧了，这男生也是外语学院的，恰好知道今年外院的女生都安排在桃园，终于放下了心，给林尘垚指明了路。

林尘垚道了谢，往时缱住的宿舍楼走。

对于工作了两年的“社畜”来说，大学校园真是到处都洋溢着青春的氛围。他把步伐放得很慢，细细感受这种久别的轻松悠闲的感觉。

打扮得光鲜亮丽的学生、抱着书赶着去上晚课的学生、推着行李箱不知道要去旅行还是回家的学生……还有，黏黏糊糊的小情侣。

林尘垚的目光定在那对搂搂抱抱的小情侣身上三秒，心里悠闲的感觉荡然无存。

他面无表情地加快了步伐。

很快，他找到了桃园，迎面的第一栋楼侧面挂着大大的“桃园 3 栋”的牌子。

第一栋是 3 栋，那 9 栋在哪儿？

毫无逻辑，林尘垚懒得一个个看，又找了个同学问路。

那个女孩儿红着脸给他指路：“你一直往前走，最里面那栋就是，9 栋楼下有个很大的空场地的。”

林尘垚再次道了谢，继续往前走。

远远地，林尘垚看见了最前面那栋楼的楼下有几个男同学聚在一起，似乎是在点蜡烛。

蜡烛被围成了个形状。

林尘垚想都不用想，肯定是颗心，他没吃过猪肉也是看过猪跑的。

被工作追赶得都快没空呼吸的人看着这种场景，忍不住微笑起来。

果然，还是学生最有时间搞这种花里胡哨的东西。

也不知道是追哪家姑娘，这么费心。

林尘垚步伐不停，继续往前走着。

应该是都准备好了，有个男生，在哥们儿的鼓动下，抱着一大束花，踏入了这颗蜡烛围成的“心”里。

接着，林尘垚听见他开始喊话了。

一开始，他声音喊得不太大。

林尘垚没太听清，只听出来喊的好像是个两个字的名字。

他又走近了一些，那男生估计也把自己的胆量给喊起来了，声音大了不少。

这次听清了。

那男生在喊：“时缱！”

林尘垚一愣。

原来是自家的房塌了。

他深深呼出一口气。

这丫头怎么从来没提过自己的人气这么高啊？

时缱有点儿冤枉，她最近真的不是在耍性子。

12 月底了，到了期末考试复习阶段，而且做家教辅导的那个小孩子也快要期末考了。

这家给的酬劳很是不错，她很想努力一把，让小孩子的成绩多提高点儿，以便下学期继续带他。

她最近一边忙着复习自己的课程，一边忙着替那个小孩子制定期末复习计划。

明天就要去给小孩子上课了，时缱正在对她整理好的东西做最后一遍校对和查漏补缺。

隐隐约约听见楼下有人在喊什么，她戴着耳机，听不太清，只觉得吵。

忽然，宿舍的门被人大力推开。

时缱终于把头抬了起来，她看着跑得上气不接下气的室友，疑惑地把耳机摘了下来。

她还没来得及问发生了什么事，室友倒是先开口了。

室友指着窗户，兴奋地说：“时缱！楼下有人要跟你表白啊。”

几乎是在同一时间，时缱听清了楼下呐喊的声音。

“时缱！ 2018 级英语系的时缱同学！

“你能下来一下吗？我有话对你说啊！”

时缱换了双鞋，匆匆忙忙往楼下跑。

刚一踏出楼门，人就傻了。

不知道谢景曜喊了多久，楼下已经聚集了不少看热闹的人了。

时缱觉得头皮发麻，尴尬地往谢景曜的方向走。

她刚一出来，谢景曜就看见她了。见她向自己走来，谢景曜笑眯眯地抱着花原地等着。

时缱没见过这种阵仗，一时之间手足无措。

她压低了声音，急忙问道：“谢景曜，你这是干吗呀？”

谢景曜笑着看她，理直气壮地回答：“表白啊。”

时缱低下头：“你别闹了，这都聚了好多人了……快别闹了！”

谢景曜却只是笑着，他一条腿往后慢慢压下，朗声问道：“时缱同学，你愿意……”

谢景曜还没来得及跪下，就感觉自己的胳膊被强行往上扯了扯，连带着整个人都被扯起来了。

表白的话都没来得及说完，他诧异地扭头，看见了一个面沉如水的男人。

那男人冷漠地开口：“不行，她家王母娘娘不同意。”

接着，林尘垚又补了一句：“她自己也不愿意。”

谢景曜有点恼火，不知道这个忽然跳出来打断自己表白的男人是谁。

他语气不善，脱口问道：“你谁啊？”

林尘垚松开扯着谢景曜胳膊的手，皮笑肉不笑，指了指呆住的时缱，一字一句道：“她表哥。”

“那你也不能……”

林尘垚打断谢景曜的话：“最起码先有点感情基础再做这种大张旗鼓表白的事情吧？我妹妹提都没提过你，你这不是道德绑架吗？”

时缱确实没跟林尘垚提过有人在追她。

林尘垚敢这么确定地上前阻止，是因为他刚刚分明在时缱脸上看见了大写加粗的“我想逃”和“我不愿意”。

见那个抱着花的男同学明显语塞，林尘垚便不再管他，扭头去看身旁那个呆呆的姑娘。

他没好气地说：“还不过来？”

“哦，哦哦。”

时缱还是蒙蒙的，但很快就走到了林尘垚身边。

林尘垚低声再次确认：“不是这个吧？”

时缱很快明白过来他在问什么，疯狂摇头。

林尘垚的脸色好看了点儿，轻声说：“行，还算有得救。”

说完，他便拉着时缱头也不回地走了。

时缱被拉着往前走，还没忘记回头拒绝谢景曜：“学长，不好意思啊，我不喜欢你，最近也不打算谈恋爱。”

时缱侧着身子喊完这句话，还没等回过头，便一头撞上了林尘垚的右臂。

这个人突然就不走了，也不说一声……

时缱后退两步，仰头看林尘垚，林尘垚也在盯着她看。

“最近也不打算谈恋爱？”他复述她刚刚说的那句话。

时缱心虚地挪开视线。

“那是谁前两天说有喜欢的人了？我让你别急着交往，你还跟我使性子。”

时缱争辩：“我哪有使性子了？”

“没使性子？”

林尘垚松开抓着时缱手臂的手，拿出自己的手机，将两人的聊天界面调出来放在时缱面前。

满屏绿泡泡，白色气泡框少得可怜。

时缱是第一次看到林尘垚视角的对话框。

有点奇妙，明明是一样的内容，但界面完全不同。

“上次聊天是 12 月 16 号，内容是我问你上次寄给你的小零食有没有特别喜欢的，这次回来再给你带一点儿。

“我早上七点给你发的消息，国内时间是晚上七点，你晚上十点才回复我不用。”

“看见没？”林尘垚伸手指了指那条消息，“那么久，就回了冷冰冰的两个字。

“那天是周日，你在忙啥呢？”

时缱抠抠手心，支支吾吾：“我在……教书。”

“什么？”林尘垚一愣，没想到她真的有事。

“我每个周五、周六、周日晚上要去给小孩子当家教。”

林尘垚沉默了一下，收回举着手机的手，问：“远不远？”

“不太远，五站地铁，学生的家也在离地铁口很近的地方。”

“你之前没有和我说过你还在做家教。”林尘垚的声音有点儿落寞，“我只知道你没课的时候在咖啡店兼职。

“咖啡店的兼职也是因为上次我给你打电话，你恰巧在工作，我才知道的。

“缱绻，你不太喜欢和哥哥分享你的生活吗？”

时缱能明显看见林尘垚眼里的难过，她像是做错事的小孩儿，讷讷难言。

可林尘垚目不转睛地盯着她看，像是一定要得到一个答案才肯罢休。

两人身边，一路之隔便是操场。

时缱想起那天坐在这里和南露第一次分享自己深埋于心底的秘密。

虽然，南露并不知道对象是谁，可那是这个秘密第一次被宣之于口。

后来，第二次就是说给了林尘垚听。

可他，并不喜欢自己。

时缱承认自己是有些在使性子，无意识就这么做了，没有考虑过林尘垚的心情，给他带来了困扰。

明明他什么都没做，却最终被自己迁怒。

这样做，很不对啊。

时缱轻轻吐了口气，嘴边冒出了一小阵白雾。

白雾很快消散在空气中。

她看向林尘垚的眼睛，真诚道："我保证以后不这样了，我会主动告诉你的。"

林尘垚看着面前的小姑娘，她的脸色变了又变，表情最终归于平静，仿佛是下定了什么决心一样。

他叹了口气。

"也不是一定要让你跟我分享你的生活，"林尘垚组织了一下措辞，"可你离开学校去兼职，万一发生了意外，我都不知道去哪儿找你。你只需要和我提一下，大概什么时候会去兼职……"

他眼见着时缱的头越来越低，忽然不想继续往下说了。

人家小姑娘还有几天就要成年了，用得着事无巨细去跟自己说吗？

"时缱，"林尘垚语气认真地唤她，"如果你觉得哥哥管得太宽了，你可以直接告诉我。"

时缱慌张地摇头，连声否认，干脆承认了自己确实有点在耍小脾气。

林尘垚闻言绷直了嘴角。

果然。

这丫头果然就是为了那个狗屁男朋友在生自己的气。

哼！

最后，两人不欢而散。

林尘垚冷着一张脸说楼下应该散了，让她快点回宿舍。

时缱着急地想要解释，却又不知道该怎么解释。她没有想过林尘垚会有这样的误会，可仔细想想，他会这样想也很正常。

明白这次是自己太过分了，而他此刻正在气头上，时缱不敢和他争，一步三回头地走了。

第二天，林尘垚突然问时缱要了她打工的咖啡厅的地址。

半个小时之后，他就出现在了咖啡厅。

他点了份咖啡，也不说话，抱着电脑在店里心无旁骛地工作了一下午。

一整个白天，时缱立在吧台里，眼神却总忍不住往他身上溜。

换班时间一到，时缱马上换好衣服，迫不及待冲到林尘垚面前，语速很快地说：“我这次真的认识到错误了，我真的不是嫌你管得宽。你知道的，你能关心我，我很开心……”

说着说着，语气里竟然带了点撒娇的意味，连她自己都没意识到。

林尘垚却听得分明。

时缱是第一次用这种语气和他说话，林尘垚颇为新奇地看着她。

男人架着一副金色边框的眼镜，镜片后面的狐狸眼的弧度越来越弯，最后弯成了月牙。

“小缱绻还学会撒娇了。”

笑着笑着，忽然觉得哪里不对，林尘垚面色一变，问：“你不会是跟你那个小男朋友撒娇撒习惯了吧？”

撒娇？

那自己肯定是被南露带偏了。

等等，什么小男朋友？

时缱忽然想起那天晚上自己和他说的，“有一个喜欢的人”。

南露真是害人不浅！

出的什么馊主意。

时缱干脆坐在了林尘垚对面，一脸崩溃：“我真没有男朋友。”

“那你那天和哥哥说有喜欢的人……”林尘垚皱眉，“单相思啊？”

他怎么有这么多问题？

这就是法律人的专业精神吗？

一定要抓着前一句话里的疑点往下问……

又不能和他说是专门说来试探他的！

饶是好脾气的时缱也几乎要在心里咆哮。

她别无退路，只好胡乱应答下来。

林尘垚看她不像是在说谎，不自觉松了一口气。

下一秒，他又一脸恨铁不成钢：“我怎么养出你这么没出息的妹妹，你哥当年收到的情书不知道塞了多少抽屉……”

这真是知道她恋爱了也不开心，知道她是单相思之后更闹心。

他家时缱怎么能受这种委屈？！

林尘垚把电脑一合，语气冷酷：“行了，忘了那个有眼无珠的男人，哥以后帮你找更好的。”

时缱在心里想着：再没有比你更好的了。

面上却不动声色地点点头。

林尘垚已经收拾好了东西，站起了身，说：“走吧，带你吃饭去，然后送你去当家教。”

时缱跟着站起来，听见前面的人小声嘀咕：“简直比我还忙……”

她无声地笑了起来。

时缱仗着自己已经是有收入的人了，强行要请林尘垚吃饭。

林尘垚见她态度坚决，退了半步：“这样，你请哥哥吃饭没问题，但哥不吃贵的，我很久没吃到大学里的美食了，十分怀念，我要吃学校附近的。”

时缱明知林尘垚是想给自己省钱，可也想不出更好的理由带他去吃高档一些的餐厅，只好问他：“那你想吃什么？”

林尘垚正色道：“米线。”

时缱将眼睛瞪圆。

这也太看不起人了！

几百块钱的饭她请客有些肉疼，但几十块钱的还是完全没问题的好吧！

“重新选！”时缱气鼓鼓的。

像奓了毛的小猫。

林尘垚看小姑娘这一脸“你再敢说个这么便宜的试试”的表情，只觉得可爱。

但他试探着建议道：“不然……麻辣香锅？”

时缱勉强点头。

两人最终来到了校内的一家麻辣香锅店，之前南露带时缱来过两次，她觉得味道还不错。

选好菜，找了个位置坐定后，林尘垚开始用茶水给两人烫餐具，随口问道：“下周一有没有课？”

时缱算了算，本来上午是有的，但是那节课已经上完了，便回答：“没有。”

“行，”林尘垚很快将自己面前这一份餐具也烫好，说，“那下周一，哥哥带你去过生日。”

时缱愣了愣，低头碰亮了手机，看了眼日期，竟然这么快又是平安夜了。

她没有拒绝的理由，也不想拒绝，于是便干脆地点了点头。

林尘垚一边给她倒茶，一边状似无意地问：“喜欢什么颜色？”

时缱猜测他也许是为了给自己准备礼物，仔细想了想，回答：“白色吧。”

“喜欢什么天气？”

啊？这有什么关系？

虽然不解，但时缱还是十分配合地回答：“晴天。”

“你是哪个星座？”

“摩羯座。”

“最喜欢哪个城市？”

“目前是枝南。”

“身高是多少？”

“一米六四。”

“穿多大码数的鞋？”

“三十七码。”

…………

“最喜欢哪门课？”

“最喜欢哪本书？”

“最喜欢哪部电影？”

…………

林尘垚仿佛只是想到什么就问什么，对答案也不怎么关心的样子。

时缱一开始只是以为他要送自己生日礼物，所以来问问自己的喜好。但渐渐又觉得好像不是，他问的范围太广了，相互之间又没什么必然关联。

时缱毫无头绪，但有问必答。

林尘垚一直问到上菜，就利落地闭嘴吃饭，只剩下迷茫的时缱。

吃过晚饭，林尘垚开车送时缱去了做家教的小区。

时缱让他先走，说自己家教完了可以搭地铁回去，很方便。

林尘垚眼都不眨，直接拒绝："那我费这么老大劲儿来枝南干什么的？"

时缱接不上话，可傻笑却不由自主地爬上了脸庞。

家教结束后，林尘垚送时缱回宿舍。

走到宿舍楼下，他说："明天还是这个流程，我下午去咖啡店。"

时缱拗不过他，最终被他赶上楼。

一回到宿舍，时缱顾不上放包换鞋，直直地往窗台冲。她立在窗前，默默地看着还站在楼下的人，用手机给他发了条消息，说自己已经到了。

那人很快收到了消息，低头读完，又仰头看了看。

可窗户太多，他并没看到时缱，接着，他转过身，一个人慢慢走入了黑夜。

看着林尘垚的背影，时缱想着，下次一定要告诉他自己的宿舍是哪扇窗。

最起码，她要和他挥手告别才行。

Chapter 10 / 生日快乐

生日前一天晚上，林尘垚送时缱回宿舍的时候，很抱歉地同她讲他明天早上有一个很重要的线上会议，下午三点再来接她去逛街。

时缱听完，不但没觉得失落，反而松了口气。

她之前见色忘义，想都没想就答应了和林尘垚一起过生日，正愁该找个什么借口跟南露说呢。

这下好了，她可以约南露吃午饭，晚上再赴林尘垚的约。

时缱在心里把小算盘打得啪啪响，丝毫没注意到林尘垚见她有些欣喜的表情逐渐变了脸色。

男人从齿缝间硬邦邦挤出几个字："明天中午一点就来接你。"

说完，也不管时缱做何反应，林尘垚扭头便走了。

想借着生日当借口，中午去约心动的小对象吃饭是吧？门儿都没有。

时缱见林尘垚快步远去的背影，有点摸不着头脑。

下午一点就来接，那她十一点就要去吃午饭吗?

唉……好吧，那跟南露商量一下。

晚上，时缱和南露约时间，南露却并没有表现出她想象中的刨根问底，甚至在听到她说打算早点儿一起吃午饭后，表现得十分开心。

时缱狐疑地问："你晚上有约？"

南露脸红了，诚实道："平安夜嘛，要出去约会的……"

“你交男朋友啦？”

南露抿了抿唇，压低声音说：“我觉得快了，他好像明天要跟我表白……”

“今天他暗戳戳问了我好多问题，”南露笑得甜蜜，“估计是明晚有什么大动作。”

暗戳戳问了好多问题？

时缱心想，林尘垚也暗戳戳问了她好多问题，但肯定不是为了跟她表白。

时缱酸溜溜地结束了视频通话，手指不小心碰到返回键，手机界面变成了主界面。

时缱手机壁纸是她和林尘垚的第二张合照。

照片上的少女惊讶地瞪大双眼，穿着学士服的男人正揽着她的肩头，他神色慵懒，抬眼正欲说话。

其实当时拍了两张合照，这张严格来说算是一张废稿，可能林尘垚忘记删除了，就一直保留了下来。

所以，之前时缱找林尘垚要合照的时候，他顺手一并发了过来。

在另一张照片里，时缱两手交握着放在身前，林尘垚拿着花站在她旁边，两人距离很近，都笑得很放松。

是一张很完美的合照。

但时缱却更喜欢这张被捕捉到的瞬间。

那个他主动伸手拉近了两人之间的距离，揽在自己肩头的手还没来得及放下的瞬间。

要是他能再主动伸一次手就好了。

平安夜。

枝南市一早就开始下起了小雪。

中午，时缱和南露一起吃了饭，南露献宝一般拿出了给时缱准备的生日礼物。

打开之前，她语速极快地先宣布：“十八岁是个重要的生日，我知道我送贵的东西你很有负担，但如果这次不送个贵点儿的、能让我自己满意的礼物，那一定会成为我多年以后的意难平，你肯定也不想我不开心的哦？好了，我看你没什么异议，那我就打开了，你一会儿除了表达感动什么话都不许说，感激也不行！”

说完，不给时缱插话的机会，南露径自打开了盒子。

是一条项链。

细细玫瑰金的链条，上面坠了一颗小小的心形红宝石。

时缱今天穿了一件小 V 领的毛衣，露出了修长的脖颈和明显的锁骨。

项链戴上后，红宝石像是时缱胸口长出了一颗朱砂痣。

南露观赏了很久，很是满意，笑嘻嘻地说：“本王就是小美人心口的朱砂痣。”

时缱哭笑不得。

林尘垚来接时缱的时候，一眼就发现她脖子上多出了一条项链。

他坐直了身体，皱了皱眉，正欲发问。

时缱一下就明白他想问的话，主动回答：“是南露送的，中午我们一起吃了午饭。”

林尘垚这才眉目舒展，满意地点头，夸赞道：“南露眼光很好。”

林尘垚专注地开着车，时缱时不时小心翼翼地偷偷观察他一眼。他脸上的黑眼圈有点浓重，没休息好的样子，估计是工作很忙。

她试探着开口：“要不，我们早点儿吃晚饭吧？”

林尘垚很警觉：“干什么？你晚上还想和你那个……”

时缱飞快打断他：“已经不喜欢了！我是看你好像很疲惫的样子！你的黑眼圈都挂得老长了！”

“是吗？”趁着等红灯的间隙，林尘垚看了一眼后视镜，“黑眼圈确实有点儿浓……”

时缱正准备问他要不要早点儿吃了饭回去休息，还没等她开口，就听见林尘垚幽幽地说了一句：“那也是憔悴美。”

什么玩意儿？时缱震惊地看着林尘垚，一副见鬼的样子。

这个人今天被什么东西附身了吗？怎么这么说话？

林尘垚瞥见她毫不掩饰的震惊目光，施施然道：“难道不是吗？哥哥就算大你七岁，也还是个不折不扣的帅哥，而且工作多年又添了几分成熟韵味。”

他打了一把方向盘，车子转过一个弯，继续说：“所以，有我这种珠玉在前，你找男朋友，就得拿我当最低标准去找。找比我帅的、比我对你好的，这样才行，别随随便便就对那些不知道从哪里冒出来的人动心了……”

果然，最后又是这个话题。

这个人这几天已经在自己耳边叨叨了好几遍找男朋友的标准了。

自己造的孽，自己得收拾，早知道就不跟他说什么有喜欢的人了。

时缱轻轻叹了口气，认命道：“知道了知道了……”

幸亏今天林尘垚的说教欲不是太强，不像第一次谈论这个话题的时候，他给自己科普了将近半个小时什么叫好男人。

恰好车子也到了地方，两人下了车，没再继续讨论这个话题。

林尘垚带时缱来了枝南市规模最大的商场，说要给她买几身衣服，问她有没有什么想要的款式或者类型。

时缱摇摇头。

她现在确实没什么想要的衣服，之前双十一已经添购了几件她觉得有点儿缺的。

林尘垚点头，也不多说。

他带着她走进了最近的一家女装店，一件一件地问过去。

“这件喜不喜欢？

“那这件呢？

“这件我觉得挺合适的。”

…………

他耐心很足，满脸都写着：这么大个商场，一家一家地看，一件一件地问，总有你喜欢的吧？

最终，时缱先投降了，路过一些明显不是自己喜欢风格的店，她就主动告诉林尘垚这种样式她不喜欢，不必进去了。

她开始积极主动地给自己挑衣服，打算挑两件便宜一些的完事。

林尘垚很快看出时缱的意图，在时缱再一次把手伸向衣服的标签时，林尘垚握住了她的手腕，亲切地笑着：“只许看款式，不准翻标签。”

看来光看是不行了，得试衣服才行了，试衣服的时候偷偷看就行了吧？

时缱很快想好对策。

于是她挑得更认真，很快就挑出几件去了试衣间。

林尘垚拦下那个引着时缱进入试衣间的导购，礼貌询问：“请问一下，刚刚进试衣间的那个小姑娘，她要是穿这种礼服。”他从手机里翻出一段视频，点开给导购看，“大概穿什么码数比较合适呢？她个子不矮，我怕挑小了太短，挑大了不合身。”

是他绕着条裙子拍了一圈的视频，各个角度都能看清。

导购看完，亲切地笑了笑，随口问道：“给女朋友准备惊喜吗？”

林尘垚突然被这样一问，有些结巴地回答：“不……不是啊，您……您先给看看吧。”

导购报了一个码数，跟他解释：“这个裙子身后有绑带，可以调节腰身的，长短合适就可以。”

她想了想，又给了一个建议：“需要穿一双跟高一点儿的鞋子，不然裙子还是会长。”

林尘垚礼貌道谢，然后低头发消息。

他这两天一直在筹备时缱的生日宴。

多层的蛋糕、礼服、气球。

她喜欢的图案、喜欢的电影的动漫元素、喜欢的颜色、喜欢的花。

她的星座 Logo、与她相关的数字。

他专门找了做场地设计的团队来设计。

虽然最终参加这场生日宴的人只有他们两个，但是别人家的女孩儿的十八岁生日宴是怎么样被重视着精心准备的，他就要一分不差、只多不少地捧到时缱面前。

林尘垚在一个能欣赏到夜景的餐厅订了一间包房，设计团队正在布置。

昨天在同事老婆推荐的礼服店里选好了礼服，加了店员的联系方式，正在沟通码数以及送货时间地点。

一会儿再买一双鞋，就算大功告成了。

鞋得合脚，一会儿带着时缱去试。

林尘垚约定好送礼服的时间和地点，伸手捏了捏有些僵硬的脖子，回忆着还缺不缺什么。

时缱抱着试完的衣服出来，礼貌地和店员致歉："都不太合适，麻烦你了。"

林尘垚想都不用想，就知道她肯定是看了价钱觉得贵，但他又不可能让她一件件地试给自己看。

算了，急不来。

衣服下次再买吧。

他上前两步，跟时缱谈判："不然哥哥给你买双鞋？

"我听南露说你以后想当同声传译，出席正式一些的场合，需要一双正式一点儿的高跟鞋。"

时缱知道林尘垚今天势必是要给自己买点儿东西的。

冬装本来就贵，商场里更贵，而且他说不定会从里到外买一身，但鞋只有一双啊。

时缱想清楚之后，很快同意了。

两人达成一致，很快挑出一双各方面都很合适的鞋子。

林尘垚按住了想问价钱的时缱，一个人去结了账。

在他回来之后，时缱愤愤不平地嘀咕着："以前我送你毕业礼物，你还说让我超过两百元的都不要送你，现在送给我礼物，价格都不让我知道……"

林尘垚理所当然道："当时你还是个学生，能有什么钱？现在你也还是个学生，哥哥怕你这位学生心理承受能力太差，看什么价格都觉得血淋淋的，大惊小怪不肯收礼物。所以，价格这种血腥的东西，让哥哥这种已经有收入，并且收入还不错的人独自承担就行了，你只负责收礼。”

虽然没买到衣服，但是因为买衣服折腾了很久，等买好鞋子，已经下午五点多了。

正赶上晚高峰，两人堵了很久才到了林尘垚定好的餐厅。

他们一进门，店员就认出了这个在这里看了一上午场地布置的帅气男人。

她微笑着冲他点点头，示意已经全部弄好了，又低声询问：“礼服我们已经替您签收了，此刻放在更衣室，现在要带这位小姐过去吗？”

林尘垚扭头看了时缱一眼。

时缱疑惑地看着他，不知道他们在说什么，然后便见他笑着点了点头，随后店员向自己走来，笑着请自己先去更衣室换衣服。

时缱没来过这种看起来就很高档的餐厅，她迷糊地想着：来这种餐厅吃饭，还要更衣吗？

到了更衣室，店员递给时缱一件用防尘罩罩着的裙子。

白色的轻纱长裙，胸前绣着许多形态各异地簇拥在一起的小小花朵，到腰身的时候，那些小花慢慢散开，逐渐散成了花瓣绕在两侧腰间收了个腰。

裙摆很大，向着裙摆尾端蔓延的缠枝暗纹有规律地分布在裙摆间。裙子后面那个绑带时缱看不见，也绑不好，于是，她只好从遮挡的帘子中探出头打算寻求帮助，却意外地发现那个引导她来这里的店员还没有离去，她红着脸向对方求助。

对方很快进来帮她穿好。

穿好裙子后，店员建议她换上她刚刚提进来的那双高跟鞋，又领她坐在更衣室里的梳妆台前，拆了一包一次性化妆工具，用桌上给客人补妆准备的化妆品很快速地帮她化了个简妆，甚至最后还用卷发棒帮她打理了一下头发。

时缱看着镜中陌生的自己，她的心跳逐渐加速，渐渐开始紧张。

这种紧张感在店员引导她来到包间门口时到达巅峰，对方替她推开门后，她的心几乎快要跳出来。

林尘垚也换了身衣服，隆重得像是在参加很重要的商务宴席。

不过他今天只穿了西装和衬衫，没有打领带或者领结。衬衫最上面的一颗扣子他没有扣，显得不那么严肃，多了几分随性。

他姿态闲散地坐在桌前，正偏着头看窗外的夜景。

窗外正飘着雪，雪下了一天了，整个城市都被染白。

白色的城市里透出星星点点的灯光，再往近一些，因为楼层高，楼下的车水马龙像是数条灯带。

窗外的画面，像是童话世界。

听见身后有动静，林尘垚转身回头。

眼前的女孩儿很是精致。

从衣服到人都很精致。

特别是人。

林尘垚早就知道，长大后的时缱会出落得十分好看。

但却是第一次发现，穿上礼服的时缱，已经不仅仅是单纯的好看。她身上隐隐透露出高贵清冷的气质，像一只舒展的天鹅。

林尘垚的视线没能很快收回。

时缱见他盯着自己，有些尴尬，局促开口："这家餐厅好高级啊……吃饭还要换礼服……"

林尘垚轻笑，也不解释。他站起身，走到时缱面前，微微弯腰，向她伸出了手。

是很正式的邀请姿势。

"欢迎你，今天的主人公。欢迎你来到时缱小姐的成人礼晚宴。"

时缱呆在原地，愣愣地盯着林尘垚，半晌都没有反应。

林尘垚只好伸出另一只手，拉过她的手，放在了自己的掌心。

他牵她去桌边，为她安放好椅子，让她落座。

时缱渐渐回神，开始慢慢地打量四周，明显是精心布置过的，每一处都很用心，各种小女孩儿会喜欢的元素都集齐了，各种她喜欢的东西也都集齐了。

她慢慢红了眼眶，艰难地开口：“这些都是你准备的吗？”

“我提的需求，找了场地设计的工作室，他们布置的。”林尘垚如实回答。

“不过，”他指了指时缱身后粉白相间的气球海，“这一部分的气球都是我亲手打的。”

时缱感觉喉头发紧，半晌，只说出来了三个字。

“谢谢你。”

林尘垚为她点了蜡烛，唱生日歌。

他的声音温柔又认真，却莫名像是在哄小朋友。唱完最后一句，他提醒时缱：“别盯着我傻看了，许愿吹蜡烛呀。”

在晃动的烛光里，时缱慢慢闭上了眼，她双手交握成许愿的姿势，真诚地许下生日愿望——

希望，林尘垚平安喜乐，一世顺遂。

她会对他好的，这不用许愿，她一定会做到，所以，愿望是，希望上天也能对他好。

时缱许完愿，睁开眼，虔诚地吹灭蜡烛。

林尘垚也不问时缱许了什么愿望，只笑着说别的：“现在市区内鞭炮管制得很严，不然，还想给你放烟花。”

时缱摇头，很真诚地说：“已经很惊喜了，足够了，真的。”

林尘垚和时缱对视着，他抿了抿唇，看着这个有些局促不安，仿佛受之有愧的小姑娘，忽然开口：“缱绻，我希望你再贪心一点儿。

“也许命运的馈赠没有那么早到来，也许要等到很久以后，你回头看过去的日子，才会觉得‘啊，原来我当初的选择真的是对的，我当初坚持了下来真的是对的’。这些年，你这么努力地活着，挺过了这么多磨难，还是对前路抱有这么热烈的期待。我只是替命运赠予你一场成人礼，奖励你努力生活的这些年。

“你要坦坦荡荡地接受，你值得。”

时缱热泪盈眶，死死地咬住了牙关才咽下去想要脱口回应的话：

我早就收到了命运的赠礼。

是你啊，我一生中，最最珍贵的宝物。

但她不能说，于是，她只好拼命点头，哽咽道：“我记住了。”

林尘垚探身替她擦去眼泪，声音里满是笑意。

“生日快乐，小缱绻，恭喜你顺利长大成人。”

有服务生陆续上了菜品，两人开始用餐。

时缱吃着吃着，目光落在了那个三层的蛋糕上面。

她忍不住问：“买这么大的蛋糕做什么呢？我们两个都吃不完，好浪费。”

林尘垚说：“第一层小的，我们两个吃，第二层和第三层你一会儿带回去给室友和同学分。”

“可这个第三层好大啊……估计分完了还有剩的。要不你带回去一些吧？”

林尘垚果断拒绝：“不行。你可以给你们班上的同学都分一块，如果还有剩的，就左邻右舍见过面的都分上一块。”

时缱一开始没想过要给全班同学都分蛋糕，她想着要分蛋糕的对象只有南露和室友们，还有关系比较好的几个同学。

如果是按林尘垚说的这样分，倒是一定可以分完的。

用餐结束，时缱去换衣服。

她捧着装好的礼服裙回到包厢时，林尘垚正坐在桌前等她，见她回来了，便起身准备走。

时缱抬手扬了扬手机，忽然说：“等一下，我拍个照。”

林尘垚以为时缱是要和自己拍合照，没有异议，伸手抚了抚自己有点皱了的衣服下摆，一抬头，却看见时缱正举着手机拍他打出来的气球堆。

他不由得无语。

时缱拍完，见林尘垚盯着自己，她疑惑着问道：“怎么了？”

林尘垚尴尬地笑了一下，帮时缱拿她手里的东西，说：“没什么，走吧。”

到了学校，林尘垚停好车，然后徒步送时缱到宿舍楼下。

走到之后，时缱指了指四楼的一扇窗户，说道：“第四层，从左边开始数，第五间，就是我的宿舍。”

林尘垚不明所以地看着她。

“上次我看你一直等到我给你发消息才离开，可那个时候我站在窗前你没看到我。”时缱笑着说，“当时我想着，以后你如果再送我回来，我一定要告诉你我住在哪里，然后和你挥手再见。”

不让你只收到一条冷冰冰的消息，然后一个人离开。

我会高高地扬起手臂，和你挥手道别。

林尘垚笑了笑，然后将两大盒捆在一起的蛋糕递给她，说：“东西太多了，我觉得你不好拿。但太晚了，我上去不合适，衣服和鞋子哥哥先帮你收着，下周接送你做家教的时候带给你。”

时缱点头，并没有什么意见。

接过蛋糕，她忽然想起来了什么，微仰着头和林尘垚叮嘱：“我有东西拿给你，你等我一下。”

说完，她便提着蛋糕快步跑上了楼。

没多久，时缱拿着一个小礼盒又跑了下来。

她把小礼盒捧到林尘垚面前，说：“给你买的，平安果。”

林尘垚没听过这个，问道：“平安果是什么？”

“就是苹果。”时缱解释着，“今天不是平安夜嘛，南露说吃个苹果代表平平安安。我已经洗好了，可以直接吃。”

林尘垚笑着接过，然后当着她的面把盒子打开，拿出那个苹果。

他略一使劲儿，将苹果掰开，递给她一半，说：“哥哥不知道有这个讲究，没有给你准备苹果。既然吃一个苹果代表平平安安，那我们一人一半，你占一半，我占一半，都有平安。”

时缱没想到林尘垚会这么解释，有点哭笑不得。

那如果她刚刚说的是“吃个苹果代表平安”，他还怎么分呢？

林尘垚没看出来小姑娘的想法，只是催她接了苹果赶紧上去。外面风大，她没戴帽子，吹久了容易头疼。

时缱闻言立马接过那一半苹果，也催他快回去。

林尘垚说：“我等你上去跟我挥手呢，不是说要跟我挥手道别？”

时缱只好飞奔着跑上去，进了宿舍直奔窗口，立在窗户前跟林尘垚挥手。

林尘垚见她到了，就也笑着跟她挥挥手，然后便转身离开。

林尘垚离开后，时缱将半个苹果放在桌上，开始忙着分蛋糕。

她先是切下来一大块，放在一边留给南露，然后将剩下的蛋糕都尽量均分。

先分给室友，然后是其他宿舍。

她们一个班的女孩子都住在连号的宿舍里，所以也没怎么费力就把蛋糕送完了。

每一个收到蛋糕的人，都会笑着跟时缱说一句“生日快乐”。

时缱送到最后，忽然明白了林尘垚一定要让她把蛋糕分给同学们的用意。

他是要让大家都能跟她说生日快乐。

让很多人都和她说生日快乐。

想明白之后，时缱翘着的嘴角便一直放不下来。

她慢慢吃着那半个苹果。

这苹果买得真好，好甜啊。

平安夜那天，像是一场美梦。

那天过后，一切好像变了，又好像没变。

没变的是林尘垚，变化的是时缱自己的心境，时缱已经做不到完全的心平气和。

她像只好奇心极重的小猫，总忍不住伸出爪子摸摸那颗饱满的气球。虽然，这只小猫明明知道，如果气球炸了，会惊醒沉睡的铲屎官。

这一年最后一个周六是工作日。

时缱倒是已经完全没课了，但她做家教的小孩子还需要上课，林尘垚那天也需要线上办公。

虽然那天不用送她去做家教，林尘垚还是抱着电脑出现在了她兼职的咖啡厅里。

时缱工作结束后，林尘垚还在面色严肃地开一场线上视频会议。

因为是调休日，这天店里的人不多。

林尘垚分贝不算大的声音还是显得格外清晰，他说起英文来，声线好像比说中文低了一些，又稍微带了点儿严肃的语气，一时间很能唬住小姑娘。

这周新来的一个女孩儿便被他认真工作的气场蛊住了，女孩儿扯着刚换好衣服的时缱，问：“我今天下午总看见你们俩对视，是你男朋友吗？”

时缱看了一眼不远处的林尘垚，见他正戴着耳机，完全专注于会议。

她咬了咬嘴唇，轻轻点了点头。

女孩儿十分夸张地捂住了嘴，满眼都是羡慕：“你男朋友也太帅了，好羡慕……”

时缱客套了两句，往林尘垚那桌走去。

林尘垚见有人走近，稍稍抬了下眼。他看清是时缱之后，朝她笑了一下，无声用口型说：等我一下，十分钟。

时缱点头坐下，林尘垚将桌上的一份小甜品推了过来。

时缱有些惊讶。他什么时候点的？明明她去换衣服之前还没有这个东西。

就这么十分钟，他还特意去给她点了一份吃的吗？

时缱感觉自己的心脏又在怦怦跳了，希望的小芽正往外疯狂探头，加上她刚刚当着林尘垚的面，偷偷承认了他是自己男朋友……

时缱的脸抑制不住地开始发红，滚烫的温度，一直烧到了耳尖。

她低着头，不断小口小口地吃甜品。

林尘垚在某个抬眼的时候，注意到了时缱红红的耳朵，他伸手敲了敲她面前的桌子。

时缱不明所以地抬头，蒙蒙地看着他。

看清小姑娘脸也这么红之后，林尘垚担心地蹙起了眉头，伸手探了探时缱额头的温度。

不烧。

他这才放下心来，又低声用英文说了句什么。

时缱觉得被他的手碰过的额头有些奇妙的感觉，她努力让自己不去感受这感觉，而是分心去听他刚刚说了什么。

她没太听懂，他说了好几个很长的陌生名词，应该是法律上的专用名词。

会议并没有持续到十分钟，五六分钟便结束了。

林尘垚一边快速打字整理一些刚刚会议上敲定的东西，一边分出心思和时缱说话："你如果觉得室内空气太闷了，可以先去外面等我，里面的温度是有点儿高。"

时缱咽下一口蛋糕，下意识回答："不闷啊。"

答完又想起来刚刚自己的脸在发烫，估计林尘垚以为她是闷红的，时缱说话一下磕绊了起来："没、没关系……反正你，也快好了，快好了吧……"

林尘垚点点头，没注意到她的异常。工作有点儿棘手，他的眉心紧蹙。

时缱见状不再打扰他，安安静静地继续吃蛋糕。

蛋糕吃完后，她拿出手机翻看了一会儿自己的朋友圈。

她的朋友圈只有一条，是生日那天她发的。

有好多人祝我生日快乐，很开心。

配图是她拍下来的那片粉白气球海。

林尘垚给她点了赞。

南露也点了赞，还留言了。

蛋糕好吃！感谢深夜送蛋糕的小寿星！

谢景曜也点了赞，简单地留言了一条祝她生日快乐。

那天被拒绝之后，谢景曜并没有恼羞成怒，只是不再频繁出现在时缱面前了，甚至两人偶遇时，他还会平和地打招呼。

他半开玩笑般问过时缱："等你哪天想恋爱了，我有没有优先权？"

时缱很认真地回答："对不起啊，学长。我有一个很喜欢很喜欢的人，如果哪天我想恋爱了，一定是这个人愿意跟我谈恋爱了。"

闻言，谢景曜笑得有些失落，小声说："这个人真是好福气。"然后便转身走了。

时缱退出自己的朋友圈界面，抬手刷新了一下，一下跳出来很多新内容。

上大学之后她微信加了好多人，朋友圈也热闹了起来，有人在抱怨期末复习太难了、有人在兴奋地计划考完要去哪里旅行，更多的人则是在讨论后天要怎么跨年。

南露昨天就和时缱说过了，她今年跨年要和她那个准男朋友一起看通宵电影。

"他上次平安夜就没表白，害我白白期待一场。"南露不开心地嘟嘴，"如果这次跨年再不说，那他就是在养鱼，我就拉黑他！"

时缱发着呆，开始想自己跨年那天要做什么。

明天给小朋友上今年的最后一次课，孩子妈妈说，元旦假期打算给小朋友放两天假，时缱可以不用去，下周再去两天，这学期的家教就结束了。

孩子妈妈是个很优雅大方的女人，已经预发了接下来三天的补习工资给时缱，并且很热情地邀请时缱下学期继续给小朋友补课。

这个月底，似乎一直是好消息。

时缱正神游着，林尘垚已经利落地收好了东西。他伸手在小姑娘眼前挥了挥，问："想什么呢？"

"啊？"时缱回神抬眼，"哦哦……我在想元旦假期几点钟起来。"

林尘垚扬了扬下巴，示意去吃饭。

时缱会意，拿上包起身。

林尘垚一边往外走，一边问道：“元旦休息吗？”

时缱“嗯”了一声，然后顺口问他：“你呢？”

没想到林尘垚那天不休息，时缱有些意外。

“遇到了一个很棘手的案子。”林尘垚替时缱推开咖啡厅的门，“现在我需要回家拿一份文件。你今晚不用去做家教，咱们回家点外卖吃？”

回家？

时缱听着这个词愣了愣，以至于都没能第一时间做出反应。

林尘垚偏头看了她一眼，问：“不愿意去哥哥家？”

“不是。”时缱摇头，然后换了一个话题，“那我们吃什么？”

车就停在咖啡厅对面的路边停车位，林尘垚上了车，时缱也跟着坐上副驾驶。

林尘垚将自己的手机解了锁，调出外卖 App 的界面，递给时缱，说：“你看着点，想吃什么都可以。”

时缱划拉了半天，然后选定了一家猪肚鸡。这两天天冷，吃一点儿热乎的东西估计会比较舒服。

她悄悄地发了一个代付链接给自己的账号，完成了订餐。想了想，她又把林尘垚家的订餐地址也输入进了自己的账号里。

路上有点儿堵，林尘垚踩下刹车后转头看身侧的小姑娘。

他的手机已经熄了屏，正放在她腿上，她拿着自己的手机不知道在摆弄什么。

“没有想吃的？”林尘垚问。

“点好了呀。”时缱头也不抬地回答。

“那你怎么没有……”林尘垚顿了一下，很快反应过来，“自己付了？”

时缱这次抬头了，她侧头看他，吐了吐舌头，缩着脖子笑。

前面的车子动了，林尘垚松开刹车，换了一个车道，准备左转，然后才说：“下次拿着哥哥的手机，就用哥哥的钱。你哥有钱着呢。”

“那我下次用自己的手机点。”时缱笑着晃了晃自己的手机，“我把你家的订餐地址保存下来了。”

林尘垚闻言轻笑了两声，突然猝不及防地咳嗽了起来。

时缱关切地问：“感冒了吗？”

林尘垚轻轻摇了摇头，笑着说：“你这样，是侵犯我隐私权的。”

“哦，”时缱胆子大了不少，一副有恃无恐的样子，“那我也不会被抓起来的。”

林尘垚摇着头笑。

这小姑娘最近逐渐有了些天不怕地不怕的样子。

挺好。

林尘垚平稳地将车驶入公寓地下车库，然后带时缱搭乘电梯上了二十六楼。

两人到了2601门前。

门上装的是电子锁，林尘垚将时缱拽到自己身边，当着她的面慢悠悠地按密码。

门锁发出解锁成功的声音后，林尘垚问她：“记下了？”

时缱点点头，密码像是一串日期，应该是他的生日。

林尘垚带时缱进门，从鞋柜里拿出一双已经剪了标签的女士拖鞋给她。

毛茸茸的小绵羊造型，一看就是年轻女孩子用的，样子很新，但不确定有没有人穿过。

时缱接过拖鞋的手顿了顿，舔了舔嘴唇。

他有女朋友吗？她的女朋友也来过这里吗？可如果女朋友会过来，他也不会把密码告诉自己吧？

但说不定是新交的呢，还没有熟到要同居。

绝好的机会，要不要试探一下？

时缱的心疯狂跳了起来。

她抿抿唇，开了口：“那个……”

林尘垚已经换好了鞋，正站在离她四五步远的地方挂外套。

闻言，他回头看了一眼时缱。

他穿着宽松的白毛衣，在暖黄色的灯光下，他锋利的面部曲线柔和了些，没有表情，狐狸眼也没有那么妖，十分居家好男友的样子。

时缱被他这副样子引诱着，问出了自己想问的话："这是不是你女朋友的拖鞋啊？"

同样是年末，相比较时缱的好心情，林尘垚就没有这样的好运气，他过得十分疲惫。

刚到枝南没几天，他就忙着一边工作，一边筹备时缱的生日宴。

等生日宴结束，林尘垚又接到了一个十分棘手的案子。

这是公司中国分部成立后，首次以分部的名义服务的案子。

案件本身就十分复杂，难度高、时间又紧，眼看着连元旦假期都快要泡汤。

他压力很大，连轴转了好几天，就只有昨天睡了一个整觉，所以今天才能分出一些精力去看时缱。

此刻，他刚结束一场会议，又开了将近二十分钟的车，到家后，他感到些许放松，以至于意识都有些模糊。

果然，已经不是大学时代的毛头小子了，他这两年作息紊乱，已经透支了太多。

林尘垚恍惚间，听见还站在门口的小姑娘问他："这是不是你女朋友的拖鞋啊？"

他盯着这个拖鞋看了一会儿，这是他特意给她准备的。

在租好这个房子的那天下午，他去采购东西的时候，特意也给她准备了一份日用品。

说不清是什么心理，那天买东西的时候，他总想起自己将时缱带离医院的那个晚上。

小姑娘穿着单薄的蓝白条纹病号服，手臂紧紧地揽在自己肩头。

她僵硬地趴在自己背上，不敢压着自己，还想拼命地撑着，好像那样就能减轻一点儿他背上的重量一样。

那天他的手臂也使不上劲，于是他叮嘱她，让她把腿盘得紧一点儿，他的两只手只虚虚地抬着她的腿弯，给她一个支撑点。

两个人打车去医院的路上，她一直很安静。

车窗外路灯昏黄，瘦弱的小姑娘打开了她那一侧的车窗。

她一直偏头看向车外，晚风吹进来，她的长发随风飘动，有一绺吹到了他眼前，漂浮在离他很近的地方。

将至，却始终未至。

等她终于收回视线，林尘垚也终于看清她的侧脸。

她脸上的泪痕已经浅淡了，哭过的眸子微微发亮。

也许是注意到了他的视线，小姑娘回头，苍白的面孔上，扯出了一个笑。身后是光，她的长发微扬。

那一刻，在初夏微暖的夜风里，林尘垚听见了自己的心跳声。

这是不是我女朋友的拖鞋呢？

林尘垚思考了一下这个问题。

如果，小姑娘是在问这个拖鞋是不是他女朋友穿过的，现在拿出来给她暂时穿一下。

那么，不是。

如果，小姑娘是在问这个拖鞋是不是他女朋友的。

那么，不确定。

毕竟，未来的事情谁说得准呢？

于是，严谨的林律师回答道：“拖鞋是新的，专门给你准备的。”

时缱只关心林尘垚有没有女朋友，听到这个回答，她不是很满意。

她低头“哦”了一声，先换了拖鞋，然后慢吞吞地脱下羽绒服外套，也学着林尘垚挂起来。

一长一短两件外套，一前一后地挂在一起。

场面竟然莫名和谐。

时缱看了一会儿挂在一起的衣服，胆子慢慢也大了起来。

她穿过玄关走进客厅，打算再找一点儿什么可以再次问起这个问题的地方。

两室一厅的房子，这位租客明显很不在意生活品质，入住一周多了，房子还像个样板间。

时缱失望地撇了撇嘴，总不能问他这个房子是不是跟女朋友一起选的吧。

林尘垚烧上一壶水之后，就打开电脑继续工作了。

他说："一会儿水烧好了我再给你倒，家里好多东西都没有添置，烧水壶还是入住的时候公寓物业送的。洗手间在客厅右手边，家里不大，你随便看看。"

说完，他就继续去忙了。

时缱也不客气，他让她随便看看，她就真的背着手，一点一点地看过去。

客厅一眼就看全了，样板间，问都没得问。

她往里走了几步，卧室门没关，她没进去，驻足在门口大致扫了一圈，箱子都没收拾，还放在地上。床上的被子倒不是一坨，主人醒后应该是把它抖开了，但一定也是随手一扬，没有仔细铺好。

枕头是一个。时缱满意地点点头，走去看第二间房间。

这间房没什么好看的，床上放着一个床垫，衣柜空空如也，一看就没人用过。

这时，时缱听见了水壶烧好水跳挡的声音，她快步走向厨房。

时缱倒了两杯水出去，一杯放在林尘垚手边，一杯自己捧着。

林尘垚说："我都没听到水烧好了。"

"你工作太忙了，听不到很正常啊。"时缱灵机一动，顺口问，"那你工作这么忙，女朋友给你发消息你听不到怎么办？"

林尘垚闻言，抬起长睫深深地看了她一眼。

时缱顿时就感到了一阵心虚，"我随便说的"这五个字马上就要脱口而出。

刚张嘴，她听见了林尘垚的回答："我要是有女朋友，每个周末还能有空接送你做家教？"

没有女朋友。

时缱心里乐开了花，那她还有机会，但面上却没有表露。

她小脸微扬，义正词严地谴责他："有女朋友就可以不管妹妹的死活吗？"

林尘垚好笑地看着她，面不改色地回答："可以啊。"

时缱本就是用没话找话的方式来掩饰自己内心的喜悦，闻言也不过多纠缠，"哼"了一声就折身回沙发上开始玩手机。

过了半个小时，外卖送到了，时缱赶在林尘垚起身前，快步跑去开门。

林尘垚坐在餐桌旁办公，四人用的餐桌，他没收拾，只是起身换了个位置，用了另一半餐桌和时缱一起吃饭。

猪肚鸡，店家用了保温袋包着，打开之后还热气腾腾的。

这顿饭吃得格外沉默。时缱满腹心事，林尘垚则是精神不济。

他只觉得自己摇摇欲坠，几乎下一刻就要坐不稳了。

可一会儿还要送时缱回去，冬天，天黑得早，他不放心小姑娘一个人回学校，可又不好疲劳驾驶。

他吃了两口，便放下了筷子，对时缱说："我这几天没有休息好，有些困。我睡两个小时，九点钟送你回学校。"

时缱看着他明显不太好的脸色，点了点头。

林尘垚去卧室睡觉了，倒头就睡的那种，门和灯都没有关。

时缱吃好饭，收拾了一下桌子，回到客厅后注意到林尘垚的卧室灯没有关。

她蹑手蹑脚地走过去，小心翼翼地伸头看了一眼，发现床上的人睡得并不踏实。他眉头微微皱着，一副不太舒服的样子。

时缱以为是灯光太亮，于是她伸手关了灯，顺便把门也关上了。

她一个人坐在沙发上，点开了手机备忘录，打下了两行字。

我成年了。

他没女朋友。

时缱盯着这两行字看，怎么看怎么觉得两个人如果谈恋爱是一件完全合理的事情。

她想了想，又加上了一行。

近水楼台先得月。

然后，她很满意地退出备忘录。

时缱开始思考，如果自己追林尘垚，成功的可能性有多大。

思考了许久，她得出了一个结论：毫无胜算。

她完全没有优势，家里一堆破事，自己现在也还是个连学费都要自己攒的小姑娘，甚至，她还欠他的钱。

时缱叹了口气，心想，慢慢来吧。

只要不是完全没机会，她就还有希望。

困难嘛，总能一件一件解决的。

时间不知不觉就到了九点。

时缱从沙发上弹了起来，她以为林尘垚刚刚的意思是他定了一个九点的闹钟，可现在房子里一片寂静。

那，自己去喊他？

时缱站在他房间门前，想了想，还是伸手敲了敲门。

没人回应，她抿抿唇，直接推开门。

她只把门打开了，没有开灯。

借着客厅里的光线，时缱慢慢看清了床上的林尘垚。

时缱有些紧张地往里走，在离床边两三步远的地方停下了步子。

已经下定决心不叫他哥哥了。

时缱舔了舔嘴唇，大着胆子喊他的名字：“林尘垚。”

声音不大，床上的人好像没有听见，他没有反应。

时缱顿了顿，稍微加大了一点音量：“林尘垚。”

依旧没有反应。

时缱隐隐觉得有点不对，凑近了一些，继续叫他的名字：“林尘垚？”

这次，他终于有了点反应，声音极轻地“嗯”了一声。

时缱皱眉，觉得他应该是生病了，于是伸手摸他额头。

滚烫。

时缱吓了一跳，但很快冷静下来。

这里应该没有退烧药，她点开外卖软件，选了一家最近的药房，下单了温度计、退烧贴、退烧药以及消炎药。

等药的时候，她去洗手间用凉水拧了一条毛巾，叠好后，放在他额头上。

也许是额间的凉意让林尘垚好受了一点，林尘垚的眉目舒展了一些。

时缱静静地看着他的睡颜，这个人睡着了看起来好严肃。

时缱看了一会儿，觉得有点儿尴尬。

别人生着病睡着了，自己老立在床头看着算怎么回事？像个偷窥狂似的。

她放轻脚步，去厨房烧水。

水烧好时，药也送到了。

时缱替林尘垚量了体温，38.4℃，高烧。

她仔细看完说明书，冲了一剂退烧药。

等冲好的药温度摸着合适了，时缱端着药再次走进了林尘垚的房间。她将装着药的杯子放在床头柜上，轻声叫他起来吃药。

这次，林尘垚还是有气无力地应了一声。

“你在发烧，坐起来，先把药吃了，好不好？”

时缱的语气像是在哄小孩儿。

林尘垚迷糊着回答：“我坐不起来……”

时缱问：“是身上没力气吗？”

闭着眼睛的人轻轻点头。

时缱伸出手，环住林尘垚的脖子，打算帮他坐起来。

他颈部的皮肤也烫得吓人。

她用力地将他抬起来一些，但他好沉，以至于她根本分不出另一只手去拿药。

时缱思考了一下，坐到床边，然后一只手穿过他的肩，半搂半抱地将他扶起来。

她用尽力气，只将他扶起来了一个小角度。她把自己给他当靠枕垫着，然后费力地伸手摸到杯子，端到他的嘴边，轻声哄他："张张嘴。"

林尘垚倒是很配合，将药慢慢喝了下去。

时缱又给他贴好了退烧贴，然后端着杯子走出了昏暗的卧室。

光线充足的客厅里，时缱的脸红扑扑的，像樱桃。一时之间，这个空间里，倒像是有了两个发烧的人。

林尘垚家没有多余的被子。

时缱叹了口气，只好选择裹着外套凑合一晚。她走到玄关去拿自己的羽绒服，看着自己的短款羽绒服后面挂着的林尘垚的长大衣。

她犹豫了一瞬，还是决定盖自己的外套睡觉。

时缱再次去卧室观察了一下林尘垚的情况，见他没什么异常。

她回到客厅，将灯灭了，给室友发了一条消息说自己今晚暂时不回去，住在朋友家。

消息发送完毕，时缱努力缩成一团，窝在沙发上睡觉。

视线陷入黑暗后，思绪活跃了起来。

时缱想起刚刚抱着林尘垚喝药的画面，红着脸往羽绒服里缩了缩。

林尘垚，好好闻啊。

不知道是床单还是他的衣服，味道好好闻。

时缱翻了个身，面向沙发靠背，思绪也跟着换了个频道。

她想，等她毕业了，有了固定收入，就开始追林尘垚。

她平时很省，欠的那些钱应该大学里做的兼职和奖学金就能还个七七八八。

也很快嘛，说不定也不用等毕业了，可能等大四下学期她就能找到工作呢?

那就是三年，很快的。

小姑娘在黑暗里默默琢磨着未来，睡意渐浓。

快要入睡的时候，身体对周围的环境温度更加敏感了。

她开始悔恨自己今天为什么非要穿一件短款羽绒服，脚怎么都盖不住，太冷了。

但明天还要去咖啡店兼职，时缱紧闭着眼，强行让自己入睡。

林尘垚这一觉睡得很沉，凌晨三点的时候，他惊醒过来。

胳膊撑了一下，猛然间就坐了起来。

紧接着就是一阵头晕，他伸手按了按自己的太阳穴。

房间里亮着一盏小夜灯。

他看向光源，意识开始渐渐回笼。

时缱呢？他睡过头了没有送她回家，她自己坐车回去了？

有什么东西从他额头上掉了下来。

他伸手接住，凝神看了一会儿，辨认出来是个退烧贴。

他伸手摸索着手机，想看看时缱有没有给他发消息。

微信里只有几条工作消息，和时缱的对话框里没有新消息。

林尘垚皱了皱眉。

嗓子有点儿干，他掀开被子下床，打算去倒杯水。刚踏出房门，他的步伐就顿住了。

黑暗里，沙发上拱起了一个小山丘。

林尘垚屏息去摸开关。

灯亮的那一刻，他心中的预想变成了现实。

小姑娘像一只小猫一般缩成一团，身上紧紧盖着羽绒服。

林尘垚低头无声笑了起来，他上前两步，一把抱起了小姑娘。

时缱好轻，睡着了的情况下抱着也没费多大劲。

林尘垚把她放在床上没有枕头的那一侧，将被子翻了个面给她盖上，然后又在衣柜里摸出一个干净的枕套。

换好新枕套之后，他轻轻托起了时缱的脖颈，将枕头垫在她头下。

似乎是舒服了不少，时缱轻哼了一声，然后又侧身蜷缩着睡去。

林尘垚替她掖好被子，坐在床沿看着时缱，目光轻柔，轻声开口：“照顾病号辛苦了。”

好像又想起了什么，他笑意渐浓，嘀咕着：“幸亏成年了，不算雇佣童工。”

接着，他便关上了灯，退出了房间。

还有工作没有做完，他也睡好了，索性熬夜加了个班。

时缱有生物钟，七点准时醒了。

睁开眼看到的环境有点儿陌生，时缱蒙了蒙，很快反应过来自己是睡在了床上。

她急忙下床，冲出了房间。

林尘垚听见开门声，一回头就看见了头发乱糟糟、鞋也没穿、正保持着开门姿势的时缱。

他想起来自己忘记把鞋挪去床边了，于是站起身，从沙发边拿过拖鞋，放在她面前，说：“先穿鞋。”

时缱一边穿鞋，一边问他：“你还烧不烧？”

林尘垚回道：“一个小时之前我量了下体温，已经不烧了。”

时缱这才放心地点点头：“那就好。”

“去洗漱吧。”林尘垚给她指了指洗手间。

时缱点点头，往洗手间走。

洗漱台上，牙刷横躺在牙杯口，牙膏已经挤好了。

林尘垚的声音从客厅传来：“牙膏挤好了，牙杯是新的，刚刚也烫过了。”

时缱扬声应了一声，然后，一大早就开始傻笑。

她洗漱完毕一出来，林尘垚就喊她去厨房，递给她一杯热牛奶。

时缱慢慢喝着牛奶，看林尘垚洗奶锅。

林尘垚说：“咖啡店九点钟开门？”

时缱咽下一口奶：“嗯，不过我们八点半就要到岗开始准备了。”

林尘垚抬手看了眼时间，七点二十分。

他擦干了手，接过时缱喝空的杯子，随手放在池子里。

时缱看见了，上前两步想自己洗。

林尘垚拦下她，将她转了个面往外推。

“你别管，我回来洗。现在带你去吃早饭。”

吃完早饭，林尘垚开车送时缱去咖啡店。

路上，林尘垚问：“今天晚上要去上家教课，明天还去吗？”

时缱摇头，说：“今天是今年的最后一次课了。”

林尘垚打了个转向，又问：“那明天陪我去逛逛？”

“你明天不是要加班？”时缱疑惑。

“啊，对，好像是……”林尘垚换了个时间，“那后天？”

“后天……”时缱飞快地看了他一眼，“我要加班……”

林尘垚无奈地看她。

时缱立刻解释道：“是你昨天说你元旦要加班嘛，我就申请了元旦加班，三倍工资呢。”

林尘垚被噎了一下。

很快，他换了个折中的办法：“那明天我来接你下班，然后我们去逛逛？”

时缱忽然想起来上次和他一起逛街的场景。

她警惕道：“你是有什么东西要买吗？”

林尘垚轻点了一下头，说：“家里太空了，逛逛家居城，添置一点儿东西。”

时缱松了口气。

林尘垚偏头看了她一眼，一眼看出她的心思，笑着开口：“小姑娘。”

时缱看他。

“你是不是……”林尘垚左臂弯曲搭在车窗框上，手虚虚地握成拳，放在嘴边，“想让哥哥给你买礼物了啊？”

时缱瞪大了双眼，刚刚自作多情的小心思被人拆穿。

她用大声掩饰尴尬：“我哪儿有！”

“不好意思，哥哥病刚好，表达有点儿问题。是我想给你买个小礼物表达一下我的谢意。”

可他脸上分明全是笑意，哪儿有不好意思？

时缱偏过头去，不理他了。

第二天，林尘垚在清晨时分出现在了时缱宿舍楼下。

新年第一天，是个好天气。

时缱背着包刚走出宿舍楼，就看见林尘垚立在不远处。她疑惑着走近，明明两个人约的是今天晚上逛街啊。

林尘垚一看见她，就笑着同她挥手，说：“新年快乐。”

“新年快乐。”时缱回应完，问出自己的疑惑，“你怎么来了啊？”

林尘垚递给时缱一个礼袋，说：“来给你送新年礼物，顺便和你吃新年的第一顿饭。”

时缱接过礼袋，小心翼翼地说：“但我没有给你准备礼物……”

林尘垚挑眉，故作勉强道：“那你请我吃新年的第一顿饭吧。”

时缱皱眉想了想，打算先请他吃一顿早饭，后面再补给他一个礼物。

她点了点头，问：“你想吃什么？”

“我听说枝南有一种特色面，很好吃。”

时缱点点头，说：“我们学校附近有一家，本地的同学说很地道。”

“就去那里吧。”

面馆不远，是一家小店。

平时生意很好，可能昨天是跨年夜，大家都嗨翻了以至于早上起不来，今天店里人不太多。

时缱点好餐，两人选了一个位置坐好。

她总忍不住好奇地去看那个礼物袋子，一路上都在猜测着里面会是什么。

恰好，林尘垚问她：“不打开看看吗？”

“哦，好。”时缱从善如流，伸手打开了礼袋，是顶毛茸茸的帽子。

时缱忍不住问：“送帽子做什么呀？”

林尘垚吸了一口豆浆，说：“这样下次送你回宿舍，我们可以慢慢走回去。”

傍晚，林尘垚按照约定时间来咖啡店接时缱下班，却意外看见了南露。

南露坐在咖啡店里不停抽泣着，时缱正揽着她，一边给她擦眼泪，一边哄她。

看见林尘垚之后，南露很快止住了哭泣。

她的素养，不允许她在帅哥面前哭得这么丑。

林尘垚放弃购物计划，带着两个小姑娘去了一家烧烤店吃晚饭。

他安静地坐在一边，两个叽叽喳喳的小姑娘坐在另一边。

南露一开始还会好奇地问两句关于林尘垚的事情，后来吃着吃着，逐渐情绪上头，完全当他不存在，继续跟时缱哭诉。

“你说他都订婚了还鬼混什么啊？

“研一装大一，跟我说他也是新生，我就说这个人气场怎么跟我们完全不同，呜呜……

“要不是昨天他女朋友找到他的时候，我恰好去了一趟洗手间，我就要被当作第三者打了，呜呜呜……

“呜呜呜……老男人怎么这么坏啊？”

时缱有点尴尬地拍了拍南露的后背。南露似乎也想起来了两人对面坐着的这个人比她口中的老男人还要大上两岁。

南露伸手把被眼泪沾在脸上的头发摘掉，回头对林尘垚说：“表哥，我不是冲你。”

林尘垚点头，喝了口雪碧，说：“我知道。没事儿，你继续，当我不存在。”

南露点点头，补充道：“我骂的是那些想欺骗小女孩儿感情的老男人，呜呜……”

她接着又扭头靠在时缱怀里哭：“宝贝儿，你以后找男朋友，千万别找那种大了三岁以上的，呜呜呜……

“都说三年一个沟，这些老男人们都成精了，我们阅历太浅了，玩不过他们的，呜呜呜……”

时缱胡乱应下了，她尽量不让自己的视线转到林尘垚身上。

南露还在继续：“你说说……我正是花样年华！什么样的小帅哥我以后遇不到啊？！呜呜……就他仗着比我多几年阅历，就想来骗我感情，呜呜呜……我也算因祸得福对不对？早看清，早解脱……”

林尘垚的筷子顿了顿，他长睫微垂，端起杯子喝了口饮料，借着这个动作隐藏自己的情绪。

——我正是花样年华。

——什么样的小帅哥我以后遇不到啊。

——就他仗着比我多几年阅历，就想来骗我感情。

他低头掸了掸自己裤子上不存在的灰尘。

时缱今年也不过十八岁，人生才刚刚开始，他要借着小时候帮过她的天然优势去追她吗？

他想起，那天那个在时缱宿舍楼下向她表白的男生。

他那天是怎么说那个男生的来着？

哦，对。

“你这不是道德绑架吗？”

Chapter 11 / 新年

元旦之后，林尘垚似乎格外忙。时缱最后一次去给小孩子上课那天，他倒是照例来接她了。

那天，时缱还特意戴上了他送给她的毛线帽，可惜也没发挥作用，他送她到楼下后就匆匆离开了。

期末考试结束，时缱申请了寒假留校。

校方为了便于集中管理，把整个园区的女孩子集中到了一栋楼，时缱要搬宿舍。

南露特意晚走了两天，帮她一起搬东西。

“你真的不去我家吗？”南露抱着一小箱时缱平时用的小东西，再次询问，“我妈妈很喜欢你的，我爸爸也很随和。虽然年初二开始家里会陆陆续续来很多客人，但你跟我一起待在房间里就好啦。”

时缱拖着行李箱和南露并肩走着，再次婉拒：“不用啦，小半年没见，你们一家人在一起好好聚聚。”

南露知道时缱的脾气，知道她一旦下定决心，就很难改变，只好妥协道：“那好吧……等过了年，我逮着机会就回来，我们一起过元宵节。”

时缱笑着点头。

两人到了时缱的临时宿舍，在宿管阿姨那里登记后领了钥匙，推开宿舍门，发现已经有一个女生在里面了。

女生冷漠地回头看了一眼门口的时缱和南露，皱了皱眉，然后转过了头。

正准备打招呼的南露顿住了，也皱了皱眉。

两个人很快放好东西就去吃午饭了，南露是傍晚的飞机，吃了饭时缱要去机场送她。

吃饭的时候，南露说：“我觉得你这个室友有点难相处，你尽量避开她。”

时缱想起刚刚的场景，点了点头，宽慰道：“没关系，我大部分时间都在工作，也遇不上。”

“那个咖啡店有点儿远，你上次说找到了一家近一点儿的便利店，谈好了吗？”

时缱点点头，说：“已经谈好了，就是学校西门对面那家便利店，很近。”

南露这才放心了一些：“那就好，我还担心咖啡店太远了，你到时候万一排到晚班，回来不安全。”

南露吃了两口，还是觉得很不安，说：“我看人的直觉很准的，虽然那个女孩儿什么都没说，但我还是不放心。万一你们俩合不来，千万别委屈自己，你就去住酒店，我回来给你报销。”

时缱看着南露一脸的“爷有钱，拿去花”的表情，不由得失笑。她想了想，认真回答：“没关系，如果实在不行，我可以住到……林尘垚那里。”

但她只是随口说说，让南露安心而已，觉得应该不至于真需要住到林尘垚家里去。

枝南机场。

时缱将南露送到安检口，等她进去后，转身往地铁入口走。

没走两步，她听见身后有一个清甜的女声在大声喊：“林尘垚！”

时缱蓦地回头，她的视线很快落在了那个女人身上。

女人穿着一身干练的通勤装，脸上的妆容精致，连发丝都打理得一丝不苟。

时缱愣了一下，那瞬间，她内心有一个强烈的愿望：同名同姓，希望是同名同姓。

但很快，顺着女人视线的方向，时缱看到了立在不远处的林尘垚。

时缱深吸了一口气，忽然觉得自己有点儿不太舒服。

女人快步走到林尘垚身前，她仰着头笑着同林尘垚讲话。幸好，林尘垚的表情客气又疏离，看起来不太熟悉的样子。

时缱不由得松了一口气。

两人很快结束了交谈，女人离去时的脸色看起来不太好。林尘垚也转身往另一个方向离开。

时缱没有上前和他打招呼。

她想着，等等我，再等我三年。

也许不用三年，也许一两年就好。

等大三上学期，她考过了 CATTI（翻译专业资格水平考试）二级口译考试，她就能有机会参加同声传译了。

南露帮她问过，同声传译的劳务费不低。到时候，她就能轻松一点儿，也能有金钱和时间去收拾自己了。

林尘垚这个人，像太阳一样耀眼。所以，她也要变得更优秀，学习好、能挣钱，还要很精致。至少在自己身上，她要哪里都不比别的女孩子差。

等他们有一天终于能出入成双，她需要别人都很羡慕地说“你们两个真的很配”。

而不是只是让人觉得自己运气好，或者林尘垚同情心泛滥。

腊月二十八，林尘垚约时缱一起去涮羊肉火锅吃，席间林尘垚的话还是很多。

不过，时缱隐约觉得他好像不像之前一样爱和自己开玩笑了，只是一板一眼地关心自己。

“便利店的兼职还顺利吗？”

时缱在擦刚刚不小心滴在桌面上的芝麻酱，头也不抬地回答：“挺好的，也不忙。最近学校放假了，人少，也不用经常补货。”

“新搬过去的宿舍，和室友相处得怎么样？”

时缱一顿，头低了低，说：“还可以。”

林尘垚一眼看出她的不对劲，沉声道：“说实话。”

时缱抬头看了林尘垚一眼，见他面色严肃，犹豫着说：“我觉得她有点怪……”

“她好像不太喜欢我，但我之前并没有见过她。”她抿了抿唇，“不过我大部分时间都在便利店兼职，也不会太多地和她接触。”

那个对时缱有敌意的室友叫赵平乐。一间宿舍四个人，除了赵平乐，大家似乎都在忙于打工。

只有赵平乐每天都窝在宿舍里躺着玩手机，吃过的外卖盒堆在桌上，堆到实在没地方吃饭了才一起丢。

不过大家都是萍水相逢，也就一起住一个月的时间，加上她看起来格外不太好惹的样子，于是大家都很默契地当没看见，任她去。

但是，前两天发生了一件事，让时缱隐隐不安。

那天晚上她上夜班，赵平乐破天荒地穿过大半个校区来她兼职的那家便利店买东西。

结账的时候，赵平乐看见时缱有片刻的惊讶，然后勾着嘴角，意味不明地说了句：“原来你在这儿工作。我还以为你这种长相的，会去挣更多的钱……”

说到这里，她笑着摇了摇头，没继续往下说。

时缱闻言，皱了皱眉，装作没有听懂她的弦外之音，头也不抬地冷声道：“一共三十六块七，怎么支付？”

赵平乐今天有些反常，一直盯着时缱看。

平时在宿舍，两人能遇到的时候不太多，一起住了快十天，说过的话都不超过三句。

时缱久久没有听见赵平乐的回复，疑惑地抬头看向她。

赵平乐轻笑着调出付款码，笑得格外开心，看得时缱心头发麻。

时缱很想问一句“你在笑什么”，但又不想和她有过多交谈，于是只好按下自己的好奇心。

赵平乐结完账，心情很好地拎着东西走了。

时缱想来想去都觉得很不安，她拿出手机给南露发消息说了一下刚刚的事情。

时缱：我觉得赵平乐今天好奇怪，对着我莫名其妙笑完之后，心情好像更好了。

在云城的南露被时缱描述的情景激起了一身鸡皮疙瘩，她皱着眉想了很久才回复。

南露：可能有毛病吧……那你要不要搬去你表哥家啊？

时缱：暂时先不用吧，我再观察下，有问题我再和你说。

时缱收回思绪，决定还是先不要告诉林尘垚这件事。

他会坐今晚的航班回云城，听说还要和他父母一起去爷爷奶奶家过年，还是不要给他添麻烦。

他也忙碌了好久，是该好好休息、安心过个年了。

吃完饭，林尘垚将时缱送回宿舍。

告别的时候，林尘垚问："我公寓的密码你还记不记得？"

时缱点点头。

"住得不开心就去我家住，不用跟我打招呼。我初八才回来，房子是空着的。"

时缱笑着答应。

林尘垚犹豫了一下，又叮嘱："记得打电话跟哥哥拜年。"

他顿了顿，补充道："给你发红包。"

时缱还是笑着点头。

这丫头，也没点儿别的话说。

林尘垚没好气地揉了把她的头发，说："行了，上去吧。到窗口跟我打个招呼，我就走了。”

回到宿舍，时缱打开宿舍门，看见赵平乐正立在窗边。

听到动静，她回头看了时缱一眼，笑着问：“男朋友啊？”

还是那种让时缱感觉很不舒服的笑容。

时缱皱了皱眉，没理她。

赵平乐也不多说，转身回了自己位置上。

她坐下后，还轻声说了句：“挺有本事嘛，这男的看起来挺有钱。”

时缱依旧无视她，走到窗边跟林尘垚挥了挥手。

见他离开了，时缱也回到自己的位置上，开始收拾东西，准备去洗澡。

拿睡衣的时候，时缱觉得后背一阵凉意。

于是，她回头看过去。

果然，赵平乐正阴恻恻地笑着，眼都不眨地盯着她。

赵平乐说：“我听说你是从云大附中考来这边的。”

时缱皱眉看向她，问：“你想说什么？”

“我问过了，那学校不错，有钱人也多。”赵平乐往椅背上靠了靠，“你家里也挺有钱？”

“不关你的事。”时缱合上衣柜，不再看赵平乐，拿上洗漱用品和睡衣去了浴室。

等时缱洗完澡出来之后，她发现自己的桌子好像被人翻过。

学生证大大咧咧地被放在桌子上，还打开着。

她终于来了火气，冷着声音问：“赵平乐，你翻我东西？”

赵平乐头也不回，语气轻佻：“就是感觉我俩好像挺有缘分的，我看看有没有更有缘分的东西……”

时缱终于忍不住了，怒道：“你有病吗？”

赵平乐回头，笑嘻嘻地说：“怎么了？我又没偷偷翻，这不是趁你也在宿舍，我看看嘛。”

“你下次再这样我对你不客气了。”

“哟，大小姐脾气不小。”

时缱不再理赵平乐，拿出吹风机吹头发。

吹完头发，她收拾了一下就去便利店上班了。

时缱刚清理了一遍临期食品，赵平乐竟然又阴魂不散地出现了。

她转悠了一圈，买了一盒口香糖。

时缱给她结账的时候，余光看见她拿手机冲着自己，好像是在拍照。

时缱恼怒地问道：“你在拍我？”

赵平乐像看神经病一样看她，说：“少自作多情，我在自拍好吗？”

时缱很快给赵平乐结完账，赵平乐倒是也没再多纠缠，迅速离开了。

时缱看着赵平乐离开的背影，心里泛起了强烈的不安。这种不安，和高考前时灵想要强行把她带走，去给蒋依时捐肾一样浓厚。

那晚之后，时缱有两天都没见到赵平乐。她也没想太多，只希望日子过得再快一点儿，自己能赶紧搬离这里。

除夕夜，宿舍里只有时缱一个人，另外两个室友都没回来。

零点一过，林尘垚先给她发来了消息。

林尘垚：新年快乐。

时缱回复他“新年快乐”，又给南露也发了一条“新年快乐”。

南露秒回了消息，时缱还没切出对话框，就看见了连续蹦出来的三条消息。

南露：宝贝新年快乐！健康成长！开开心心！

南露：我妈今天包的饺子专门冻起来了一份，说等我走的那天给我煮，让我给你带过去。

南露：等我哟，很快回来！

时缱道了谢，让南露替她向阿姨转达谢意和新年快乐。

她刚刚回复完，一条视频请求就弹了出来。

来自林尘垚。

时缱一下子便弹坐起来，慌乱地顺了顺头发，然后接通了视频。

一开始，他的手机好像是被平放在桌子上的，只能看见映在暖色光线里的天花板。

接着，画面一转，林尘垚的脸出现在了镜头里。他的脸红红的，语气也不同寻常，隐隐约约有点少年时说话的感觉。

时缱很快就意识到，他应该是喝过酒了，正是微醺的状态。

“缱绻，”林尘垚歪了歪脑袋，“看看哥哥找到了什么宝贝。”

他那边的背景换了一换，似乎进了另一个房间。

林尘垚笑着拿起一袋东西。

时缱凑近屏幕仔细辨认了一下。

包装的塑料袋有点老化了，显得旧旧的，有点看不太清里面的东西。

好半天，时缱才看出来里面包着的是一包纸星星。

应该是她小时候替林尘垚折的那一包。

“我想起来，我那时候还说要给你谢礼呢……”林尘垚的笑里带着的醉意更加明显了。

时缱微笑着说：“你给了我巧克力啊。”

林尘垚摇摇头：“明明想给一整盒的，最后你只收到了一条……剩下的，都被我吃了……”

时缱的视线微垂，回忆着往事。

那时候一切都好突然，她也以为她可以慢慢把那一整盒巧克力领完，然后寒假还能继续和他见面的。

“等哥哥再见到你的时候，我们小时缱，都跟我见你第一面时，我的年纪差不多大了……

“要是，两次遇见，时空能错位一下，就好了……”

这样，就是十五岁的林尘垚遇见了十四岁的时缱。

林尘垚边说着，边往后躺了躺，伸出手臂搭在眼睛上。

第二句话，他本来说的声音就小，几乎是喃喃自语的程度。并且，他躺下时，衣服发出了摩擦的声响，使得手机收音也不是很清晰。

所以，时缱理所当然地没有听清楚。

时缱摸出枕边的耳机戴上，问：“要是什么？”

林尘垚没有应答，像是睡着了。

过了几秒，他把手臂从脸上挪开，满脸的笑意：“我爷爷带着我爸妈去老战友家做客了，家里只有我和奶奶。缱绻，你要不要给奶奶拜年？”

给阮奶奶拜年吗？时缱愣了一下，很快点头答应。

她很多年没有看到这位慈眉善目的老人了。

小的时候，阮奶奶是她在整个家属院儿里最喜欢的奶奶，阮奶奶总是对着她笑，时不时给她零食。

有一次，姥姥不知道为什么心情很不好，时缱小心翼翼地缩在家里，尽量躲着，可还是被姥姥挑出错处，赶出了门。

她那时候太小，完全不知道该怎么办，哭着在门口求了好久，可姥姥一直不开门。

于是，她只好下楼，漫无目的地走着。

路上遇到了刚买菜回来的阮奶奶，阮奶奶弯腰亲切地问她：“怎么小脸哭得这么花呀？”

时缱抽抽噎噎地回答：“呜呜……姥姥不让我进门……”

阮奶奶笑着摸了摸她的头，牵起她的手，说：“那先跟奶奶回家吧。奶奶家有好多好吃的，咱们去吃一点儿，然后奶奶去帮你敲门，好不好？”

时缱打着哭嗝点头。

那天，她在阮奶奶家第一次吃到了蛋筒冰激凌，林爷爷还陪她看动画片。

阮奶奶给她做了可口的晚饭，两位老人一直连声对她说：

“多吃点儿、多吃点儿。”

“不要不好意思。”

“想吃什么就夹什么。”

吃完晚饭，阮奶奶带时缱回家，她替时缱敲开了门，笑眯眯地对钟梅英说：“你家的小姑娘是不是迷路啦？我看她一直在院子里转，就带她回来了。”

钟梅英面色有点尴尬，支吾着应了一声，就把时缱拽进去了。

阮奶奶又在门口和钟梅英聊了些别的，时缱悄悄溜回了自己的房间。

那天的最后，钟梅英竟然破天荒的没有来找时缱麻烦。

“哦，是时缱啊！小姑娘现在这么好看啊。”

阮奶奶的声音将时缱从回忆里拉回，时缱凝神看去。

画面上的阮奶奶比十年前苍老了不少，可笑容还是那么亲切慈爱。

她这么一笑，时缱的眼泪都差点掉了下来。

时缱咬了咬下嘴唇，努力把泪意憋回去，笑着给阮奶奶拜年：“阮奶奶，祝您新年快乐、健康长寿。”

阮奶奶笑着不住点头，说：“小丫头还记得奶奶呢，奶奶也祝你新年快乐啊。”

时缱鼻头又是一酸，她吸了吸鼻子，问：“奶奶，您好吗？”

“好好好，”阮奶奶见她刚刚吸鼻子，关切地问，“丫头是不是感冒了啊？我看你就穿了个毛衣，你那儿很暖和吗？哦，对了，奶奶都忘了问，你现在在哪里呢？”

时缱一一回答：“我不冷，奶奶，我现在在枝南，在这里上大学呢。”

“哦哦，枝南……”阮奶奶想了想，扭头问林尘垚，“你不是也在枝南工作吗？”

林尘垚凑上来看了一眼时缱，先对着她说：“枝南哪里不冷？你们宿舍又没暖气，把外套穿上。”

然后，他才回答奶奶的问题：“是啊，我也在枝南。”

“嘶，那你……”

林尘垚一听就知道她老人家想问什么，赶紧说：“欸，别批评我啊！我可是一到枝南就带她去吃饭了。”

时缱笑得狡黠，她忽然想在老人家面前撒娇，便故意提高音量，控诉道：“奶奶，他骗人！他第二次见面才带我去吃饭的，还是我请客。”

她话音一落，阮奶奶就在孙子的背上重重地掴了一下。

“臭小子！你有没有点儿良心？人家还是个学生，你也好意思让一个小姑娘请你吃饭？”

这一巴掌有点重，加上林尘垚又完全没有思想准备，醉意都给拍醒了一半。

他被打得龇牙咧嘴，给气笑了，轻“啧”了一声，把这句话原封不动地说给时缱听：“你有没有点儿良心？”

阮奶奶又是一巴掌。林尘垚受过之后，坐直了身体，手机也不拿了，往旁边的沙发上一丢，摆出一副要促膝长谈的姿势。

“哇，奶奶你竟然不相信亲孙子，去信这个没良心的小姑娘……”

“你给我好好说话。”阮奶奶作势又要打他。

林尘垚这次敏捷地跳开了，说：“她每次做家教都是我接送她的！之前我请她吃了多少顿饭啊！她说的那次是她第一次请我吃饭！”

“哦！看看！果然是人家小姑娘请你吃饭的吧！臭小子！”

“奶奶！还带您这么听人说话的啊？您怎么只听您自己想听的呢？”

…………

那边一老一小吵得不亦乐乎，时缱拿过床尾放着的羽绒服，穿好了之后，背靠在墙上听得直乐。

过了会儿，林尘垚似乎终于想起了时缱。

他拿起手机，凑近了，小声威胁：“干得漂亮，等我回去。”

时缱才不怕他，笑得一脸得意，重复着挑衅：“嗯，我等你回来。”

林尘垚咬牙切齿地挂了电话。

电话挂断后，林尘垚久久地看着通话结束的界面回不了神。

今晚，他被爷爷和父母联手诓去了一场相亲宴。对方是个比他小两岁的女孩儿，刚大学毕业一年。

席间，那个女孩儿笑得开朗又活泼。两人虽然是初见，但她一点都不怕生，叽叽喳喳的，不停地讲自己的事情，也好奇地问一些关于他的问题。

林尘垚不禁想起时缱，刚见面的时候，她做什么都是小心翼翼的，那么小的孩子还会看自己的脸色。带她去游乐园，明明吓得脸都白了，怕自己不开心，她还要硬撑着陪自己玩高空项目。

那女孩儿的爸爸妈妈不断替她夹菜、劝她多吃，夸她的话更是张口就来。

可林尘垚心里却满是那个孤身一人的小姑娘。

她孤零零的，像在水中漂泊的浮萍，却又那么有韧劲、那么乐观，总是笑着，从没有放弃过。

他想，如果把二十三岁的时缱拉来和这个女孩儿肩并肩坐着，只看外表，你会觉得这两个女孩儿都是温室里长大的花朵。

可他知道，时缱是长在雪山上的花，历经风霜，受尽严寒，可依然怒放。

他忽然就坐不住了，心心念念的，都是那个小姑娘的笑。

幸好奶奶因为“除夕夜家里不能断人气”为由没有来这里，于是林尘垚借口要陪奶奶，先回来了。

此刻，奶奶还在对他耳提面命：“她一个小姑娘不容易的，垚垚你没事多帮帮她呀。”

林尘垚笑着答应：“知道啦，奶奶，我保证！”

“别老等着人家小姑娘遇到事了来找你，你多主动关心人家。”

“行行行，知道啦知道啦。”

林尘垚溜回房间，给时缱发了个新年红包。

林尘垚：小白眼儿狼，虽然你对哥哥不仁，但哥哥对你还是很好。金额不大，200块，讨个吉利，收下。

打完字，他想了想，稍微修改了一下，然后点击了发送。

林尘垚：小白眼儿狼，虽然你对朋友不仁，但我对你还是很好。金额不大，200块，讨个吉利，收下。

年初三，时缱下了白班，推开宿舍门，看见了赵平乐。她动作顿了顿，然后不动声色地将门关上了。

赵平乐也看见了她。

“哟，下班了啊，真是辛苦了。”赵平乐又开始了，又是那种诡异的笑容。

时缱有些烦躁，但又没有办法，便决定主动离赵平乐远一点儿，收拾了一下搭在椅背上的衣服，准备去洗衣房。

她理好要洗的衣服，拎上洗衣液，正准备出门。

赵平乐大步走到门口，拦住了她的去路。

“你有事儿？”时缱冷冷地看了赵平乐一眼。

“别这么冷漠嘛，”赵平乐倚在门边，笑嘻嘻的，“好歹也做了这么久的室友，我这几天都没回来，你不问问我去了哪里吗？”

时缱不接话，放下洗衣液，双手抱着衣服，面无表情地看着她。

“我回老家了哦。”赵平乐向着时缱的方向俯身，神秘地眨了眨眼，“我也是云城人。怎么样，我们有缘分吧？”

时缱不动声色地后退一步，语气里没什么感情：“哦，没什么缘分，我不是云城人。”

“你不是云大附中毕业的吗？我看你学生证最后那个火车票优惠区间也是枝南到云城。”

“只是在那儿读了几年书，学生证那个是瞎填的。”时缱耐心耗尽，并不想继续跟赵平乐纠缠，“还有别的事儿吗？我要去洗衣服了。”

“那你是哪里人？”赵平乐紧追不舍。

时缱深深皱起了眉头：“我不想告诉你，让开。”

赵平乐再次靠在门上，一副无赖的样子：“你这样，我一会儿就要亲手去翻你身份证了。”

时缱把衣服扔回椅背上，彻底冷下面孔：“怎么？你今天是回来挨打的？”

或许是这一瞬间时缱的样子看起来真的很吓人，赵平乐终于不笑了，她也不再盯着时缱，错开了视线。

过了一会儿，她正常了一些：“我没什么恶意，就是想逗逗你……”

时缱没表情地说：“谢谢，不好笑。可以让开了吗？”

赵平乐慢慢挪开了身子，时缱重新拿好东西出了门。

她站在门外，盯着赵平乐说：“如果我一会儿回来，发现你又翻我东西了，我这次一定揍你，然后把你连人带东西一起推下楼。你可能就要去医院过年了。”

赵平乐震惊地抬头，盯着时缱，像是在思考时缱刚刚说的话有几分真实性。

老话说，兔子急了也咬人，时缱虽然平时看着一脸柔柔弱弱、好说话的样子，但说不定惹急了她真的干得出来。

时缱看出赵平乐眼底的动摇，她沉下声音，死死地盯住赵平乐的眼睛，一字一句道：“我说到做到。”

赵平乐咬紧牙关，忽然开口：“那你是不是向云人？云城附近的一个小城市，向云市。”

时缱愣了一下。

也就是这一瞬，赵平乐找到了答案。

她松了口气，冲时缱挥了挥手，说：“好了好了，你快去洗衣服吧，我保证不翻你的东西。”

说完，她把门也关上了。

时缱拎着东西到了洗衣房，把需要洗的衣服塞进洗衣机，倒上洗衣液，设定好程序。

等洗衣机开始“嗡嗡”运作，她才缓缓吐出一口长气。

赵平乐本来就比她高出不少，她也从来没打过架，刚刚是气急了在放狠话。但如果赵平乐再混账一些，自己也肯定会打她。

只是这样的话，说不定两个人会一起躺在医院过年。

时缱两手撑在洗衣机上，低着头思考着：赵平乐为什么忽然就对自己这么有兴趣了？

一开始的时候，赵平乐从来没有正眼看过自己，一副充满敌意的样子。

自从那晚赵平乐去便利店买了东西之后，好像忽然一下子就对自己感兴趣了。

思索良久，无果。

时缱只好慢吞吞地往宿舍走。

宿舍的隔音效果不太好，时缱站在门口摸钥匙的时候，隐隐约约听见赵平乐在通话。

她好像情绪十分激动，声音很尖，但具体在说什么，时缱没有听清楚。

时缱推开门，赵平乐看了时缱一眼，很快就挂断了电话。

这次，赵平乐没有凑上来，但还是在跟她搭话："你这过年不回家，在便利店兼职，是在体验我们贫民的生活吗？"

时缱头都懒得回，装作没听到。

赵平乐还在自言自语："唉……真羡慕你们这种大小姐啊，一看就是被父母捧在手心长大的吧？自己家里有钱，男朋友也有钱……唉，真好……"

一看就是被父母捧在手心长大的吧？

这话太刺耳了。

时缱依旧没回头，但忍不住回了一句："你怎么知道我家有钱？"

赵平乐见时缱终于肯搭话，笑眯眯地转身，趴在自己的椅背上看时缱的背影。

"我不是说了嘛，我是云城人。"她意味深长道，"你在云大附中挺有名的。"

"我在那儿读了四年，没见过你。"时缱言简意赅。

赵平乐不以为意地说道："你当然没见过我了。我哪里读得起云大附中，学费那么贵。"

时缱又不说话了。

赵平乐却毫不在意，继续说："再说了，就算你在云大附中里不是个风云人物，你爸爸蒋茂杰也是云城有名的企业家呀……"

时缱握着笔的手一顿，抬起了头。

赵平乐看时缱的背影终于有了点反应，勾了勾嘴角，继续道："我听说你还有个弟弟，叫蒋依时吧？去年夏天做了肾脏移植手术，云城新闻里提到过。说起来你家还挺浪漫的，你跟你妈妈姓，你弟弟跟你爸爸姓。"

时缱终于扭头，却不是正面看赵平乐。

赵平乐看着时缱的侧脸。

冬天天暗得早，此时宿舍里光线已经不太明朗，大灯没点，时缱桌上的台灯倒是开着。

光线从她身后打过来，给她笼上了一层朦朦胧胧的光，她侧脸线条流畅，鼻子小巧，鼻梁挺直，下颌线也分明。

她杏眼微垂，只用余光看自己，樱桃般的小嘴张了张。

赵平乐听见时缱说："你知道这么多，难道不知道我不是蒋茂杰亲生的？"

赵平乐愣怔了一下，随即，狂喜的神情浮现在她的脸上。

她正要说什么，时缱却接到了一个电话。

"收货单就放在老地方呀，还是用夹子夹着……

"对，是五箱，昨天店长说最近生意不太好，这几天少进一点儿……

"你别慌，是不是发生了什么事情？"

时缱站起了身，开始侧头夹着手机穿外套。

外套穿好了之后，她又对电话那头说了一句："好，我有时间，你先不要慌，我和你换班。"

说完，时缱关上了桌上的台灯，拿起包便出了门。

赵平乐在黑暗里坐正身体，她按亮了手机屏幕，屏幕发出来的光照亮了她脸上掩饰不住的笑意。

她动了动手指，发了一条微信。

发完，赵平乐喃喃自语："我就知道，我捡漏来了枝南大学，是我好运气的开始……"

时缱赶到便利店的时候，在收银台里坐着的那个男孩子一副急得快哭了的样子。

一米八的大男孩儿手足无措，一抬眼看见时缱走进来，仿佛看见了救星。

时缱安慰他："没关系，你去吧，我帮你值夜班。"

"谢谢你啊，时缱，真的谢谢你。我问了店长和小王，他们都赶不过来……我实在是没办法了……你今天才上的白班，真的对不起……”

时缱一边解外套，准备换制服，一边安慰他：“没关系，家里有急事你就快走吧。我反正离得近，而且明天开始就是双人班了，我明天还是夜班，我可以白天睡。”

男孩儿还是不住跟她道谢：“总之还是谢谢你，你放心，我以后一定帮你代一次班，而且今天晚班的钱等我发工资了我也给你。”

时缱笑了笑，问：“刚刚核对货品都核对完了？”

“嗯嗯，没什么问题。那我就先走了啊。”男孩儿换好了自己的外套。

时缱跟他挥手告别。

便利店是三班倒，时缱从今天早上九点就来上班，下午五点下班后回去了两个多小时，七点半又来顶班。

到晚上十二点多的时候，她终于困得有点儿坐不住了。好不容易熬到一点，另一个同事来接班了，时缱简单地和他打了个招呼，便换了衣服回宿舍。

刚走出便利店，时缱余光瞥到路灯照不太到的地方隐隐约约好像有个人影。

她惊起一身鸡皮疙瘩，猛地扭头去看那黑暗处。

什么都没有。

时缱的困意醒了大半，她摸出手机，给南露发了条微信。

时缱：睡了吗？

南露秒回信息。

南露：还没呀！

时缱立刻拨了一个语音电话给她，然后快步往学校走。

寒假留校的人本就不多，有些留校的同学还是枝南周边的，为了方便勤工俭学才留宿学校，所以，等到腊月二十八左右，又有一部分人回家过年了。

今天才刚刚年初四，又是深夜，校园里空荡荡的，除了时缱，一个人影也没有。

时缱心里紧张，步伐迈得飞快。

电话那头传来南露疑惑的声音："我听见风声了，你怎么这个点还在外面啊？"

"嗯……我肚子饿了，去买点儿泡面。"

"啊？你刚出门吗？不然别去了，我给你点外卖吧……这大半夜的多危险啊。"南露很担心。

时缱笑着说道："没事儿，我已经买好了，正在往回走。刚刚出来饿着不觉得，现在买到东西了，忽然觉得夜路有点儿可怕……就给你打了个电话。"

"哦，这样啊……"南露那边有窸窸窣窣的声响，她嘀咕着，"你把我也说饿了，我拿点儿饼干吃。"

"一个泡面就给你说饿了啊？"

时缱觉得有点好笑，正准备问南露晚上吃了什么。

忽然间，她浑身的汗毛都立了起来。

是一种直觉，危险靠近的直觉。

时缱猛地回头，身后明亮的路上却空无一人。

她眨眨眼，安慰着自己：应该是太累了，回去睡一觉就好了。

于是，时缱不再耽搁，几乎是小跑了起来。

"你在跑吗？"南露听着时缱逐渐急促的呼吸声，发出了疑问。

"嗯，"时缱喘了口气，说，"太饿了，着急回去泡泡面。"

南露在那边哈哈笑着说："你这么饿啊？我跟你说，我家晚上宴请，有一个小表妹也来了，她一进门就饿得不行，问我'露露姐姐，有没有吃的呀'，我就说'有啊，在客厅桌子上'，她也是跑得飞快，鞋一换就往客厅冲。时缱同学，你这跟一个四岁的小姑娘差不多嘛……"

寒风凛冽的夜里，时缱听着南露的絮絮叨叨，感觉安心了不少。

她不敢抄近路，一直在光线很足的大路上跑着。

终于，安然到了宿舍楼下，她拿出校园卡刷开门禁，手指有些微微发抖。

直到进了门，时缱才安心地长出了一口气。

Chapter 12 / 找到你

时缱回到宿舍的时候，发现赵平乐不在，不由得松了一口气。

她今天实在太疲惫了，真的不想再应付赵平乐了。

时缱强撑着，故作轻松地跟南露简单地聊了两句，然后就挂了电话去洗漱了。

洗漱完，她看了看微信，没有收到新消息，于是倒头便睡。

许是太累了，时缱这一觉睡得很香甜，连梦都没有做一个。

但生物钟雷打不动，第二天七点她依然准时醒了。

醒了之后，时缱凝神听了听，宿舍里好像没什么动静。她又伸手将床帘掀起一角，确实没有人。

于是，她心情很好地起了床。

前两天，便利店有一批临期食品搞特价，但最近人太少了，店长就半卖半送地给了她不少。

时缱看了看自己的囤货，决定今天不出门了，靠面包、饼干和泡面充饥。

早上有点儿冷，想吃点儿热的，时缱烧了壶水给自己泡面。

等待的时候，她刷了会儿朋友圈，看见好多同学发了欢度新年的内容。

看着别人都热热闹闹的，时缱有点儿羡慕，一一点赞。

正看着，有一条新消息提醒跳了出来。

林尘垚：我坐今天晚上的航班，明早一起吃饭吗？

时缱看完消息，嘴角忍不住往上翘。

她今天是夜班，就是明天凌晨一点上班，早上九点下班。

刚好，下了班可以吃早饭。

于是她回了一个“OK”的表情包。

吃完早饭，正无所事事的时候，南露给时缱安利了一部偶像剧。

南露：也太甜了朋友，入股不亏啊！！！

南露：关键是男主帅、女主美，而且剧情带感，非常适合这种冰冷的冬天。

南露：啊！甜甜的恋爱！我死了！我羡慕死了！

…………

南露刷了满屏安利，时缱恰好没事可做，便欣然吃下这枚安利，去看剧了。

剧确实好看，时缱一点开就停不下来，中间饿了，就随手开了点面包、饼干吃。

一直看到晚上十二点，时缱预先设置好的闹钟响了，打断了正在播放的电视剧。

时缱叹了口气，她有点儿意犹未尽，可不得不去工作。

于是，她收拾了一下，又吃了点儿东西，就套好衣服出门了。

她刚出宿舍门，就迎面撞见了赵平乐。

不过她今天还挺正常的，看到时缱也没什么夸张的表情，更没说什么话，只是目不斜视地路过。

冬天的衣服太厚了，时缱在这一刻，并没有看出赵平乐的背挺得有点儿僵硬。

她急着去上班，并没有工夫搭理赵平乐，觉得赵平乐不和她说话是最好的，省去了许多麻烦。

走到宿舍楼下的时候，时缱摸了摸口袋，正准备戴上耳机听歌，忽然又犹豫了一下。

今天早上她睡醒之后仔细回忆了一下，觉得昨晚也不一定全都是自己多疑。

还是不听了，小心点儿好。

时缱踏出宿舍楼的那一刻，忽然起了一阵北风。

冬天的风太冷，她将羽绒服的拉链拉到最顶端，然后快步走入了夜色。

或许是因为看了一天偶像剧的缘故，她心情不错，就算昨晚受到了不小的惊吓，可今天的心情也还是格外好。

刚出宿舍区，迎面便看到了运动场。

运动场周围的挑高大灯静悄悄地亮着，空无一人。

时缱右拐，然后步伐一停。

她看见不远处的长椅上，正坐着一个人。一个中年男人，穿着很邋遢，头发略有点儿长，胡子也好像很久没剃了。

学校里，大半夜的出现这样一个人，挺不正常的。

时缱步子顿了一下，她低着头，特意过了个马路，走另一边以避开他。

没想到，那个人忽然站起来，一跛一跛地朝着自己的方向走来了。

时缱头皮一紧，紧张地加快了步伐。

余光里，那个人也跟着加快了步伐。

他就是冲着自己来的！

意识到了这一点，时缱几乎快要急哭了，她忽然奔跑了起来。

那个男人似乎有点儿追不上她，于是开始大声喊她的名字：“时缱！”

时缱紧张得闭了下眼，跑得更快了。

“你妈妈是不是叫时灵？”那个让她感到害怕的男人在她身后大声喊。

时缱瞪大了眼，步伐不由得慢了下来，可依旧不敢回头，也不敢停下来。

“你家是不是住在向云市的一个家属院儿里？”

时缱这次彻底停下了脚步。

路灯打下清冷孤寂的光，少女站在光里，背脊僵硬，有冰冷的风卷起她的发梢。

她迟迟没有回头，只是僵硬地站在那里。

身后的那个跛足男人见她不跑了，缓慢地拖着一条腿走着，慢慢地靠近她。

“你今年十八岁对不对？”

时缱没有回答。

“你从来没有见过自己的爸爸对不对？”

时缱死死地咬住自己的嘴唇，感觉自己的身子有点儿发抖。

她终于很缓慢很缓慢地回了头，眼底满是恐惧。

那男人也终于走近，停在了距离她两米左右的地方。

“时缱，我是爸爸啊。”

时缱努力维持着镇定，她抬起眼，尽量让自己的声线平稳：“我不认识你。”

那男人跛着足，又往前走了两步。

“爸爸才找到你。”他努力在脸上扯出了一个笑，“你怎么过年还一个人呢？是不是你继父对你不好？”

时缱的瞳眸微微震颤，说不出话来。

“以后跟爸爸一起生活吧？我听说你现在还有一个很不错的男朋友……”他提到了林尘垚。

时缱忽然清醒了一些，刚刚那些莫名的动摇被她死死压下，声音平静地问：“你听谁说的？”

“乐乐呀，”男人有些疑惑，“她没告诉过你吗？她是你堂姐呀，是你大伯的女儿……”

忽然之间，一切都清楚了。

赵平乐为什么看清自己的长相之后那么兴奋，为什么忽然对自己感兴趣了，为什么偷拍自己，为什么一直追问自己是哪里人，为什么旁敲侧击问自己家里的情况，为什么刚刚见到自己却没有再发疯……

因为赵平乐知道，这里有一个人在等着自己。

或许，她刚刚上楼只是为了看看她在不在宿舍。

如果不在，赵平乐一定会带着这个男人去便利店找自己。

“爸爸坐了很久的火车才到枝南，你怎么来离家这么远的地方上学呀？”

时缱终于恢复了冷静，冷声打断男人的寒暄：“我不认识你，我也不是你女儿，你认错人了。”

她转身要走，男人却急急上前两步拽住了她的袖子。

时缱压制住内心的恐惧，冷冷地盯着他看。

赵洲满脸堆着讨好的笑，说：“怎么可以不认爸爸呀？爸爸可是好不容易才找到你……”

“你放开我！”时缱挣扎。

赵洲还在说着：“以后跟爸爸一起生活好不好？你只需要每个月找你那个有钱的继父要一些生活费，爸爸会把你照顾得很好的。”

时缱忽然停止了挣扎，她刚刚，竟然有一瞬间真的感动过。

在面前这个男人说“你怎么过年还一个人呢？是不是你继父对你不好”的时候，她真的有一瞬间感动过。

她以为，这十八年来，他真的在苦苦找寻自己。

她以为，这个世界上，真的还有一个人期待着见到自己。

原来是因为钱啊。

时缱自嘲地笑了一下，定定地看着男人抓着她袖子的手。

他的样子看着邋遢，手却像是没干过什么重活儿。

时缱轻轻地说：“松开。”

赵洲见时缱忽然平静下来，有点儿摸不着头脑，愣愣地松开了抓着她袖子的手，说：“爸爸真的很想你……”

时缱低头笑了，越笑越剧烈，仿佛抑制不住的样子。

最后，她连眼泪都笑了出来。

她冷冷地说：“你的如意算盘打错了，时灵和蒋茂杰早就不给我生活费了。”

赵洲一怔，喃喃道：“怎么会？你可是时灵的女儿……”

“怎么？我是她女儿她就会爱我？”时缱目光冰冷地看向赵洲，“这点你不是最清楚了吗？我也是你女儿啊。”

赵洲有点慌乱地说：“所以，爸爸来找你了……爸爸坐了这么久的火车……”

时缱有些厌恶地皱眉，说：“别自称爸爸了，时灵生我一场，好歹还痛过，你做过什么？”

赵洲的嘴唇颤了颤，半天没说出一句话。

时缱不再看他，大步往前走去。

赵洲再次疾步跟了上来：“时缱，这样……你看我腿脚也不利落，我们毕竟是血亲，打断骨头还连着筋呢……你就当借我钱行不行？借我二十万块，我很快还你……”

时缱感到匪夷所思：“你说借你多少？”

“二十万，”赵洲振振有词，“二十万就行。你找你继父要，这钱对他来说是九牛一毛。实在不行你找你那个男朋友要也行……乐乐说他看起来也很有钱……”

“你住口！”时缱气得眼睛发红，“这种话你也说得出口！”

“你就借我二十万好不好？啊，我真的是走投无路了……我借了钱……不还的话，他们会要我的命的……如果我死了，他们也会来找你要钱的……”

时缱气笑了，说：“他们凭什么找我？”

“你是我女儿啊……”

“这会儿你想起来你有一个女儿了？我小时候你在哪儿呢？我打记事以来就没有见过你！”

“我那时候有苦衷的……”

时缱不想再理他，大步跑了起来。

她这样跑，赵洲是追不上她的。

眼见她快要跑开了，赵洲忽然大声吼了一句：“我这条腿跛了都是因为你！你难道不应该赔偿我吗？”

时缱失魂落魄地走在路上。

夜色荒凉，新月残光。她茫然，也不知道自己走了多久，忽然感觉兜里的手机在振。

她拿出来一看，已经有两个未接电话了，是便利店的店长。

店长只比时缱大一岁，但已经在社会上摸爬滚打了多年，他看时缱一个小姑娘怪不容易的，平时也比较照顾她。

时缱接起电话，店长的声音传来："时缱，你这迟到一个小时了啊。没发生啥事吧？"

时缱眨了眨眼，还是有些回不过神。

过了好几秒，她忽然想起来自己今天本来是要去上夜班的。

"店长……"时缱的嗓子有点哑，她清了清嗓子继续说，"不好意思啊，我今天有点儿事情，赶不过来了。实在对不起，我忘记跟您说了……"

"哦哦，没事没事，那我顶着就行。"店长听出她声音有点不对劲，问道，"你没事儿吧？"

"我没事……"时缱有些艰难地说。

好像有客人来了，店长关心了她两句就挂了电话。

通话结束后，时缱垂下举着电话的手，忽然觉得呼吸困难，眼泪簌簌地落下。

她死死地抿住嘴唇，着急得直跺脚，声音里满是委屈的哭腔："怎么找不到路呀……"

时缱缓缓蹲在路边，抱住自己的膝盖，缩成小小的一团，喃喃："我怎么就找不到路呀？"

耳边，赵洲的声音在不停回荡。

"我这条腿跛了都是因为你！你难道不应该赔偿我吗？"

"时灵未婚先育生下你，满世界地找我要我负责。十七年前，她在云城碰到了我，纠缠了我好久。"

"没几天，她竟然从向云抱来你，找到了我。"

赵洲说错了，其实不是十七年前，而是十六年前。

那年年初，和表姐外出打工的时灵，在返乡的路上遇到了赵洲。

向云只是一个小城市，彼时没有直通大城市的火车，时灵不得不和表姐从云城转车回家。也就是这次转车，她看见了快两年未见的赵洲。

赵洲依然是油头粉面的样子，他穿着皮夹克和牛仔裤，头发抹得锃亮。

时灵咬咬唇，将行李推给表姐，从人群中挤过，挤到了赵洲面前。

“赵洲哥哥。”时灵还是这么叫他，语气里却没了原来的浓情蜜意。

赵洲看着她一愣，转身就想跑，但时灵牢牢地拽住了他。

赵洲要面子，怕时灵满大街嚷嚷，于是哄她：“灵儿，你看，我们又遇见了，这真是巧……”

时灵皮笑肉不笑，她在外打了一年工了，已经不再是那个说什么都会信的象牙塔里的小姑娘了。

看见赵洲一见自己就想跑的样子，时灵心里对他的期望已经死了一半。

“你不是说，你出去赚钱，等我生下孩子，就回来接我们母子吗？”

赵洲尴尬地笑了笑：“这不是……还没搞到钱吗……”

“但孩子我已经生下了。”时灵面无表情地说。

赵洲从兜里掏出了一支烟点上，吐出一口烟雾，缓缓地说：“灵儿，你看，哥哥也不是不负责任的人。既然孩子你已经生下了，那孩子的奶粉钱我就包了！”

时灵嘲讽地笑了笑，把手一伸，说：“行啊，钱呢？”

赵洲掸了掸烟灰，眼珠子转得飞快。

很快，他有了主意：“你这样，你在这里等我，我回家给你拿。”

时灵笑出了声，说：“你真以为我还那么好骗呢？”

“你怎么这么说话呢！”被拆穿了，赵洲也一点儿不慌，他舔了舔嘴唇，义正词严地说，“那这样，我带你一起去，好吧？”

当时，赵洲和他哥哥一家一起住在那种老式平房里。街坊邻居都是多年的熟人，他不想把时灵带过去。

被哥哥骂倒是没什么，到时候时灵一嚷嚷，邻居都知道了，他以后还怎么做人？

赵洲一边带时灵走着，一边疯狂地思考要怎么甩开她。

一路都没有什么好机会，眼见着快走到了，赵洲终于急了，也顾不得体面了。

他借口嫂子也刚生了孩子，要在小卖部给她带两瓶罐头回去，转身钻进了小卖部。

老式小卖部，都是自家房子改的，也没什么前门后门，进出就一个门。

时灵站在门口，也不怕他跑。

赵洲佯装找罐头的样子，时不时觑一眼时灵。

她站在门口，没办法跑，于是，赵洲佯装找不到东西，头也不抬地招呼着时灵："灵儿，你来帮我一起找找，咱快点儿买完，回家还能赶上午饭……

"你不知道，我那大侄女，哎哟，肉嘟嘟的，可爱极了……跟咱们女儿差不多大。以后你们娘儿俩来了，也有个伴儿。

"一想着两个小丫头在家里遍地跑的样子，啧啧，真是可爱啊……"

时灵被他描绘的场景晃了心神，她原本打定主意只在门口等的。

鬼使神差间，她走进了小卖部的门，低头看玻璃柜台里的商品。

罐头就摆在一进门的那个玻璃柜台里，时灵一眼就看到了，她扭头想说：这不就在这里吗？

结果一扭头，她就看见了赵洲飞奔的背影。

时灵终于忍不住大笑出声。

她这一笑，直接把小卖部的老板给笑蒙了。

本来赵洲忽然转身跑开老板就没反应过来，忽然又听到时灵疯了一般的笑声，他更发怵了。

"姑娘，你这……你没事吧？"老板大着胆子问。

时灵渐渐止住笑，擦了擦笑出来的眼泪。

"没事啊。"她摆摆手，随口问道，"刚刚跑出去那个人，老板，你认识吗？"

"认识啊，不就是赵家那个二小子吗？"

这可真是峰回路转啊，时灵想着。

时灵问清了赵洲家的住处，却没急着去。

她像没事人一样回了火车站，表姐果然还在那里等她。

时灵解释说是看见了一个原来的同学，聊天聊忘了。

表姐没说什么，两人很快买了最近一班回向云的火车票。

回到家，时灵把一年来省吃俭用挣的钱全给了钟梅英。

钟梅英摸了摸钱的厚度，撇了撇嘴，没找她麻烦。

时灵外套也不换，循着哭声进了房间，一把抱起时缱就往外走。

钟梅英在她身后扬声问："天都黑了，你去哪儿啊？"

时灵头也不回地答道："你别管。"

时灵抱着时缱，买了一张去云城的票。那个时候，从向云去一趟云城，坐绿皮火车要七八个小时。

时灵就这么一动不动地抱着孩子坐在车上。

时缱哭了，她也不管，还是坐在旁边的一个阿姨看不过去，接过孩子帮她哄了一路。

第二天早上，到了云城。

时灵抱着时缱往车站外面走。时缱彼时刚一岁，一夜没吃东西，饿得直哭。

时灵嫌时缱哭得烦，在车站边上的一个早点铺子给她买了一份白粥，也没耐性吹凉。不过幸好是冬天，就这么放着也会凉。

时缱还在哭，时灵不耐烦地看她一眼，把火往她身上撒："哭哭哭，就知道哭！"

时灵太凶了，小小的时缱虽然还听不太懂，但还是吓了一跳。

时缱抽泣着，忘记了大声哭。

没几分钟，粥就放凉了。

时灵把粥往时缱面前一推，厉声说："吃！"

一岁多的小孩儿哪里会自己吃饭，时缱不过刚刚能坐稳，还不能自己走路。

时间早，店里没什么生意，老板娘早就注意到了这一桌。

看到这一幕，她"扑哧"一笑，说："小姑娘，这么小的孩子哪里会自己吃啊？你得喂她啊。”

被外人看着，时灵不情不愿地拿起勺子喂时缱喝粥。

粥已经放凉了，可时缱太饿了，还是吃完了一整碗。

见她吃完了，时灵也不管她吃没吃饱，抱起孩子结了账就走。

时灵嘴都没给时缱擦，寒风里，残余的汤水挂在时缱的脸上冻成了冰。

许是脸上的皮肤被冻住了，时缱没办法咧开嘴哭，一路都在小声地哭。

时灵皱着眉头说：“真是废物，到了反而又哭不大声了。”

也是巧了，打了一夜牌的赵洲恰好在此时回家。

两大一小，狭路相逢。

赵洲看清了抱着时缱的时灵，他的困意一下全消了。

“你你你……这这这……”赵洲结巴得一句话都说不出来。

时灵也看见了他，柔柔一笑，说：“怎么了？赵洲哥哥，我把孩子都抱来了，我们一家可以团圆了啊。”

赵洲慌忙拉住时灵的手臂，半拖半拽地将她拉到一座偏僻的石桥边。

这石桥本来不太高，可冬天枯水，桥面离地便有了些距离。

赵洲愤怒地甩开时灵，低声喝问：“时灵！你到底要干什么？”

时灵还是笑，语气不紧不慢地问他：“不是你昨天说的吗？我们一家三口要在一起啊。跟你哥哥生活在一起，两个小姑娘在家里遍地跑，这不都是你昨天说的吗？”

“灵儿，算我求你了行不行？”赵洲烦躁地抓了抓头发，忽然改了姿态，“你放过我，我保证每年都给你寄孩子的奶粉钱……”

“我放过你？”时灵像是听见了什么笑话，“那谁来放过我啊？赵洲，我的人生已经毁了！”

赵洲急得原地打转，忽然，他窜上了桥墩，立在桥边喊着：“时灵，你再逼我，我就跳下去了！”

时灵还是在笑。

这么高，真跳下去了，最起码要摔个残疾。

时灵勾了勾嘴角，说：“你跳啊，你要真跳下去，我就再也不来找你了。”

“这是你说的！”

赵洲看了看桥底，他深吸一口气，闭着眼睛纵身一跃。

时灵眼睁睁地看着他真的跳了下去。

她的眼泪滚了下来。

终于在那一刻，她彻底死了心。

“要不是你，我会跳下去？”

“如果我没跛，我现在也不至于沦落到这个地步！”

“你得赔偿我！你给我钱！你想办法给我搞钱！”

时缱紧闭着眼，晃了晃脑袋，她觉得吵。

这些话一直在她耳边响，反反复复，无休无止。

她慢慢站起来，蹲太久了，腿好麻。

时缱缓了缓，等到腿部知觉恢复正常，缓步向前走着。

她漫无目的地前进，也不知道走到了哪里，竟然已经有清洁工开始打扫卫生了。

有个阿姨还笑眯眯地和她打招呼。

时缱愣愣地回应。

阿姨说：“小姑娘，这么早去哪里呀？天都没亮，你自己要小心一点儿哦。”

时缱点点头，勉强笑了一下，说：“谢谢阿姨。”

不知道又走了多久，忽然觉得周围的景物有点儿熟悉。

时缱迟钝地反应过来，这已经走到了林尘垚租住的公寓附近。

平时开车从学校过来都要一段时间的，她竟然硬生生走了过来。

林尘垚是昨晚的航班，此刻应该在家睡觉吧？

今天初五，可他走之前明明说初八才回来，估计是有工作要忙吧？

说起来，他一直就那么忙。

忙得头昏脑涨还要抽空关心自己，不远万里从大洋彼岸飞回来帮自己，发了烧还要把床让给自己，自己真的给他找了很多麻烦。

如果那年，林尘垚冷眼旁观其他人戏耍自己，他们就不会认识了，他也就没有理由要一次又一次地帮自己。

时缱垂下双眸。

还想什么追他呢?

耀眼的太阳，就让他高悬天空不好吗?

不要再把他拽入泥潭了。

自己就是一个泥潭，有无休无止的麻烦事会翻涌上来，不知道哪一脚就又会陷进去。

时缱深吸了一口气，冬日里凛冽的寒意入肺，她忽然间感到一阵委屈——

可是，为什么就不能放过我呢?

我真的一直很努力很努力地在活着，为什么总有麻烦要找上我?

我从小到大都没有犯过什么错，为什么生活总跟我过不去?

时缱擦了擦眼泪。

她想着：自己一个人倒霉就够了，不要再拖累别人了。

其实一个人也能往前走的，对不对?

只是，一想到前路变得空空茫茫，她的心就像是被揪了起来。

时缱抬头看了一眼林尘垚家黑漆漆的窗户，转身离开了。

自从除夕的相亲局之后，林尘垚就一直心神不宁。勉强在奶奶家多待了几天，他借口工作忙，将机票改到了初五。

吃完晚饭，他匆匆打车去了机场。航班延误，林尘垚落地枝南已经快凌晨两点。

他没来由的一阵不安，手机开机后，翻出了时缱年前给他发过的排班表。

按照排班表，这会儿她应该正在便利店上夜班。

林尘垚打了个车，地址直接报了枝南大学西门。

一路上，他不安的心情没有半点儿放松，反而越来越强烈。

好不容易熬到了地方，他推门进去，却发现时缱不在。

林尘垚的眼皮跳了跳。

他礼貌地问柜台里的店员："请问时缱是不是在这家店工作？"

"请问你是……"店长不答反问。

今天好反常，时缱没有来上班，刚刚有个穿着邋遢的人带着个年轻女孩儿来问过，没多久，这又来人问了。

店长生出几分警惕，问："你是她什么人啊？"

林尘垚皱了皱眉，他觉得这个店长的反应有点儿不太对，但还是耐心回答："我是她哥哥，她今天不应该在这里上夜班吗？"

店长一脸不相信的表情，说道："那真是巧了，平时也没见她有什么亲戚，这大半夜的，倒是爸爸姐姐哥哥都出来了……"

"时缱的爸爸？"林尘垚十分惊讶地打断了对方的话，他再次重复确认道，"您是说时缱的爸爸今天来过这里了？"

店长抬眼看了下时间，说："就个把小时前吧，她爸爸和她姐姐来问她在不在这里。"

林尘垚呼出口气，努力让自己冷静下来。

他把手机拿出来，调出时缱发给他的排班表，给对方看："你看，这是时缱年前给我发的你们的排班表，所以我才知道她今天会在这里上班。"

店长仔细看了看，确实是时缱的头像，也确实是他当初发的那份排班表。

他信了几分，语气稍微缓和了些："我们是晚上一点钟上夜班的，时缱平时都不会迟到，但她今天到两点都没来……"

林尘垚听得眉心直跳，时缱一般不会无故迟到的。

"所以我就给她打了个电话，她倒是接了，说是有点儿事，今晚不过来了。"店长回忆着细节，"不过我觉得她的声音怪怪的……"

林尘垚听不下去了，立刻低头给时缱打了个电话。

电话拨出后，他一边匆忙道谢，一边把手机往耳边放，却只听见冰冷的机械女声。

时缱的手机关机了。

林尘垚顾不得这会儿时间已晚，会打扰别人休息，直接拨了个电话给南露。

过了许久，南露才接通。

她估计都没有看来电人，睡意蒙眬地问："谁啊？大半夜的……"

"南露，抱歉，打扰你休息。"林尘垚语速很快，"我是林尘垚，时缱今晚有没有和你联系过？"

南露听清了他的话，猛然睁眼，她拿开手机看了眼时间，很快意识到事情的严重性，很简洁地回答："有，十二点多的时候，她说她准备去上班了。"

"但是她今天没有来便利店……稍等。"

林尘垚正往枝南大学走，但是被门卫拦下了，他直接掏出了身份证给对方，商量着能不能登记之后进去。

门卫抱歉道："抱歉，先生，您不能进去。我们刚刚已经发现有个可疑人员从学校里出来，这已经是违反校纪校规了。实在抱歉，如果今天再放您进去，我明天饭碗就该没了。"

林尘垚顿了顿，问："请问您今晚有没有看到女学生出来？大概是十二点之后。"

本来现在进出校门的人就不多，今晚一共只有四五个，其中有两个是女生，都给他留下了深刻的印象。

头一个是哭着跑出去的，那个女孩儿跑得很快，吓了他一大跳，他还以为出了什么事情，还特意从门卫岗亭出来看了看，没看见后面有什么人。

第二个女孩儿带着一个很可疑的人一起出来的，他一看见就赶紧把两个人拦下做登记。

那女孩儿说身边的人是她叔叔，两人是之前从北门进来的。他让女孩儿出示学生证，女孩儿说没带，他便让她登记一下，自己转个身跟北门打个电话核实一下的工夫，这两个人竟然跑了。

林尘垚听完这个情况之后，觉得心在不断下落。

时缱是不会做出偷溜的事情的，除非她还在宿舍，不然她可能就是那个哭着往外跑的女孩儿。

一瞬间，他心乱如麻。

手机在掌心振动，林尘垚低头，发现南露不知道什么时候挂了电话，现在又重新拨了回来。

他按了接通。

南露来不及跟林尘垚寒暄，语速飞快地直接说情况：“我打了时缱现在住的那栋楼宿管值班室的电话，阿姨查了门禁，时缱最后一条门禁信息是晚上12:26刷了出门卡，她没有回来过。”

林尘垚觉得心彻底沉到了底，他慌忙叫了辆车，回自家公寓。

车刚一停稳，他就冲了出去。

电梯上行的时候，他烦躁地想，当初为什么要租这么高的楼层。

终于到了，林尘垚颤着手按密码，一连失败了两次。

他闭上眼，定了定神。

终于按对，他猛然推开了门。

行李箱被他丢在玄关，他大步踏入室内。

没有人。

每间房都是空荡荡的。

她不在这里。

林尘垚倒吸一口凉气，他一手叉着腰，一手烦躁地揉着自己的头发。

会在哪里呢?

林尘垚闭了闭眼。

便利店的人说，有个自称时缱爸爸的人去找过她，说明她应该是跑开了，没有和那人在一起。

那她一个人会去哪儿呢？整个枝南市，她无亲无故，她会去哪里呢……

林尘垚蓦地睁开了眼，他拿起车钥匙，匆忙出门。

他把车开得飞快，最后停在了他给时缱办生日宴的餐厅前。

这家餐厅门前立着一个颇为抽象派的巨型Logo，在餐厅营业的时候，会有喷泉喷出把整个Logo映在水幕里。

但这会儿太早了，餐厅里一片漆黑，门口的喷泉也没有工作。

林尘垚失望地往回走，暗骂自己是昏了头。

忽然，他步伐一顿。

巨型 Logo 的另一边，似乎缩着一团小小的身影。她抱着膝盖，头埋在臂弯里，坐在喷泉池边上。

林尘垚缓步走过去，蹲在这小小身影的面前。

他深吸了一口气，轻轻开口：“缱绻？”

小小的身影晃了晃，慢慢把头抬了起来。

小姑娘眼睛都哭肿了，怔怔地看着他。

林尘垚目光轻柔地和时缱对视着，没有开口。

时缱忽然撇了撇嘴，然后放声大哭起来：“你怎么又找到我了呀……”

“你就不能找不到我吗？”她抽噎着，委屈至极，“你能不能别找我了啊……”

“嗯……不能。”林尘垚轻轻揽她入怀，“我会每一次都找到你。”

你伤心的每一次，我都会找到你。

在他怀里，时缱逐渐不再大哭，可委屈的情绪却被放大到极限。

她一边抽泣，一边小声喃喃：“可我已经……已经，这么努力地爱这个世界了，它为什么不能稍微回应我一下呢？哪怕一下下……”

林尘垚觉得自己的喉咙像是被扼住，似有密密的刀片划过，想必三九天最凄厉的北风刮了进去也不过如此。

他闭了闭眼，缓缓抚摸着时缱的头发，努力保持着自己声音的镇定：“可是我来了。”

缱绻，我在你伤心着躲藏起来的时候拼命找到你，在你号啕大哭的时候摸摸你的头，然后，抱住你。

你永远不是一个人孤零零地站在雪原上忍受凄冷的寒风，我会替你围好围巾，戴好帽子，紧紧地抓住你的手。

我会一直牵着你的手，陪你去看春暖花开。

时缱哭到力竭，林尘垚将她哄上了车。

车座开了加热，在舒适的环境里，时缱很快便陷入了沉睡。

到了林尘垚家公寓楼下，时缱还睡得很熟。

林尘垚停好车，绕去副驾驶位解开女孩的安全带，将她抱起来，上了楼。

上次时缱来的时候，家里没有多余的被子。

后来本来是约她一起去添置，临时被南露打乱了行程。

虽然他那个时候鬼迷心窍，觉得小姑娘正是大好青春，说不定会遇到更好的人，却还是抽了个空，把枕头被子全部置备齐了。

但此时客房还没有铺床，林尘垚还是把时缱安置在了自己房间里。

她哭累了，睡得好沉。

林尘垚观察了她一会儿，见她睡得正熟，于是找出一条新毛巾，拆开后拿去卫生间洗净。

他又烧了壶开水，将毛巾烫了烫，最后才浸了温度适宜的温水。

将毛巾拧得半干后，林尘垚拿去给女孩擦了脸，然后顺便擦了擦她的手。

窗户外面已是朝阳初升，可脑海里时缱放声痛哭的样子，让林尘垚觉得这个黑夜依然没有结束。

她从来没有这样哭过，最起码在自己面前没有。

林尘垚看着她沉睡的面庞，安静又乖巧。

他微微抬起了头，舌尖抵在齿间，看着天花板长舒了一口气。

他做不到。

做不到把这个小姑娘交给任何一个别的人照顾。

他不相信他们，不相信除了他以外的所有人。

有什么可顾虑的?

林尘垚想着。

他会把时缱照顾得很好，这一辈子都好好照顾她。

倾尽所有，在所不惜。

好到她未来不会有任何一丝后悔的可能性。

时缱醒来后，有片刻的失神。

她很想继续躺着，装作没有睡醒，因为柔软又温暖的被子是这样的舒服。

可是不能这样。

还有好多事情等着她去解决。

那时太过惊慌，她转身逃跑了，可是赵平乐一定会带着赵洲找自己。

时缱缓缓起身。

昨晚林尘垚只替她脱了外套，他考虑得真细心，知道她穿着衣服睡觉起床会冷，于是并没有把外套拿去玄关挂着，而是放在床尾。

时缱拿起外套穿好，推开房门，看到林尘垚正在餐桌前摆盘。

他回头，看见她起来了，笑道："上次你就是差不多这个时间醒的，我碰碰运气，准备了一些吃的。没想到你这次只睡了这么短的时间，还是这个时间醒了。"

他绝口不提昨晚发生的事情，仿佛一切都没有发生过一样。

时缱没有动，她抿了抿唇，问："你怎么不问我昨晚发生了什么？"

她昨晚情绪太过激动，此刻声音还有点沙哑。

林尘垚冲她招了招手，说："先来喝点儿水润润嗓子。"

见她不动，林尘垚端着水走到她面前。

"先喝水。"他语气略微带了些命令，"看来你是想告诉我的，那我们坐下来边吃边说，好吗？"

时缱接过水，抿了两口，她没什么胃口，但还是默默跟他走到餐桌前坐下。

林尘垚替她盛了一碗粥，放在她的面前。

时缱没有动筷子，只是安静地喝完了水，然后开始很平静地说昨天从赵洲那里听到的往事。

但略去了赵洲说她有个不错的男朋友和他找她要钱的部分。

林尘垚一直看着她，目光温柔又坚定。

他很敏锐地捕捉到了这一点缺失："那他为什么忽然来找你？只是想给你讲一桩陈年旧事？"

时缱没想到林尘垚会问这个，她垂下视线，轻声撒谎："他觉得我需要赡养他。”

林尘垚有些明白大概是怎么回事了。

当年甚至不惜跳桥也要抛弃女儿的人，难不成还能是年纪大了，良心又长出来了？难道会不远万里只是为了见多年没见的女儿一面吗?

林尘垚虽然不是诉讼律师，可常年在企业间处理法务，深谙无利不起早的意思。

赵洲来的目的明显，只需要一个由头作为多年不见的开场白……

“他找你要多少钱？”

时缱抬起头，瞪大眼睛看着林尘垚，满脸都是惊讶。

“是要你赔偿他跛足的钱？”他猜测着。

时缱死死咬住了下嘴唇，再次低头，忽然觉得难堪。

“时缱，你把头给我抬起来。”林尘垚忽然冷下了脸，“我早就说过，你得给我挺起胸膛堂堂正正地活下去。怎么？我说的话你全都忘了吗？”

林尘垚从来没有用这样的语气和时缱说过话，时缱愣愣地看着他。

“他找你要钱是你的错吗？当初被抛弃是你的错吗？当初被生下来是你的错吗?

“这些你都没得选，你低着头做什么?

“你努力长大、努力生活、努力想去拥有更好的未来，你有什么错？这种人渣一跳出来你就怀疑自己有问题了？你对得起那个就算被关在病房也打算跳下来去参加高考的小时缱吗？”

“你怎么知道我当初……”时缱下意识问道。

“我又不瞎。”林尘垚语气缓和了一些，“你那么快就把床单甩出来了，一看就是早就想好了的。”

时缱眼中有泪，低声解释：“但我没想逃……”

“我当然知道你不会逃，”林尘垚叹了一口气，“可我要你摆正心态，你对待这种事情应该多问几个‘凭什么’，而不是想着‘为什么’，继而得出‘都是我命不好’的结论。

“凭什么你这么努力地活着，他们接二连三地来找你麻烦？凭什么以前过得不错时对你不闻不问，遇到麻烦的时候就要把你往前面推?

“你不欠任何人的，你所要做的是倾尽全力不让他们毁掉你辛苦经营的人生。”

“我知道……”时缱吸了吸鼻子，“我就是觉得很对不起你，总是给你添麻烦。”

“我难道是傻子？”

“啊？”

“缱绻，人活在世上，心里都有一杆秤。没有人会那么大公无私地舍己为人，我也不例外。”林尘垚语气平静，拿起一个鸡蛋开始剥，“我所有的决定，都是深思熟虑过的，最终的结果也是权衡之后定下的。”

鸡蛋有点儿凉了，他把它放进时缱面前还冒着热气的粥里。

“你没有麻烦我，我最终选择帮你，也没有什么特别的原因，就是因为你比其他的都重要。”

时缱几乎落荒而逃。

她推说自己要去洗漱，就飞快地站起身去了洗手间。

如果是遇见赵洲之前听到林尘垚说这样的话，时缱一定会欣喜若狂。

虽然还是会犹豫自己是不是仍然不够优秀，但是一定会坚信自己最终会变得优秀。

可是，现在，她真的很怕以后赵洲会反反复复地纠缠她，而林尘垚不得不一次又一次地替她收拾烂摊子。

最后，他一定会很疲惫地告诉她，他累了。

那样的话，她只会更痛苦。

想清楚后，时缱再次回到了餐桌旁。

她对林尘垚刚刚的话避而不谈，若无其事地问：“你这里有没有充电器？我的手机没电了。”

林尘垚点点头，去给她拿来了充电器。

手机充上电后，时缱沉默地吃着饭。

林尘垚垂着眼皮吃包子，想着，刚刚果然还是吓到小姑娘了。

这事，急不得，慢慢来吧。

吃完饭，林尘垚正在厨房洗碗。

时缱给手机开了机，铺天盖地的未接来电提醒，只有一条来自林尘垚，其余全是南露。

时缱给南露发了一条报平安的消息。

下一秒，南露的电话就打来了。

“你现在还好吧？”南露满是担心。

“挺好的。”时缱尽量让自己的声音听起来正常一些，可是嗓子还是有点儿沙哑。

“……你这叫好？”

“你放心，我已经到枝南了，刚出机场。”南露的声音像是要去干架，“爷现在就打个车去学校。我昨晚问了，那个什么赵平乐，她昨晚刚回来有了进出记录，你就出事了，是不是她搞事情？你等着，本王这就回来给你撑腰。”

时缱鼻头发酸，感动得要哭。她努力忍着，死死盯住天花板，说：“你能不能别惹我哭了……”

“啧，你这有点儿不讲道理啊。”

南露似乎是坐上了车，时缱听见车门被狠狠关上的声音。

“不过呢，看在你是个小哭包的分上，我不跟你计较。你说什么就是什么，好吧？”南露哄她，“不说了，我一会儿就到学校了，还没申请宿舍，要跟你挤两天。你赶紧收拾收拾来校门口接我，本王的肩膀还空着，你不准一个人偷偷躲着哭。”

时缱笑着流泪，说：“遵命。”

她生命中最最看重的两个人，总是在她遇到困难的时候，不辞万里也要来帮她。

一个让她挺起胸膛活，一个不准她偷偷哭。

所以啊，时缱，你要记住了，至少你要爱自己，至少你要对自己充满信心。

至少，别辜负他们。

Chapter 13 / 心底的声音

林尘垚将时缱送回了学校。

时缱下车的时候，他再次确认道：“真的不需要我陪你去？”

“不需要。”时缱很坚定地摇了摇头，然后想了想，又补充道，“如果我和南露搞不定，我再寻求你的帮助。”

林尘垚很满意地笑了笑，他比了个打电话的手势，说：“解没解决，都给我打个电话。”

时缱点头。

他挥了挥手，说：“快去吧，不是说南露在等你？”

时缱和他告别，然后扭头就跑了。

林尘垚一直盯着她的背影，直到她转过一个转角，看不见人影了，他才收回目光。

一次头都没回。

“真是个薄情的小姑娘，”林尘垚挂挡，打了圈方向盘，低声自语，“估计有点儿难追。”

南露先到学校，得知时缱还在路上，便说先去买点东西，两人约了一会儿宿舍楼下见。

等时缱到了宿舍楼下，却空无一人。

她只好给南露打了个电话。

“你等会儿，我现在有点儿事。

“马上到。”

南露的声音听起来有点古怪。

时缱刚想问问是不是发生了什么，那边却很快挂了电话。

她只好等着。

南露没有申请寒假留校，南露的校园卡刷不进这栋楼。

时缱一直等了半个多小时，就在她打算给南露再打个电话问问是不是出什么事情了的时候，南露拖着个行李箱，拎着一袋吃的，气势汹汹地出现了。

见她脸色实在难看，时缱急忙上前几步，问：“怎么了？”

“赵平乐带了个男人进学校？”南露把行李箱往旁边重重一扔，恨意冲天，“她深夜带个男人进学校为难你？”

“我现在就上去撕烂她的脸！”南露咬牙切齿地说完这一句，飞快往楼上跑，连箱子都不要了。

她动作太快，眨眼间人就不见了。

时缱只好慌忙拖上她的箱子跟上她。

南露知道自己没门禁权限，直接伸手一撑，跳过了门禁挡隔，然后把校园卡往值班的宿管阿姨窗口一塞，一边往楼上跑，一边喊：“阿姨，这是我的校园卡，我有急事，一会儿下来跟您解释。”

宿管阿姨慌乱地喊了几声，南露根本不理。

眼看阿姨要冲出值班室去抓南露，时缱赶紧刷开门禁跟阿姨解释：“阿姨阿姨，这是我们学校的学生，您看看她的校园卡。”

阿姨这才低头看了看刚刚南露扔过来的校园卡，确实是本校学生的卡。她挺生气地说：“既然是本校的学生，好好地进来不就行了，这是做什么呀？”

时缱有点儿着急，指了指行李箱，说：“不好意思啊，阿姨，她刚回来，她……她憋不住了，着急上厕所。临时有急事回的学校，之前门禁没录她的……您通融通融，我一会儿让她下来跟您道歉。”

阿姨还是很不满意地撇撇嘴，说：“那你一会儿让她下来啊，这卡我先扣着，我还没看这卡是不是她本人呢。”

时缱道了谢，提着沉重的箱子爬楼。

她还没爬到四楼，就听见南露砸门叫骂的声音。

“赵平乐！你给我把门开开！

“现在知道怕了！做那些下作事情之前怎么不好好想想？开门！”

时缱慌忙往宿舍跑，她一把抱住南露，安抚道：“我有钥匙，我来开门，你消消气，消消气……”

南露气得胸口剧烈起伏，根本不理时缱，看见时缱手里拿着钥匙，一把就夺了过来。

门锁刚拧开，她就一脚把门踹开了。

宿舍里空荡荡的，一个人也没有。

南露觉得自己像是一拳打在了棉花上，气得满屋子乱转，根本坐不下来。

时缱安放好她的行李，强行将她按在椅子上。

南露坐下之后，看着时缱近在咫尺的脸，眼泪不由自主就掉了下来。

“她怎么那么下贱啊……大半夜带个男的进学校想干什么啊？”南露哭着扑进时缱的怀里。

时缱摸摸她的头发，伸直手臂从桌上抽了一张纸，歪着头，温柔地给她擦去眼泪，轻声说：“露露，没事儿，没有发生什么事情。”

南露抽抽噎噎地抬头，问：“真的吗？”

“真的。”时缱点点头，和她解释，“赵平乐是我生父的哥哥的女儿。”

南露惊呆了，连哭都忘记了，她算了算，说：“那她岂不是你堂姐？”

“也可以这么说。”

“那、那她带来的那个男人……”

“是我生父。”时缱很平静地回答。

南露抿了抿唇，不知道该不该继续问。

时缱看出她的心思，笑着说：“等晚上我全都告诉你好不好？白天，还有一些事情需要解决。”

南露一下就从椅子上弹了起来，抓着时缱，说：“那我陪你去。”

时缱点点头，说：“嗯，我没打算一个人去。”

南露这才笑了出来，脸上还挂着泪痕。

南露洗了把脸，正在涂护肤品的时候，时缱倚在衣柜旁，问：“你怎么知道她带了个男人进来？”

“我刚刚去你兼职的便利店买东西，”南露将视线从镜子转到时缱身上，“回来的时候，向门卫打听了一下那天晚上的事情。他说一个女孩儿哭着跑出去了，后来还有一个女孩儿带着陌生男人出来。我听完就气炸了，我记得赵平乐最后刷门禁出来的时间，和你没差多久，一定是她。”

时缱点点头：“这些来的路上林尘垚和我说了，他当时也问过门卫，根据门卫对那个男人的描述来看，确实是赵平乐。”

“怪不得，门卫叔叔说他一上班就碰见这个事情，凌晨有人来问过一遍，快下班了我又来问。”南露最后涂完唇膏，说，“都弄好了，走吧。”

时缱拿好东西，两人便出门了。

南露在宿管阿姨那里道了歉，然后领了学生卡，顺便录了个临时门禁后，两人往学校安保处走。

到了安保处，时缱反映了情况，值班的保安表示可以提供监控。

由于不知道赵平乐和赵洲具体是什么时间段、以什么方式进校的，她们只拍下了他们两个人离开学校和赵洲与时缱在路上拉扯的那两段监控。

“足够了。”南露看完赵洲拦着时缱不让她走的监控录像，火气又迅速冒起，“赵平乐私自带陌生男性深夜进校，我非闹到她退学。”

还是假期，两人先打电话向外语学院的院办反映了这件事。

她们手里有证据，事件脉络又足够清晰，院方高度重视，立刻上报学校。

很快，有专门的老师联系了时缱，表示学校一定严肃调查，如果赵平乐的行为属实，一定给予她相应的处分。

折腾完，已经快下午五点了。

南露说：“我们就先等着吧，如果赵平乐再出现，刚好把她抓起来。我陪你住在这里。”

“露露，我请你吃饭吧。”时缱忽然说。

“好啊。”南露没觉得有什么不妥，她摸摸肚子，抱怨道，“中午我气得都没胃口，这会儿是真的有点儿饿了。”

时缱亲昵地挽上南露的胳膊，说：“我们去吃烧烤怎么样？”

南露很兴奋：“好呀好呀，在家我妈都不让我吃这些，一个寒假了，快憋死我了。”

“那你找找看，看比较想吃哪家。”

南露拿出手机研究了半晌，犹豫着说：“现在好像只有商场里的店开门了。”

“那就去商场里的。”时缱晃了晃手机，“我寒假兼职的钱一周一结，已经攒了不少了。”

“那我就不跟你客气啦！我真的饿死了。”

烧烤店的人不太多，不需要等位。

南露飞快地点了几份，把单子递给了服务员：“我们先要这些，一会儿再加，麻烦您快点上，实在太饿了。”

服务员接过菜单，正准备去给她们下单，时缱忽然叫住了她：“麻烦您，再加两瓶啤酒。”

南露慌忙阻拦：“要啤酒干吗呀？我不会喝酒。”

时缱递给她一个安抚的眼神，说：“没关系，我一个人喝。一会儿要给你讲故事，喝着酒比较有氛围。”

菜还没上，酒先到了。

时缱给自己倒了一杯，她没喝过，倒出来的一杯啤酒有半杯都是泡沫。

南露犹豫着问：“你行不行啊？”

“没事，就喝一点儿。”时缱说完，仰头就喝下了一杯。

她放下杯子，又倒了一杯，却不急着喝了。

时缱笑着和南露说：“我好像只跟你讲过时灵，哦，就是我妈妈，和蒋依时，也就是我弟弟的事情。”

南露点点头："嗯，我记得，高考结束的时候。"

"我记得，当时你还问我，时灵究竟为什么不喜欢我。我不知道，也一直没有思考过这个问题。直到昨天，赵洲给了我答案。"

不像是早上对林尘垚说的简括版本，时缱将自己从赵洲那里听到的全部的话，包括自己当时听到那些话时是什么心情，都一点不差地转述给了南露。

这个故事有点儿长，时缱讲着，不知不觉喝完了一瓶啤酒。

酒劲有点儿上来了，时缱的脸红扑扑的，她脱了外套。

在酒精的作用下，她又不知不觉地开始继续讲她小时候遇到的一些印象深刻的事情。

又是一瓶啤酒下肚。

其实时缱的酒量根本不好，两瓶喝完，她已经开始有点儿恍惚了。

但好在她酒品还行，只是语速变慢了，然后一直傻笑。

她开始有些回忆不起来更多的事情了，只会反反复复地重复最后那几件事。

时缱讲着这么压抑又委屈的故事，却不哭不闹，一滴眼泪都没有掉。

南露听着，从一开始的愤怒，到最后只剩下心疼。

她撇了撇嘴，抽了张餐巾纸按在自己的眼睛上，说："傻不傻呀你，还笑……"

时缱是真的有点儿醉了，她的话逐渐变少，眼神也变得呆滞。

"喂，"南露抽了抽鼻子，笑着说，"是不是想赖账啊你？说好的请我吃饭。"

她撑着脑袋看着对面安安静静低垂着视线的时缱，小声喃喃："你怎么不早点儿告诉我呀？下次过年，我带你回家好不好？我家就是你家。"

"你要记得你有最好的朋友。"南露伸手摸了摸时缱的脸，"我是你最好的朋友哦。"

南露结完账回来，靠坐在时缱身边约出租车。

时缱一脸将睡未睡的样子。

南露约好车，将时缱的头揽到自己肩头架着，帮她穿外套。

忽然，时缱的手机响了。

南露将手机从她衣服里拿出来。

是林尘垚。

得知时缱醉了之后，林尘垚问明位置，表示自己来接她们。

“不用啦，我已经叫了车。”南露婉拒。

“太晚了，你们两个小姑娘坐网约车回去不安全。南露，你把车取消了吧，我来接你们。再说了，你一个人也抱不动她。”

确实，时缱虽然不重，但自己的力气太小了。

南露思考了一下，很快便答应了。

两人吃饭的地方离林尘垚家不算远，没多久他就到了。

林尘垚看了眼时缱的状态，见没什么异样，便将她打横抱起，又回头叮嘱南露带好东西。

到了地下停车场，林尘垚本打算把时缱放在副驾驶，南露见状，赶紧说：“让她跟我一起坐后排吧，她这样坐都坐不稳，我扶着她。”

林尘垚点点头，南露替他开了后座的车门。

两人本就不熟，几次交集全是因为时缱。

一路上，车里格外安静。

到了学校门口，林尘垚说：“我带她回我家照顾吧，你一大早就赶来了，也好好休息一下。”

南露没什么意见，她磨磨蹭蹭地推开车门，犹豫半晌，问道：“你是时缱的表哥，时缱妈妈这么不喜欢她，你为什么对她这么好？”

表哥？哦，对，南露一直以为自己是时缱的表哥。

林尘垚笑了笑，说：“因为，我喜欢她吧。”

南露离开后，林尘垚怕时缱一个人在后座会滚到地上，便将她抱到了副驾驶，然后替她将椅背调低了一些，好让她躺得舒服点，最后又系上安全带。

一切都弄好之后，他才驱车往自己公寓开去。

到了地方，林尘垚下车绕去副驾驶抱时缱上楼。

可这次，时缱有点儿不太配合。

估计是刚刚那一路睡好了，她此时有了点意识，半醉半醒的，有点儿抗拒林尘垚触碰她。

林尘垚尝试了几次都被她推开了，只好耐下心来跟她沟通：“怎么不让我抱你上去呢？你现在自己又走不稳。”

“因为不认识你呀。”时缱醉出了小奶音。

她眼睛半睁着，明明目光已经没有焦点，还是挣扎着扭头四处看。

“在找什么？”林尘垚问。

“我在找……”时缱的反应有点儿慢半拍。

她皱眉想了想，奶声奶气地说：“在找露露呀，露露去哪里了？”

“南露回学校了，我带你回家好不好？”

时缱闻言，竖起食指，在嘴边“嘘”了一声。

她凑近，笑得没心没肺，压低声音说道：“我没有家哦……”

一刹那，林尘垚觉得自己的心脏像是被一只手紧紧攥住。

他平复了一下情绪，很认真地说：“我家就是你家。”

“那你是谁呀？”时缱疑惑地眨着眼。

“我是林尘垚啊。”

“嘘！”时缱再次竖起了食指，神秘兮兮地说，“这个名字不可以提的哦。”

“为什么不能提？”林尘垚好笑地看着她。

“因为……”她严肃地皱着眉，声音却扬起一个有些得意的调子，“是秘密呀。”

“是什么样的秘密？”林尘垚忽然来了兴趣。

“是这里，”时缱指了指自己的心口，小声说，“最深的秘密。”

林尘垚心跳如擂鼓，也配合地压低声音，问道：“那……你喜不喜欢他？”

时缱用两只手捂住自己的嘴巴，瓮声瓮气地说：“都说了是秘密啊，你怎么还问呀？”

“这丫头，”林尘垚失笑，用手揉了揉她的脑袋，说，“喝醉了也不好骗。”

第二天早上，时缱在一个陌生的房间醒来，她仔细观察了一下，依稀认出这是林尘垚家的客房。

对昨天最后的记忆，是自己一直在絮絮叨叨地对南露说话。

然后……

就没有然后了。

呜呜……

完蛋。

好像断片儿了。

时缱拉过被子捂住头，自己没在林尘垚面前丢人吧？

这情形太过窒息，她扭捏着不想起床。

昨天早上还言之凿凿说不需要帮助，晚上就不知道怎么又回到别人家了。

太丢人了……

可膀胱不答应。

时缱长叹一口气，在面子和身体之间选择了身体。

她打开门，探头探脑地看了看，发现林尘垚似乎不在。

时缱心中一喜，快步往洗手间跑去。

然而，等她从洗手间出来时，却看见林尘垚正姿态闲适地坐在客厅的沙发上喝咖啡。

时缱深吸了一口气，颇为不自然地同他打招呼：“早啊，你什么时候回来的？”

“你探头探脑地往外看的时候，我刚打开家门。”林尘垚似笑非笑，“我看你像只要做坏事的小老鼠，就故意没吭声，想看看你要干什么，结果只是去洗手间。我家洗手间可以随便用的，不用紧张。”

社死现场。

时缱懊恼地闭了闭眼，怎么刚好就被他看见了？

林尘垚放下咖啡杯，从茶几上的纸袋里拿出一杯牛奶，说：“上次吃中式早点，我看你胃口不太好，这次咱们换换西式的。”

时缱一边往沙发走，一边腹诽：我那天吃不下又不是因为不喜欢吃包子。

林尘垚将牛奶推到她面前，然后继续往外拿三明治、溏心蛋和蔬菜水果沙拉。

他撕开一个三明治，递给时缱，然后又去开蔬菜沙拉的盒子。

时缱刚咬下一口三明治，就听见他说：“昨晚你喝醉了……”

她心中立刻警铃大作，竖起耳朵，瞪大眼睛看向他，连咀嚼都忘记了，在心中默默祈祷着：别吧，不要发生什么丢人的事情啊……

“说话奶声奶气，挺可爱的。”林尘垚把沙拉往时缱的方向推了推，继续说，“但我抱你上楼的时候，你搂着我的脖子一直不肯松手。”

“咳、咳咳……”时缱被那口面包呛得要死要活。

她绝望地闭上了眼，在心里发誓，昨晚将是她这辈子第一次也是最后一次喝酒，她以后再也不喝酒了。

“诓你的。”林尘垚的狐狸眼中满是笑意。

时缱脸都红了，又羞又气地指责他：“你怎么骗人呀！”

林尘垚脸上却毫无愧色，他无辜地眨了眨眼，问：“你是不是偷偷想过抱着哥哥不撒手啊？不然我刚刚说的时候，你怎么一点儿也不惊讶呢？”

时缱心虚地挪开视线，嘴硬道：“我对你没有任何想法。”

“哦？”林尘垚凑近了一些，“你昨晚可不是这么说的，你说我是你的秘密来着。”

“你又骗……”

“这次是真的，”林尘垚眸色深深地看着时缱，问，“是什么样的秘密？”

两人之间的距离不过一臂远，时缱盯着他的脸，看得有些出神。

这双让人无法忽视的狐狸眼此刻正满是笑意地看着自己。

这双眼睛里，此时此刻，只有自己。

时缱被这个念头蛊惑着，思维有些混乱，但还是下意识地想去否定：“我没有……”

林尘垚忽然伸出了一只手，遮住了她的眼睛。

时缱霎时噤声。

“缱绻，不要去考虑那些很俗气的原因。”他的声音温柔又舒缓，甚至还带着几分请求，“告诉我，你心底的声音是什么？”

他的手掌遮住了小姑娘大半张脸，嘴巴便显得格外清晰。

林尘垚清楚地看见她抿了抿唇，粉嫩的唇瓣被她咬出一道白痕，又很快恢复颜色。

他低声诱哄：“你喜不喜欢我？”

过了好久好久。

时缱的唇瓣微微颤抖着，像是想说话，但又在拼命压抑着。

林尘垚松开了覆在她眼睛上的手。

“缱绻，”他笑着唤她的名字，“想说什么？大点儿声音告诉我。”

时缱的眼睛从黑暗中解脱，视线聚焦的第一个瞬间，便对上了林尘垚那双明澈的眼睛。

她被晃了心神，梦呓般喃喃：“我爱你。”

林尘垚便笑了，清澈明朗，一如初见。

时缱终于反应过来自己说了什么，正慌乱得不知如何是好。

林尘垚却忽然捉住了她的小手，如珍宝般摩挲着。

他说：“终于把这个小姑娘骗到手了。”

竟然是喜不自胜的语气。

时缱都不知道自己是怎么回到宿舍的，她觉得自己每一步都好像踩在棉花上，好像是又醉了。

把身上的口袋都摸遍了也没找到钥匙，她只好伸手敲门。

南露顶着一对黑眼圈给时缱开了门，她没休息好，也就没注意到时缱似梦非梦的表情。

她打了个哈欠，一边再次爬上床，一边头也不回地说：“我仔细想了一夜，我还是觉得你表哥挺怪的。你以后别去他家过夜了，他会不会对你图谋不轨啊？虽然你们是表兄妹，但这种事不好说的，万一他是个禽兽呢？不是都说这种事情熟人作案的最多吗……”

时缱反手关上了门，怔怔地喊道：“露露。”

南露睡眼蒙眬地从床帘中伸出脑袋：“啊？”

“我跟林尘垚表白了。”

“什么！”南露的睡意荡然无存，一脸震惊。

“那那那……那他怎么说？”南露紧张地问。

时缱梦游般说道：“他答应了。”

“啊！”南露差点儿从床上摔下来。

“宝宝宝……那那那……你你你……他他他……”南露结结巴巴，半天都没说出一句完整的话。

她深吸一口气，让自己平静下来。

然后，她认真地问：“那你们……出了三代了吗？”

时缱眨眨眼，疑惑地看着南露。

南露也眨眨眼，担心地问：“不会没出吧？”

时缱还是眨眨眼，不知道她在说什么。

“法律不会接受你们的……你们可是表兄妹啊！”

这下明白了，时缱“扑哧”笑了出来。

“你还笑！你不要被爱情冲昏了头脑……”南露恼怒，“是不是他蛊惑你？我早说了老男人没一个好东西！”

时缱笑得止不住，摆手说：“不是……他不是我亲表哥……”

南露疑惑：“啊？”

时缱正要解释，手机却响了起来，是院办那个负责和她联系的老师。

是不是对赵平乐的处罚结果出来了？

时缱接起了电话。

“喂？时缱吗？你现在在宿舍吗？”

“我在。”时缱一脸莫名其妙，难道具体处分还要当面说吗？

“是这样，你能不能尽快来一趟学校东门的派出所？”

时缱面色严肃了起来，问道："老师，是发生什么事情了吗？"

"你先不要慌啊，不是怀疑你，是需要你配合调查一下……赵平乐，失踪了。"

时缱不由自主重复了一遍："赵平乐失踪了？"

"是的，我们调集了学校监控。除了你之前拍到的两段，还有她带着那个陌生男子进校的视频也找到了。警方需要向你了解一下当晚的具体情况，你尽快过来吧。"

赵平乐失踪了，也许是和赵洲一起失踪的。

但目前没有定论。她的家人今早赶到学校，没有联系上她，去宿舍也没有找到她，于是报了警。

南露陪时缱一起去的派出所，是她早上给宿管和赵平乐的母亲开的门。

当时，赵平乐的妈妈看清赵平乐并不在宿舍后，当场两腿一软，就跪了下去。

她边哭边喊："我就知道……我就知道他忽然来枝南，就是来害我家乐乐的……他就是个祸害……"

说完，她飞快爬起身，扭头就往楼下冲，宿管也跟着跑了下去。

南露当时不明所以，现在想来大概是赵平乐的爸爸当时正在楼下。

警方向时缱介绍了一下情况。

上个月底，已经消失数年的赵洲忽然找到了哥哥家，他说自己借了二十万，正在被追债，求哥哥替他周转一下，救救他。

赵洲哥哥心软，将赵洲留在家里住。

但赵洲的嫂子很讨厌这个嗜赌为命的弟弟，她听说赵洲是躲债来自己家的，当即就打电话给女儿赵平乐，让赵平乐暂时先不要回来。

赵洲哥哥一家也只是一个普通家庭，为了女儿能有个好前程，在赵平乐高三的时候几乎掏了小半家产去给赵平乐找一对一的名师补习，甚至在最后关头还斥巨资去买了"绝密押题卷"。

虽然卷子是假的，但是夫妻俩并不觉得这笔钱花得不值得——因为尽管赵平乐的分数不算特别高，但补录的时候，捡漏到了枝南大学。

赵平乐一家以为自己家终于能有好日子过了，不想才高兴半年，赵洲便又找上了门。

夫妻俩关着门不晓得吵过多少次架，但赵洲哥哥觉得毕竟是血脉相连，他没办法狠心将亲弟弟赶出门。

于是一直僵持着。

赵平乐也很讨厌这个隔三岔五就来自己家打秋风的叔叔，从小到大，家里不知道借给了他多少钱，但从来都是肉包子打狗，有去无回。

她从小就听母亲讲过，自己这个叔叔是个抛妻弃子的混账，母亲还以他为反面教材，警告她不要早恋。

所以，当得知看起来家境优渥的时缱很可能是赵洲的亲生女儿之后，赵平乐觉得自己家可能终于有机会能摆脱这块狗皮膏药了——毕竟比起贫穷的哥哥，富贵的女儿岂不是更好打秋风？

赵平乐不顾母亲的反对，特意回家过了个年。她特意向赵洲打听了许多当年的事情，更加笃定时缱就是他的女儿，于是，她向赵洲透露了这个消息。

但赵洲却半信半疑。

他正被债主追债，不敢频繁出现在火车站这种地方，便要求赵平乐先回学校确认时缱在不在——万一时缱忽然不在学校了呢？他岂不是扑了空？

接着，赵平乐先行返校，她再次从时缱那里刺探了一番消息。更加确认后，她兴奋地给赵洲打电话，甚至表示自己可以帮他买来枝南的车票。

赵平乐最终说服了赵洲，替他买了那天最早一班到枝南的车票。

那天晚上，时缱察觉到有人在暗处看自己，其实是赵平乐在观察她的上下班时间。

自从知道赵洲出发后，赵平乐兴奋得根本待不住。她甚至周全地考虑到时缱不喜欢她，怕自己哪里惹到时缱，万一时缱临到关头忽然搬去男朋友家，她就功亏一篑了。

所以赵平乐从接到赵洲开始，她都没再回过宿舍。

可谁知道，赵洲这么没用，竟然眼睁睁地看着时缱跑了。

赵平乐接到电话后，气急败坏地下了楼，打算带赵洲去时缱工作的便利店碰碰运气。

可两人又扑了个空。

两人是从学校溜出来的，很不适合再回去了。

于是，赵平乐带着赵洲在学校附近游荡，企图能再碰到时缱。

可他们没等到时缱，倒是先把赵洲的债主等来了——对方早就将赵洲的亲戚关系摸清，之前去赵洲的哥哥家敲过门，但赵洲的哥哥坚称赵洲不在这里，他们也不好强闯民宅，蹲守多日也没见过赵洲出门。这天，他们辗转从特殊渠道得知赵洲来了枝南，当即就打算来他侄女的学校碰碰运气。

赵洲会躲，总不至于住学生宿舍吧？他在枝南又人生地不熟，学校附近的便宜小旅馆挨个问一遍，总能找到他的。

时缱配合地说了那天晚上赵洲来找自己的原因，但她坚称他认错人了，自己只是恰巧同他长得有点儿像，他是想来找自己讹钱。

由于赵洲的兄嫂只知道赵洲是因为躲情债瘸的腿，但并不清楚对方是谁，又见时缱气质不凡，像是家教严格的样子，跟赵洲简直是天壤之别，所以他们一时也无法确认时缱是不是赵洲的女儿。

时缱配合着录了口供，就和南露一起离开了警局。

三天后，赵平乐被警方解救了出来，她身上只受到了一点轻伤，但受到了很大的惊吓。

赵洲依然不知所终。

七天后，警方发现了赵洲的尸体。

时缱得知这个消息后并没有太多的想法，她心里很平静，无悲无喜。仅仅见过一面的人，就算真的是亲生父亲，她也做不到大度地跟他不计前嫌，不然，过去的小时缱会怪她的。

开学时，院办老师告诉了时缱赵平乐事件的处理结果。

赵平乐被退学了。

赵平乐在第一学期里，仅有一门课程没挂科，且据多位任课老师反应，这名学生平时表现非常懈怠，多次翘课、不交作业，结合她在寒假期间恶意带陌生人进校的行为，学校给予了她退学处分。

时缱的生活终于恢复了平静。

大一下学期的课程依然很多，时缱怕赵平乐还会回来找她，于是换了一份兼职，去了附近一家商场做导购，外加继续教上学期教过的那个小男孩儿。

她的日子忙碌又充实。

林尘垚似乎也很忙，但依然会挤出时间接送时缱做家教，遇到特别忙的时候，最起码会接她下班，送她回学校。

这种情况下，两人虽然确立了恋人关系，但实际交往竟然和原来差不多。

除了时缱在林尘垚面前底气越来越足，偶尔还会主动找他的碴儿。

天气渐渐回暖。

林尘垚快过生日了，时缱赶在他过生日之前将之前欠他的钱还上了。

他很大方地收下了她还回来的钱，只是收下后，他佯装叹气，说："我也就是帮你存一会儿，这钱最后也还是会变成各式各样的东西又回到你身边的。"

时缱抿嘴笑，不接他的话。

过了会儿，她收敛了一下脸上的笑容，装作不经意地问："你要过生日了，想要什么礼物？"

"你怎么知道我要过生日了？"林尘垚一脸浮夸的惊讶。

时缱看着他夸张的表情哭笑不得。

自从时缱在林尘垚面前放松了之后，林尘垚也在时缱面前释放了天性。

果然，什么长大了变得成熟又稳重了都是假的，他本质还是小时候那个和小女孩一起照相还要插兜装酷的人。

"是谁把自己生日设置成门锁密码，还不给我开门，一定要我自己按密码进去，隔三岔五就要提醒我一遍的？”

林尘垚手虚虚握成拳，放在嘴边轻咳两声，夸她：“不错嘛，现在都开始用反问句怼我了。”

时缱愣了愣。

这两个多月以来，她被林尘垚惯得无法无天，这人还老怂恿她耍脾气。

每次她使小性子，他非但不恼怒，还夸她做得好，就要这样有点脾气才行，俨然一副熊家长的模样。

此刻，时缱内心根深蒂固的胆怯和这两个月迅速学会并膨胀的大小姐脾气在激烈斗争。

没多久，大小姐时缱占了上风。

她轻哼了一声，扭头低声说：“还不是你手把手教得好。”

林尘垚笑出了声。

Chapter 14 / 缱绻

林尘垚的生日是个周日，两人买了菜回家涮火锅。

时缱给林尘垚订了一个蛋糕，纯白的奶油底，上面用巧克力写的花体字：祝我帅气又傻气的男朋友生日快乐。

她给制作蛋糕的师傅讲需求的时候偷偷笑了很久，特别期待林尘垚看到蛋糕的反应。

等蛋糕送到，时缱几乎是以火箭发射的速度去开门的。她笑嘻嘻地捧着蛋糕回来，林尘垚好奇地凑过来看。

时缱拆开蛋糕后，捂着嘴一直笑。

林尘垚只是皮笑肉不笑地笑了一下，很快开了口："这个蛋糕师傅水平不行，下次别在那儿订了。"

时缱有些迷茫："啊？"

林尘垚回身去了厨房，拿出一个勺子，指着蛋糕说："你看这个奶油……"

奶油怎么了？时缱好奇地盯着看，以为奶油有什么质量问题。

林尘垚说："你稍微靠近一点儿，我挖一点儿给你看。"

时缱依言靠近。

下一秒，林尘垚却又快又准地将"又傻气"三个字挖了下来，然后以迅雷不及掩耳之势糊在了时缱嘴上。

时缱愣住了。

林尘垚十分低情商地乐得前仰后合，时缱愤怒地瞪着他。

于是，还没有乐到三秒，林律师就迫于女朋友眼神压迫，投降笑道："好好好……我来处理，我来擦掉……"

他抽了张纸，一手扶着时缱的后脑勺，一手要给她擦奶油。纸巾快要碰到时缱的嘴唇时，他却忽然停了下来。

他将本来落在她糊着奶油的嘴唇上的视线，缓缓移到了时缱的眼睛上。

这双眼里余怒未消，他只觉得可爱。

林尘垚笑着问："缱绻，换一种方式帮你清理掉奶油，可以吗？"

时缱觉得林尘垚不像是询问她，更像是通知她。

嘴上还糊着奶油，她有些紧张，下意识缩了缩下巴。

可林尘垚覆在她后脑勺上的手正固定着她的脑袋，她只缩回去了一个很小的幅度。

出乎她预料的是，林尘垚竟然真的是在询问她，并没有自说自话之后便吻下来。

那双狐狸眼半弯着，里面盛满了笑意。

但这笑意多少含着几分笃定的味道。

时缱有些恼羞成怒，她踮了踮脚，很快速地亲了一下林尘垚的嘴角，接着很小声地嘟囔："要亲就亲，问什么问……"

林尘垚眼中的笑意更盛，他舔了舔粘在自己嘴边的奶油，又伸手拦住了这个亲一下就想跑的小姑娘，说："还没擦干净。"

接着，他低下头，仔仔细细地吃掉时缱嘴巴上的奶油。

两人的唇齿与呼吸间满是甜甜的奶油香。

舔掉最后一口，林尘垚咂摸了一下味道，说："我觉得这家奶油有点儿怪怪的……"

时缱张嘴欲问，却被他再次趁机俯身吻住。

这个吻和刚刚的浅尝辄止不同，从蜻蜓点水变成了缱绻缠绵。

时缱屏着呼吸，被吻得七荤八素的时候还想着：这家奶油的味道挺好的呀！

最后，林尘垚松开她的时候，笑眯眯地补全了话："怪甜的。"

时缱有片刻的无语。

她忍了又忍，还是没忍住，点评道："……你好土啊。"

努力想和小姑娘拉近距离的林尘垚蒙了。

这些日子里，时缱正以肉眼可见的速度变得活泼了起来。

南露有一次很好奇地问她："你谈了个恋爱怎么变化这么大？"

时缱戳了戳面前的冰沙，仔细想了想，回答："大概是我离太阳更近了吧。"

"啥？"南露完全听不懂。

时缱组织了一下语言，解释着："中学时，生物课曾经学过一个知识，叫作'维生素D能促进钙的吸收，而阳光能促进人体内维生素D的合成'，你记不记得？"

南露点了点头。

"我啊，就像是一个没见过阳光又没吃过什么好东西的人，体内维生素D摄入不足，影响了钙的吸收，所以骨骼成长得也很慢。"时缱唇边的笑意渐浓，"但后来我遇见了一轮小太阳，给身体喂足了饱饱的维生素D，吸收了许许多多的钙。"

一下子，她就长成了一具钢筋铁骨。

从此以后，百毒不侵。

哦，时缱这是把林尘垚比作了她的太阳。

啧，恋爱中的臭情侣。

南露酸溜溜地"哼"了一声，很不爽地问："他是太阳，那我呢？"

时缱立刻回答："你是我的高能钙片！"

南露噘着嘴，依旧不太开心的样子，但勉强接受了这个答案。

虽然大一的课程很多，但时缱都完成得很好。

快要期末的时候，因为几门课程的考试时间都挨得很近，而且还穿插着六级考试，时缱不得不辞去了导购的兼职，只在周末晚上去做一做家教。

那段时间，她忙得没空搭理自家男朋友，每天和南露一起相约泡图书馆。

从早泡到晚，比职场人都忙。

林尘垚偶尔不加班的时候，想和女朋友视频一会儿也要提前预约。

要是想一起吃个饭，那就是进宫面圣。且这位小女皇朝政繁忙，说吃饭就真的只是吃饭，吃完了就开始找借口要走。

他虽然有点儿无奈，但人家小姑娘有上进心，他总不好拖后腿，只好默默地把这笔账记下来。

时缱一直忙到所有考试都考完。

最后一场考试结束是上午十一点，她算了算时间，有点奢侈地打了个车去林尘垚公司找他一起吃饭。

他们公司有门禁，时缱站在玻璃门外同前台小姐姐挥手打招呼。

前台小姐姐很快替她开了门，礼貌地问她："请问您是来咨询业务还是来找人？"

时缱微笑着说："我来找林尘垚。"

前台小姐姐的眼睛亮了亮，她压低声音，神秘兮兮地问道："您就是林组长的未婚妻？"

"未婚妻？"时缱有些诧异。

"对呀，他每天都戴着你们的订婚戒指，你们真的好甜蜜呀。"

前台小姐姐满脸羡慕，一低头，却发现时缱素着一双手，并没有戴戒指。

她疑惑地看向时缱。

并没有收到过订婚戒指的时缱硬着头皮解释："因为我今天有场重要考试，不能戴饰品……"

前台小姐姐了然地点了点头。

她热情地起身，说："林组长这个时候应该正在开会，我先带您去法务一组，您可以在他的办公室先坐会儿。"

时缱笑着道谢。

小姐姐冲她小声说："小妹妹，我同事有点儿事被叫走啦，我不能离开太久，我们要快点儿走过去哦。"

于是，两人快步走向法务一组。

进入法务一组的办公区后，前台小姐姐没有时间介绍时缱，径直将她带向林尘垚的独立办公室，让她坐在沙发上等一会儿，然后便快步离开了。

这块办公区域除了林尘垚这一间独立办公室外，外面还放了十个工位，此时有六七个人在位置上。

竟然全部都是男性。

时缱略有点吃惊，她记得法律系的男女比例应该没有这么夸张。

外面坐着的人，看见一个萌妹被前台的同事径直领向自家组长办公室，也很是吃惊。

他们不动声色地偷偷打量着，又三三两两地小声交头接耳。

"垚哥未婚妻？"

"看起来岁数小了点吧？隔壁组长不是说过林哥还有个宝贝妹妹吗？"

"哦哦，对，去年年中加班加得那么疯魔的时候，他还抽空回国了一趟，听说就是因为他妹妹。"

"啊——我听说过，拱手让给隔壁老大的那个项目吧？我们倒是该拿的都拿了，郑哥最后也就是过来走了个流程。那次垚哥真的太亏了，辛苦做了那么久，最后自己那份的大头全落在郑哥兜里了。"

"唉，好男人啊才有福报啊，所以人家才能事业爱情双丰收。"

…………

正讨论着，刚刚被提到的隔壁组长忽然出现了。

"叽叽喳喳说什么呢？"郑怀拿了一份文件，递给坐在门口工位上的人，"一会儿林尘垚回来后，将这个文件交给他。"

坐在靠里面一点儿的一个年轻男人挠了挠头，笑道："郑哥，我们一组这个和尚庙今天有女生出现了。"

“哦？”郑怀都准备走了，听到这句话十分感兴趣，又掉头回来，“哪儿啊？”

“方丈办公室。”

“嘶——”郑怀倒吸一口凉气，“这小子肯让异性独自待在他办公室？”

“我们也奇怪呢……不过是君雅直接带进来的，看样子可能是他妹妹？”

郑怀装模作样地往里走了走，嘴里念念有词：“哎，小李啊，你之前给我的那个方案……”

一组组员给二组组长交什么方案，不过是看热闹的借口罢了。

坐在靠里面的小李十分上道，立刻大声接话：“是啊，我也觉得应该不太行，郑组长，您来给我看看吧。”

郑怀赞赏地看了小李一眼，然后顺利凑近了一些。

他看清了办公室里坐着的女孩子的长相，然后俯身装模作样地看小李的电脑，说：“嗐，哪里是林尘垚的妹妹啊？这是他女朋友，他电脑桌面就是他毕业的时候搂着这小姑娘的照片。”

“啊？老大的女朋友这么年轻啊！”

“啧，他本来就是头不要脸的老牛，你们不要被他那副人模狗样的样子给骗了。”郑怀不遗余力地给老同事泼脏水，“知道你们一组为啥是个和尚庙吗？还不是方丈长得一副招蜂引蝶的样子。”

有个声音弱弱地问：“郑哥，你们二组那么多女性，是不是因为你长得很安全啊？”

郑怀怒瞪他一眼，翻着白眼走了。

真是不是一家人，不进一家门。

林尘垚带着一起汇报项目的同事刚回来，就听留守的同事说：“垚哥，你女朋友在你办公室等你。”

他惊讶地挑了挑眉，然后快步往自己办公室走。

门没关好，只是掩上了。

他进门的时候，时缱正拿着手机戳戳戳。

他反手关上门，满是笑意地问她：“在看什么呢？”

“我刚听他们说，我高考的时候你因为赶回来救我亏了一大笔钱。”时缱苦着一张脸，抬头，“我查查能让你们公司的人觉得是一大笔钱的，是多大金额。”

林尘垚没忍住笑出了声，问：“怎么？要还我啊？”

时缱悲壮地点了点头，然后嘀咕着：“我的债什么时候才能还清啊，这怎么又背上债了？”

林尘垚努力压平自己的嘴角，说：“那没办法，你就是得还啊。”

“啊？”

“之前你自己说的，我不追着你，你不还钱的。”他将刚刚开会用的文件放好，然后倚在办公桌边，笑道，“现在追到了，你就必须得还钱了。”

时缱委屈地撇撇嘴，安慰自己：“没关系，我以后可是要做翻译官的人，我也会挣很多钱的……我还得起！哼！”

林尘垚终究还是没忍住，笑得前俯后仰。

外面的人都在凝神听里面的动静，听到林尘垚这种丧心病狂的笑声之后，忍不住互相交换了一下八卦的眼神。

工作群里热闹了起来，他们正给不在办公室的同事远程直播。

一片八卦声中，小李忽然发了一句有点奇怪的话。

小李：去大群给大家发红包，一起快乐一下。

同事们不明所以地看着还在傻乐的小李。

小李被他们看得莫名其妙，问：“干啥？”

“你干啥突然要发红包？”

小李迷茫地拿出手机看了一眼微信，然后脸就白了，说：“早上老大登我的号帮我对接那个有问题的客户，之后我忘记退出微信了……”

热闹的法务一组忽然一片寂静。

过了许久，有个声音响起：“所以我们刚刚在群里八卦……他都看见了？”

“估计是吧……”

“没事没事，”小李坚强道，“反正老大本来就最喜欢炫耀自己的女朋友了。”

下一秒，林尘垚果然在大群里发了个大红包。

大家纷纷收下，然后祝他百年好合。

林尘垚一直等到他发红包的那条消息被刷没了，才把手机举到时缱面前给她看。

他正色道：“你看，你多讨喜。你一来，我的同事们纷纷欢迎，还祝我俩百年好合。”

大二，枝南大学英语系开了口译课，而且还新增了二外，所以时缱这学期也很忙。

林尘垚依然只能戴着那枚女戒还没送出去的订婚戒指在公司晃荡，证明自己是个有女朋友的人。

时缱拿到了大一学年的国家奖学金，金额丰厚，让她能更专注学业了一些。

她对自己规划很明确：大二要把高级口译考过，大三把 CATTI 二级口译也考过，然后她就能去尝试同声传译了。

目标明确，脚踏实地往前冲就好了。

这事她擅长。

于是，时缱这学期学得更加投入，用南露的话来说，就是“高三那个学到走火入魔的时缱又出现了”。

有了目标，日子也就过得飞快。

时缱生日那天都雷打不动地泡在图书馆。

实在是挤不出时间了，于是她中午啃了个面包，将午饭时间和晚饭时间压在一起，召集林尘垚和南露一起吃了个晚饭庆生。

“女皇陛下”给晚饭规划的时长是一个小时，一到点，也不管其余两个人吃没吃好，自己很潇洒地就走了。

只留下无语的“林爱卿”和“南爱卿”面面相觑。

枝南大学寒假一向放得很早。

这次，南露拼命拽着时缱和她一起回家，说什么也不放时缱一个人在这里过年。

“你放心！我都打听好了，我们家跟你继父家一东一西，完全没什么交集。你到时候就在我家附近找个兼职，也不耽误你赚钱……还有啊，你男朋友不也住在云城嘛，到时候你还能跟他约个会什么的，多好啊！”

时缱拧不过南露，和林尘垚商量了下这件事。

林尘垚没什么异议。

虽然他要等到年关才能回家，但比起多见她几面，他更希望她能过得舒舒服服的，小姑娘们凑在一起热热闹闹的也挺好。

时缱很喜欢南露家的家庭氛围，一家人每天热热闹闹地凑在一起，父母开明幽默，思维也紧跟年轻人的步伐。她有些贪念这样的氛围，便奢侈地让自己放纵了一下，没有去找额外的兼职工作。

一切都很好，只是，她越来越想念林尘垚了。

按照法定公休日，林尘垚除夕那天才会正式放假，时缱旁敲侧击过好几次，想提前弄清楚他那天会搭哪趟航班回云城，但都被他含糊其词地绕开了话题。

除夕前一天晚上，南露和时缱一起缩在房间里看电影，一部很经典的爱情片。

在影片里的男女主角即将拥吻的前一秒，时缱的手机忽然开始“嗡嗡”振动。

看清来电人之后，时缱弯了弯眼睛，笑得温柔又甜蜜。一旁的南露看着她这副神情，酸溜溜地挥了挥手，把她赶到了阳台上。

电话接通后，传来了林尘垚带着浅淡笑意的声音：“缱绻，在干吗呢？”

时缱反手关上了阳台的推拉门，笑着回答：“在和露露一起看电影。”

“我给你点了个外卖，但是送不进去，你到小区门口去拿一下。”

“这么晚？”时缱有些意外，“点了什么呀？奶茶吗？”

“嗯……”林尘垚拖长了尾音，没有正面回答，“你去看看。”

通话结束后，时缱从阳台回到房间，将外套从衣架上取了下来。

南露注意到她的举动，有些疑惑：“你要出门吗？”

“嗯，去拿个外卖。”

“男朋友给点的？”南露轻轻噘了噘嘴，“可酸死我了……唉，这么晚了，我跟你一起去吧。”

见时缱没有异议，南露也从地毯上爬了起来，一边翻找外套，一边随口问：“点了什么啊？”

“不知道呀。”时缱歪了歪脑袋，“说让我出去看看。”

闻言，南露动作一顿，沉思几秒后，忽然想到了什么，登时便改了主意：“你自己去吧，我不想去了。”

时缱一脸不解。

南露却一脸高深莫测地将她往门口推，还催促着：“快去快去。”

细碎的落雪在昏黄的路灯下簌簌飞舞，雪势不大，积雪未深，万物都像顶着一层稀薄的白色奶盖。北风吹得人头痛，时缱将下巴往围巾里收了收，又伸手将羽绒服宽大的帽子扣上。

到了小区门口，她在帽子下有限的视角里左右张望了一阵，并没看到外卖员，便想给林尘垚打个电话问一下。

电话拨出后，迟迟没人接听，倒是有个身材挺拔修长的男人，自一旁的阴影中缓步踱出。

时缱抬头看了一眼，接着，整个人都愣在了原地。

隔着纷飞的雪花，在温柔昏黄的光线中，时缱看见了正冲她招手的林尘垚。

那个她思念了许久的人。

“你在找外卖吗？”他正笑着看向自己，晃了晃手里的手机，语气满是故意，“在这儿呢，刚从枝南空运过来的，快过来拿。”

时缱眼眶微酸，嘴角却越翘越高，沉默了一阵后，她忽然向着林尘垚的方向狂奔而去。

林尘垚目光温柔，也缓缓向前走了几步，伸出手稳稳接住了这个欢喜得快要哭出来的小姑娘。

他一手环住了她的腰，另一只手扣在她的后脑勺上，微微侧头，在她耳畔轻声道："缱绻，我来接你回家过年啦。"

翌日上午，林尘垚带着礼品拜访了南露一家，接着，开车将时缱接走。

今年，林尘垚的父亲在驻地回不来。大概是考虑到儿子会替自己尽孝，林母放假后，便直接也去了林父的驻地。

所以，时缱和林尘垚将要一起回到那个阔别多年的家属院，在爷爷奶奶家过年。

到了地方，林尘垚将两人的行李规整一番，自己一个人全部拿好，时缱两手空空，只背着她随身的那个双肩背包。

望着眼前既熟悉又陌生的楼道，时缱忽然有些近乡情怯的紧张感。

林尘垚注意到她的情绪变化，特意腾出一只手裹住了她的小手，安抚道："不紧张，我在呢。"

"说得轻巧。"时缱并没有被安慰到，一脸担忧地鼓了鼓腮。

这姑娘现在都敢直接怼他了。林尘垚失笑，轻轻捏了捏她的脸。

敲开门后，林爷爷和阮奶奶看到忽然回来的林尘垚，又惊又喜。

当看清他后面还跟着个小姑娘的时候，老两口更是高兴得不得了。

"垚垚，这是你女朋友啊？"阮奶奶笑眯眯地问。

林尘垚点头。

阮奶奶闻言更开心了，但很快发现这个小姑娘的眉眼很是眼熟："这个小姑娘，有点眼熟啊……"

时缱往前站了些，笑道："阮奶奶，我是时缱呀。"

阮奶奶惊呼一声，立刻握住了时缱的手："哎呀，小姑娘都长这么高了，比去年视频里看着漂亮多了。"

时缱也很激动，一老一少紧紧握着手，都感觉眼泪要掉下来了。

蓦地，阮奶奶想起来林尘垚的话，她皱了皱眉头，转身就又在孙子背上掴了一掌。

沉浸在温情场景里的林尘垚被打得猝不及防，龇牙咧嘴地喊道：“奶奶！”

阮奶奶很严肃地握紧时缱的手，真切道：“小缱啊，你是不是被这臭小子骗了啊？你比他小这么多，又这么好看，怎么就想不开呢？”

林尘垚气结，不想再继续听下去，换了双鞋，头也不回地回了房间，放置行李去了。

回家后的这些天里，本来就看自家孙子鼻子不是鼻子、眼睛不是眼睛的林爷爷就不说了，现在连阮奶奶也坚持认为是自家的混账孙子趁人家小姑娘年纪小，骗了她做自己女朋友。

这种情况下，阮奶奶每天除了严防死守自家孙子离小姑娘太近，还有个固定话题要和时缱谈——她觉得林尘垚配不上时缱。

老太太每天都要跟时缱说几件林尘垚小时候的糗事，最后连林尘垚七岁时还尿过床这种事都搬出来了。

对于这个固定话题，时缱每天都很期待，林尘垚却坐在一边听得脸黑如锅底。

整个新年假期，两老两小都过得很平顺。林家亲戚不多，除了初一有几个院子里的爷爷奶奶来家里略坐了坐，倒是也没什么别的客人。

时缱在这里学会了包饺子、炸油饼，甚至跟着网上的教程做了一个电饭锅蛋糕。

在阮奶奶的教导下，时缱的厨艺可谓是突飞猛进。

一家四口，除了林尘垚，其余三人都觉得氛围很融洽。

考虑到两位老人岁数都大了，假期最后一天，林尘垚带着时缱去超市购物，想在离开之前给家里添置一些能放置的、比较重的物品，比如米、油之类的。

两人很快便买完了提前列好的清单里的东西，结账的队伍有些长，时缱排着队，清点了一下购物车里的东西，想看看还有没有什么遗漏的。

忽然，她想起忘记买牛奶了，便让林尘垚继续在这里排队，她折回去挑两箱牛奶。

找到奶制品货架，时缱麻利地挑好了两箱奶，正当她转身准备去找林尘垚的时候，忽然看见了一个熟悉的人影。

时灵。

其实算算也只是一年多不见，时灵却好像老了很多。

时灵也看见了时缱，但她只是愣愣地看了时缱一会儿，便装作没看见一般，垂下眼皮继续往前走。

时缱抿了抿唇，上前拦住了她：“我听说蒋依时移植成功了。”

“嗯。”时灵垂下双眸，不愿多言。

时缱从包里翻出一张银行卡，递到时灵面前：“我想着你应该不缺钱，但我觉得还是还了钱心里会比较舒服。我暂时只存了这么多，不过你放心，我以后会陆续往这张卡里转钱的，直到还清你花在我身上的钱为止。”

时缱顿了顿，补充着：“会算上通货膨胀的。卡的密码是我的生日，001224。”

时灵犹豫着，她现在的经济情况确实有点儿捉襟见肘。

自从当年知道了蒋茂杰明明和儿子配型成功，却故意隐瞒了下来之后，她已经无法平静地和他共处了。

可蒋茂杰为了自己的形象不愿意离婚。

时灵提出分居，他也很无所谓地说：“我无所谓。但你记住了，你住在这里，你就是蒋太太，一切和原来一样；但你搬出去，我一分钱也不会给你。当然了，儿子是我亲儿子，他的一切费用我都会承担。他这么小，还生了病，你总不忍心带他一起吃苦吧？”

时灵有些动摇，只是说：“我先回我妈家住几天。”

蒋茂杰不置可否：“也好，你自己冷静冷静。”

可没想到他真的就不闻不问了。

蒋茂杰说话算话，在时灵离家之后，真的将她所有的卡冻结了。

钟梅英也是个赌鬼，之前时灵给她的钱，都被她挥霍完了。

养尊处优多年的时灵第一次面临经济危机。

时缱见时灵不语，也不打算多说，将卡塞到她手里就走了。

时缱很快找到了林尘垚，两人结了账，开车回家。

路上，时缱很平静地说：“我刚刚看见时灵了。”

林尘垚其实也看见了，可他不确定时缱看没看到，犹豫了很久该不该说。

“我给了她一张卡，跟她说，以后会陆陆续续把她花在我身上的钱都还给她的。”时缱笑着看向林尘垚，“现在，我觉得我彻底和原来的那些不好的事情割裂了。”

林尘垚空出一只手摸了摸时缱的头，夸她：“做得好。”

过了一会儿，林尘垚忽然开口：“缱绻，你用手机搜索一下‘缱绻’这个词。”

时缱依言照做。

缱绻。

百度百科写着：缱绻是一个汉语词语，拼音是 qiǎn quǎn，一指形容感情深厚，二指夫妻关系，三指个体之间的恋情，四指幽会，五指结交，六指不离散，七指纠缠萦绕、固结不解。

车刚好开到了地方，林尘垚停好车，与她十指交握。

他轻声背诵着：“一指形容感情深厚，二指夫妻关系，三指个体之间的恋情，四指幽会，五指结交，六指不离散，七指纠缠萦绕、固结不解。”

林尘垚的目光深邃，温柔凝视着时缱：“对我来说，都是你。

“所以，你真的和原来割裂了，名字也是。你叫时缱，时光的时，缱绻的缱。

“林尘垚的缱绻。”

时缱看着林尘垚的眼睛，觉得自己眼眶发酸。

她小的时候觉得林尘垚是上天给她的一场梦，美好得像是小孩子都爱看的动画片。

长大后的时缱觉得，他是礼物，是自己努力生活，得到的最好的馈赠。

她这一生本以为是山穷水尽，可当她历尽艰辛爬到山顶，却发现那里阳光灿烂。

荆棘丛外，尽是辽阔的天空和烂漫的鲜花。

她笑着回应他：“你是绵长岁月里的无尽爱意。”

Extra / 那些幸运的事儿

（七夕）

时缱这次暑假过得很是轻松，她从老师手里接了几个报酬不错的翻译的活儿，没有再另外找兼职了，每天只需要在家里对着电脑翻译文件就可以。

这次暑假，林尘垚抓住机会把人哄来了自己家住。

“我不管，你再遇到之前的事情怎么办？再有临时室友欺负你怎么办？”林尘垚一副没得商量的样子。

时缱无语，她觉得自己已经够倒霉的了，早就该触底反弹了，怎么可能还遇到那种事情？

小姑娘开始睁眼说瞎话：“我搬来你家住，露露会吃醋的。”

林尘垚感到不可置信，这姑娘现在搪塞自己的理由已经开始不过脑子了吗？

他冷笑一声，说：“你去年暑假在她家住了那么久，我都没吃醋。雨露均沾，今年也该轮到我了吧？”

时缱嘟囔：“我去之前可是征求过你的同意了噢。”

“哦……”林尘垚开始耍赖，“当时同意的那个人不是我。”

那天，林尘垚见时缱怎么说都说不通，干脆把人锁在怀里。

亲一下问一遍，且每次吻的时间逐渐变长。

时缱最后被吻得头脑发昏，稀里糊涂答应了住过去。

林尘垚笑眯眯地吻上小姑娘的额头，自言自语："这个时候就觉得你的小倔强也挺可爱的，不然也亲不到这么多次。"

时缱埋头在他怀里，一言不发地伸手捏上了他的嘴巴。

由俭入奢确实很容易，时缱在这里过上了饭来张口，什么活儿都不用自己干的生活。

这样优哉游哉地过了一个多月之后，就连多年来雷打不动的生物钟也往后拨了半个小时。

今年的七夕节是个周末。

早上快八点了，时缱才睡眼惺忪地出了房门。

林尘垚坐在客厅里，正抿着咖啡看新闻。

"醒了？"他笑着看时缱。

时缱揉了揉眼睛，轻声说："有点儿饿了。"

林尘垚放下咖啡杯，朝她伸手。

时缱缓缓走了过去。

还没走到跟前，林尘垚往前俯了俯身，一把把人拉到自己腿上。

正欲开口，时缱先伸出了手，在他面前摊平。

"七夕节了。"

林尘垚觉得这场面有点儿好笑，原来给她买个礼物要想尽借口让她收，现在她已经学会理直气壮地找自己要了。

很好，近墨者黑得很快。

林尘垚抱紧时缱，把人往上提了提，让她坐得更舒服一点儿。

"在我口袋里，你伸手摸一摸。"

林尘垚穿着睡衣，只有上衣胸口处有一个小口袋。

时缱伸手进去摸，这个人最近好像偷偷健身了，胸肌有点儿明显……

时缱脸开始微微发红。

林尘垚一直盯着她的表情，当然没错过这明显的变化。

他轻笑道："想什么呢？脸都红了。"

时缱不想理他，伸手捂住了他的眼睛。

林尘垚也不反抗，只是笑意更浓。

是戒指。

时缱拿出来看了一眼，正是他已经戴了很久的那枚戒指的女戒。

她不满地嘟囔："你送戒指好随意啊……"

林尘垚笑着解释："因为你已经看过我戴这个了，先把女戒送给你，不算求婚。

"而且，我现在买得起更好的了。买更好的再求婚，好不好？"

时缱伸手圈住林尘垚的脖子，点了点头，抿嘴笑了。

林尘垚试探着说："好歹也算是收了戒指……"

时缱的反应很快："可是不算求婚呀，所以还是不睡一个房间。"

林尘垚心想：得想个办法把小姑娘身上的墨稀释一下。

（来年）

林尘垚打算在来年同时缱举行婚礼，不过这是他个人的意愿，还是要征询一下小姑娘的意见——得问问人家愿不愿意才毕业一年就同他结婚。

某次，时缱在老师的带领下刚刚参加完一次商务会议的同声传译工作，会议进行了许久，等到结束的时候，已经晚上八点多了。

举行会议的酒店离林尘垚公司很近，两个人商量好了，时缱结束之后就给林尘垚打电话，他开车来接她。

时缱走出电梯，正打算给林尘垚打电话，一抬眼便看见了正在大厅不远处坐着的、跷着二郎腿的男人。

她蹑手蹑脚地走过去，打算从背后吓他。

可是映着夜色的酒店玻璃成了天然的镜子，时缱还离着很远的时候，林尘垚便看见了这个鬼鬼祟祟的小姑娘。

他不动声色，配合地装作被吓到的样子。

时缱果然笑得很开心，没心没肺的。

林尘垚起身，自然地接过她的包，牵着她的手往外走。

“想吃什么？”他问。

时缱一只手被林尘垚牵住，另一只手抓住他的小臂，脸也贴在他的胳膊上。

她想了想，回答道：“想回家吃面，奶奶教你做的那种香油鸡蛋面。”

林尘垚点点头，建议：“再点个炸鸡外卖吧。”

时缱果然眼前一亮：“你怎么知道我想吃炸鸡？”

林尘垚看了她一眼，似笑非笑地说：“是谁上次也是做完一场长时间的同声传译之后，回家一看见我准备好的饭就哭了？说我虐待她，都不给她买炸鸡。”

时缱吐了吐舌头，小声辩解：“那高强度的脑力活动之后就是想吃高热量的食物嘛……而且，我上次是生理期……情绪不太稳定……”

林尘垚捏了捏她的脸，说：“所以我吃一堑，长一智。”

两人回到家之后，林尘垚脱下外套，洗了个手就去给时缱煮面了。

时缱趁着这个时间去洗了个澡。

刚洗完穿好衣服，门铃就响了，是炸鸡外卖到了。

时缱笑眯眯地拎着炸鸡外卖坐在餐桌旁，林尘垚也将煮好的面条端了上来。

时缱正吃得开心，林尘垚看着她眼角眉梢都是快乐，也忍不住弯了弯眼睛。

他忽然问：“缱绻，我们明年就结婚吧？”

时缱刚咬下一大口鸡腿肉，此刻腮帮子鼓鼓的，怔怔地看着他。

咽也不是，吐又舍不得。

林尘垚看着她小仓鼠一般的模样，失笑道：“先咽下去。”

时缱这才开始嚼，她有些慌乱，又有些着急，皱着眉头，没嚼两口就想吞。

林尘垚连忙说：“慢点儿，别噎着。”

时缱一有空说话就指责他：“你这算求婚吗？太不正式了！我现在头发还包在毛巾里，整个人都好不精致。”

林尘垚哭笑不得，主动认错：“抱歉，是我鲁莽了。不过这不算求婚，是先征询一下你的意见，看看你觉得明年举办婚礼会不会仓促。”

听到这不是求婚，时缱皱着的眉头才舒展开来，说：“我觉得可以啊……但你为什么突然想明年啊？我本来还想着多挣两年钱呢，我欠你的债都还没还清，明年就嫁给你感觉怪怪的……像卖身抵债。”

林尘垚轻轻敲了敲她的头，小声训她：“脑袋里面装的什么东西？”

时缱嘟囔：“林尘垚啊……”

林尘垚接不上话了，只觉得好气又好笑，看着时缱的眼神满是溺爱。

（彩礼）

林尘垚正式求婚之后，两人通知了家长。

林家一家都很开心，但因为时缱家庭环境特殊的关系，阮奶奶和林尘垚的妈妈一合计，决定派一方当亲家，来正式商讨彩礼的问题。

这年新年，林家一家齐聚向云。

时缱也将第一次见到林尘垚的爸爸，据说，是位板正的军人。

初次见面之前，林尘垚先给时缱打预防针：“我爸有点儿凶，你把他想象成我爷爷的年轻版……算了，我爷爷凶的样子你也没见过，你就把他想象成对待我的我爷爷的样子。”

因着林尘垚的“危言耸听”，时缱很是紧张了一阵。

看着满脸紧张的时缱，林尘垚丝毫没有心疼女朋友的觉悟，反而隐隐有点兴奋——终于轮到我保护你了吧？

两人拎着大包小包的年礼敲门，时缱缩在林尘垚身后。

来开门的竟然是林父。丝毫没想到迎面遭遇自家父亲，连林尘垚都僵了一下。

父子俩同时沉默了一瞬，林尘垚先扯了个笑脸：“爸……好久不见啊。”

林父没什么感情地“嗯”了一声，然后一把扒开儿子的脑袋，笑着同他身后的时缱亲热地打招呼：“这就是我闺女吧！”

林尘垚一愣。

时缱看着魁梧又和蔼的男人，因为他的一句话，便红了眼眶。

她笑着同林父打招呼："叔叔好。"

林父顶着一张林尘垚没见过的热情笑脸，将时缱往屋里引："快进来快进来，外头冷。"

林尘垚看着面前的场景，终于忍不住"嘁"了一声。

行，就自己不受待见呗。

他酸溜溜地自己进了家门。

因着门口的动静，阮奶奶也凑了过来。

刚过来就听见自己儿子说时缱是他闺女，老太太脸色一板，严肃训他："谁当小缱的娘家人还没定呢，你少上来套近乎。"

时缱和林尘垚疑惑地互看了一眼，两个人都没太听懂这句话。

林父讪讪地摸了摸鼻子，抱怨道："妈……你这也太严防死守了。"

阮奶奶冷哼一声，拉了时缱的手就走，边走边说："哎哟，手怎么这么冰啊，多穿点儿啊！"

林尘垚狐疑地凑到父亲身边，问道："爸，啥娘家人啊？"

弄清事情的原委之后，林尘垚直接气笑了。

原本只是区别对待，现在是打算直接抛孙弃子了是吧？

还争先恐后的！

但是没人搭理他的愤怒，只有亲妈还意思意思地安慰了他一下，给了个理由："儿子，理解下，妈想体验下嫁女儿的优越感。"

——也不知道是什么选拔标准，总之，最终姚蕴宜夫妇成了时缱的"娘家人"。

林尘垚抱着臂，一脸四大皆空地坐在沙发边上听自家妈妈朝自家奶奶狮子大开口要彩礼。

"妈，我们家可就这一个宝贝女儿，万一你孙子以后学坏了，对我们家小姑娘不好怎么办？这彩礼必须得多给点儿。"

林尘垚听着，忍不住冷笑一声。

姚蕴宜立刻抓住他这个动作，说："您看看，这家长都在呢，他就敢甩脸子，这什么态度！不行，这彩礼必须再加五万。”

林尘垚愣住了。

比起姚蕴宜，阮奶奶似乎没什么讨价还价的热情，她不慌不忙地说道：“蕴宜啊，这好歹也是你亲儿子啊……”

姚蕴宜十分入戏，摇头：“哪儿有，女婿只能算半个儿子，妈，您少绕我。您就说这个数给不给吧。”

时缱捧着杯牛奶在旁边听得咯咯直笑。

林尘垚听了一半就想走了，被自己爸爸和爷爷联手摁下：“这讨论彩礼呢，跑什么跑？”

他只好面无表情地听完了全程。

姚蕴宜前前后后找了各种理由，在原来的基础上加了十万，阮奶奶却只意思意思地砍了两万。

最终，敲定了双方都还算满意的一个数字——但林尘垚明显觉得姚女士还有点儿意犹未尽。

谈完了，这钱谁来给啊？

林尘垚正疑惑着，就看姚女士笑眯眯地在手机上点了点，操作了一番之后，从包里掏出了一张银行卡。

她笑着将卡递给时缱，说：“来，小缱，这是妈妈帮你谈来的彩礼。”

林尘垚瞬间悟了：就是走个流程，总之不管是谁当时缱的娘家人，这笔钱都是时缱的准婆婆姚蕴宜女士出。

时缱原本以为就是谈个热闹，没想到最后真要给钱，还是送到自己手里。

一瞬间，她十分不知所措，慌张地在客厅里扫视了一圈。

目光所及，每个人脸上都是和善的笑意。

她鼻头一酸，含泪笑道：“钱我就不收啦……”

姚蕴宜却一把拉过了时缱的手，严肃道：“傻丫头，说什么胡话？快收下，妈妈好不容易帮你谈来的。”

时缱扭头看林尘垚。林尘垚微笑着点了点头，轻声说：“收下吧。”

时缱咬了咬唇，做了会儿心理建设，说：“那……妈妈……帮我收着吧。”

姚蕴宜似乎对这声“妈妈”很受用，她怜爱地摸了摸时缱的头，柔声道：“这钱就是拿来给你安心的，妈妈替你收着算怎么回事？是专门给我们小缱拿去压箱底的。”

这场景简直像梦一样，时缱从来没想过，在自己嫁人之前，会有人同自己讲这些话。

她终于没忍住眼泪，埋头扑进了姚蕴宜的怀里。

姚蕴宜轻轻拍着女孩的背，像是多年前，初次见面那样哄着时缱。

她轻声对女孩说：“小缱，我们都很喜欢你，也很欢迎你。除了你和垚垚的家，以后你又多了两个家啦，不是婆家和娘家，是爸爸妈妈家和爷爷奶奶家哦。”

（婚礼）

时缱和林尘垚的婚礼定在某个和煦的春日于云城举办。

婚礼前一天的晚宴，南露趁着准新郎脚不沾地地接待安置亲戚们，忙得头昏脑涨的时候，悄悄把准新娘“偷”回了家。

还是熟悉的房子，时缱高考之前曾经短暂地住过了几天的那一处。

南露大学毕业之后没有留在枝南，回到云城之后，一个人住进了这里。

一开始，时缱和林尘垚本来打算在云城定一间酒店房间当作出嫁地点，南露得知这件事后立刻飞去枝南怒斥了时缱一顿。

“什么叫你在云城没娘家啊？我就在云城啊！我家就是你家，干什么从酒店出嫁？”南露故作凶狠地看着时缱，“你再敢说怕麻烦我试试？干什么……你这什么表情？别、别哭啊……一会儿你男朋友看到了会以为我在欺负你的。”

两个人认真地讨论过一番之后，决定将时缱高考前曾住过的那间客房布置成接亲的房间。

所以，明天，时缱将从这里出嫁。

趁着南露洗水果的空当，时缱到各个房间都转了转，走到她曾经住过的那一间客房时，她立在门口看了很久。

这么多年过去了，这间房子的装饰布局几乎没怎么变，看着客房里的那张书桌，时缱不禁又想起来当年她拿着南露悄悄塞给她的台灯，学到深夜的时光。

此刻，那张桌子上，正摆着两箱一会儿布置要用的婚庆用品，都是南露准备好的。

时缱正感动着，忽然察觉到风衣口袋里的手机在振动。

看清来电人后，她的眼睛逐渐弯成了一个温柔的弧度。

“缱绻，在哪儿呢？”林尘垚的声音略带疲惫。

“我被露露拐走啦。”时缱微微歪头，语气夸张地逗他。

“被拐走了啊……”林尘垚顺着她给的情景，微微严肃道，“别怕啊，老婆，你把电话给她，我来跟她交涉。”

时缱回头看了眼还在开放式厨房里忙着洗水果的南露，脸上笑意更甚：“可她在忙着给我洗水果呢。”

“嘶……这就感动了？你算算我给你洗过多少水果？垒起来都能成山了。”林尘垚终于到了家，边换鞋边松了松衬衫领口处的扣子，低声笑骂了句，“小没良心的。”

时缱也不恼，只是笑，听见了关门声，问道：“到家了？”

“嗯。”林尘垚轻声应了声。

家里静悄悄的，林父此刻还在酒桌上和老友们奋战，林母则是在和多年未见的老友叙旧。

林尘垚没开灯，周围黑漆漆的。

他靠坐在沙发上，长腿伸展着，仰头看着天花板，语气有些飘忽：“缱绻，明天会是个好天气。”

时缱垂眸笑：“嗯，一直都是好天气。”

第二天一大早，化妆师就来了，时缱被格外兴奋的南露从床上拽起来，披上了晨袍后，晕晕乎乎地被塞到了化妆师手里。

没多久，负责跟拍的摄影师带着一个助理也来了。

南露接待了她们，房子里一共五个人，全部都是女孩子，氛围十分融洽。

摄影师是个很亲切的女孩，看见新娘在化妆，热情地询问：“除了中式喜服，需要拍化妆和晨袍照吗？”

时缱微笑着点头：“麻烦帮我和我的朋友拍几张。”

化妆师和摄影师都很专业，时间也控制得很好，刚拍完三组照片，姚蕴宜夫妇就带着他们的朋友来了——家里已经交给阮奶奶了，林家爸妈今天的主要任务是给新娘暖房，顺便堵自家儿子的门。

姚女士无疑是很成功地代入了嫁女儿的情绪，三步一关地为难着自己儿子，以至于和新娘一起等在里屋的南露，都没剩下多少时间可以发挥。

给自家父母敬过茶，林尘垚抱着时缱下楼。

出门的那一刻，他长出了口气，悄悄在时缱耳边告状：“老婆，咱妈太过分了，我冷汗都要急出来了。”

时缱抱着林尘垚的脖子抿唇笑，蓦然抬头亲了他一口。

林尘垚脚步一顿，笑着垂眼看她：“不是说了脸颊这个接口的充电效果不好吗？嘴巴也亲一下？”

话音刚落，不知道谁扯了筒纸花爆开。

漫天飞舞的彩色纸花里，西装革履的新郎站在原地，含笑低头亲吻被他拦腰抱在怀里的新娘。

空气里洋溢着幸福，这一瞬间，被摄影师精准捕捉。

去林家给爷爷奶奶也敬了茶之后，迎亲车队又浩浩荡荡地开去了酒店。

两人的婚礼仪式有点儿不同寻常，首先入场的是新娘。换了主纱的时缱白纱曳地，捧着花束站在步台中央，等待着她的新郎。

姚蕴宜牵着林尘垚来到时缱面前，她没有将林尘垚的手交到时缱手里，而是冲着时缱伸出了手，柔声道：“宝贝，从这一刻开始，你和垚垚有了自己的小家的消息就广告亲友了哦，妈妈祝福你们。”

时缱抱住了姚蕴宜，眼中渐渐泛起泪光：“谢谢妈妈。”

而后，她牵起了林尘垚的手。

在漫天的花瓣雨里，两个人紧紧握住彼此的手，一步步朝着步台尽头走去。

身后的镁光灯照在时缱的背上，暖洋洋的。

步台两侧，满是含笑祝福他们的人，爷爷奶奶、爸爸妈妈正坐在首位，冲着她热情挥手。

步台尽头，南露正捧着对戒等待他们。

感觉到自己的手被捏了捏，时缱侧头望去，视线里，是她帅气而深情的新郎。

她紧紧地回握着他的手，两人相视而笑。

亲朋在侧，爱人相伴。

这会是很长、很好的一生。

（急啊）

难得的休息日，时缱和林尘垚一起参加了南露女儿的周岁宴。

刚一见面，小朋友就挥舞着莲藕般的小手臂，朝着时缱咯咯笑。

她圆圆的五官和肉嘟嘟的脸颊，让时缱的心瞬间便软得一塌糊涂。

南露有些惊奇地“咦”了一声，接着，她低头看看怀里的女儿，又抬头看看时缱。

来回看了两三遍后，南露对着女儿这副和当初的自己如出一辙的自来熟模样，笃定地下了个结论：“缱缕，我女儿也一见到你就喜欢呢。”

说完，她又笑着冲时缱招了招手，示意时缱走近些：“来，让第一眼就喜欢的姨姨抱抱我们嘟嘟。”

时缱闻言，登时便紧张得手足无措起来——她从没抱过小孩子，嘟嘟刚出生时是早产，她去医院看望南露母女的时候，只远远隔着保温箱看过嘟嘟一眼。

这次，是时缱见到嘟嘟的第二面，也是嘟嘟见到她的第一面。

两三秒的愣怔过后，时缱慌忙将自己的包塞进身边的林尘垚怀中，又特意脱了有金属拉链的外套，然后才上前，小心翼翼地伸出手，将小姑娘抱进了自己怀里。

小小的一只，抱起来既柔软又沉甸甸的。

时缱以一种僵硬的姿势托抱着嘟嘟，目不转睛地一直盯着她看。

怀中的小人儿也一直在冲着自己笑，兴高采烈地露出了嘴巴里仅有的四颗小白牙，还抬起小肥手想摸自己的脸。

这场景太过奇妙，时缱的目光逐渐温柔下来。

她仔细观察着小姑娘的五官，扭过头，声音很轻地对南露说："嘟嘟的眼睛笑起来和你好像。"

"确实像。"南露妈妈在一旁笑着接话，"嘟嘟的眉眼和露露小时候简直一模一样。"

南露有些得意："说明这孩子聪明，知道妈妈的眼睛更好看。"

正说着，南露注意到时缱的姿势有些僵硬，便打算帮她调整一下，好让她能抱得更舒服一些。

才刚刚伸出手，南露就看见时缱一脸警惕地侧过了身，可怜兮兮地央求着："再让我抱一会儿嘛，就一会儿。"

见状，南露有些哭笑不得："哪有不让你抱？就是你这个姿势抱起来累，我帮你调整一下。"

周围的人也笑了起来。

时缱一抬起头，便看见了林尘垚脸上掩不住的宠溺笑意。

她有些尴尬地冲他吐了吐舌头。

南露妈妈顺势笑道："小缱这么喜欢小孩子，不如也生一个吧，以后还能跟嘟嘟一起玩儿，有个伴儿。"

听到这话，南露立刻抬起头，疯狂冲自家妈妈使眼色。

注意到女儿的眼神，南露妈妈这才想起之前女儿对自己的嘱托：不要对着时缱催生。

虽然结婚已经四年了，但林尘垚总觉得时缱年纪还小，想让她再多体验体验人生，并不着急要孩子。

时缱也同意他的想法，而且，她也总是会忍不住担心，怕自己会无法成为一个好妈妈。

不知道是不是林尘垚提前打了招呼的原因，四年间，时缱从来没从长辈们那里听到过催生的话，偶尔有亲戚朋友问起这件事，林尘垚也总是赶在她开口前，第一时间把话题挡回去。

南露是一直知道时缱的想法的，在时缱来之前，还特意叮嘱过自家母亲，没想到母亲还是不小心说漏了嘴。

见时缱脸上没什么特别的表情，南露便抢先笑着岔开了话题："那个……姨姨给嘟嘟带的礼物在哪里呀？"

时缱冲南露感激地笑了笑："定了个辅食机，送到你家里去了。"

回去的路上，林尘垚开着车。

在某个红灯的路口，他踩下刹车后，扭头看着副驾驶上一脸沉思的时缱，轻轻握住了她的手，问道："在想什么呢？"

被他的动作从思绪中扯回，时缱抿了抿唇，转过头，用商量的口吻说道："我们也要一个小孩子吧。"

林尘垚有些意外地看了时缱一眼。

时缱解释着："刚刚抱着嘟嘟，忽然就很想要一个属于我们俩的小朋友。"她的眼睛弯成月牙，满脸期待，"一想到这个世界上会有一个小朋友长得既像你，又像我，我就觉得好奇妙。"

林尘垚还是静静地看着她，没接话。

时缱见他还是不说话，有些着急了："我会努力学着做一个好妈妈的。"

"我知道。"这次，他答得很快。

红灯转绿，林尘垚发动了车子，开到了一个临时停靠的地方。

将车停下后，他郑重又温和地说："既然你想做妈妈了，那我们就要一个孩子。"

时缱开心起来，凑到他脸颊边印下一吻，歪头问道："我们也会生一个女儿吗？"

林尘垚垂下眼睫，想起嘟嘟，淡淡道："还是生个儿子吧。"

时缱有些诧异："为什么呀？"

因为，如果她也长得像妈妈，我怕我一看到她，就忍不住心疼你。

林尘垚没有回答，只是轻轻抚了抚时缱的头发。

接着，他重新发动了车子，这次车速比刚刚明显更快一些。

时缱有些疑惑："着急去哪儿吗？"

"嗯，急。"林尘垚笑了，"着急回家帮你实现愿望。"

（时幸）

暑假的某一天，时幸小朋友跟着爸爸妈妈一起去参加爸爸同事的婚礼。

到达宴会厅门口后，妈妈去送礼金了，爸爸牵着他，正在跟一个不认识的叔叔说话。

林律师今天西装革履，鼻梁上还架着一副金丝眼镜，身材修长又挺拔，在一众发福秃顶的中年男人的对比下，显得格外脱俗，简直年轻了十岁。

他十分惹眼地立在门口，惹得不少人频频回头看他。

时幸注意到别人的目光，忍不住抱紧了爸爸的手。

林尘垚感觉到儿子的动作，低头看了他一眼。

同时，时幸也在抬头看着爸爸。

父子俩沉默地对视两秒。时幸冲着林尘垚勾了勾手，示意自己有话要讲，林尘垚便弯下腰。

时幸凑到爸爸耳边，竖起空着的那只小手，掩在嘴边，和他说悄悄话："爸爸，好多人在看你。"

林尘垚扫了眼周围，不怎么在意地收回目光，轻轻"嗯"了一声，问道："怎么？"

"他们为什么老看你呀？"时幸一脸小大人样地轻轻拧着眉头，像是害怕爸爸会被抢走，"你是我的呀。"

林尘垚轻笑一声，按住儿子的脑袋，顺势直起了身，慢条斯理地说道："不，爸爸是妈妈的。"

时幸点点头："……噢。"

周围到处都是大人。

时幸环顾一圈，有些郁闷地收回了目光，无聊地默默摆弄着自己的小西装下摆。

忽然，他觉得自己的身体腾空了，身后有一个人把他抱了起来。

他被吓了一跳，但没先想着哭，而是很镇定地抓紧了爸爸的手，才扭头去看身后是谁。

牵着儿子的林尘垚也注意到了这动静，他扭头看去，只见将他儿子一把抱起的不是别人，正是许久不见的郑怀。

看清是谁后，怕扭着小孩儿的胳膊，林尘垚松开了牵着时幸的手。

注意到自家儿子有些被吓到的表情，林尘垚一边给他顺了顺毛，一边轻轻“啧”了一声，挑眉问郑怀：“你抱我儿子干吗？自己没儿子吗？”

“我儿子都多大了，哪儿有这虎头虎脑的小东西可爱？”郑怀没好气地白了林尘垚一眼，又转头去逗怀里的时幸，“哎呀，都长这么大了，叔叔才见到你。不过礼金叔叔可没少给啊，还给你买过一个变形金刚，你看到过没有？要是没看到，肯定是你老子偷偷拿去玩儿了，你跟叔叔讲，叔叔帮你骂他。”

林尘垚面无表情地纠正：“小幸，叫他伯伯。”

“嘶——”郑怀作势要揍林尘垚。

林尘垚笑着侧身躲开。

时幸倒是很给老爹面子，奶声奶气地说：“伯伯，我看到变形金刚啦。爸爸帮我摆在我房间里，还用了一个透明的盒子装起来呢。”

见他们父唱子随，郑怀轻轻捏了捏时幸的脸，佯装生气：“林时幸，你可不能跟你爸爸成一丘之貉啊。”

他话音刚落，林尘垚便抬腿踹了他一脚：“怎么说话呢，嘴欠吧？”

时幸没听懂什么是“一丘之貉”，却很明确地听出了一处错误，他一本正经地纠正道：“伯伯，我不叫林时幸，我就叫时幸。”

郑怀愣住，转头去看林尘垚。

林尘垚冲儿子抬了抬下巴，慢悠悠道：“小幸的妈妈姓时。”

郑怀这才反应过来，这孩子是随了母姓。

他忽然想起来，之前有一次，林尘垚难得发了个朋友圈，文案写着“小时缱和小时幸”，配图是一个女人牵着小孩子在海边奔跑的场景，照片上的两个人都笑得十分开心。

当时，他还调侃着评论了一句“这俩名字听着跟姐弟一样，儿女双全啊，兄弟”。

林尘垚当时就回复了郑怀：这么说，也不是不行。

看着怀里一脸严肃的小男孩儿，郑怀有意逗他：“你为什么姓时呀？是不是觉得姓林不酷？”

“不是的。”时幸摇头，小脸满是严肃，“因为我们家里已经有三个人姓林了，我和妈妈姓时，她才不会觉得孤单。”

“哦，那你为什么叫时幸呢？”

时幸眨了眨眼，十分认真地回答：“因为爸爸说，遇到妈妈是他的幸事，所以我就叫时幸呀。”

郑怀笑着看了眼林尘垚，说：“林律果然考虑周全、心思细腻啊，不愧是圈子里有名的细节控。”

林尘垚单手将儿子捞回自己怀里抱着，一脸受之无愧的模样，懒洋洋道：“你说得很对，承蒙夸奖。”

他话音刚落，时缱也走了过来。林尘垚自然地牵住时缱的手，时缱回握住，朝着他笑了笑，然后才去和郑怀他们打招呼。

一圈招呼打完，林尘垚抱着儿子，牵着老婆，冲着郑怀炫耀般勾了勾嘴角：“我们先进去了。”

孤身一人千里迢迢赶来赴宴的郑怀看着一家三口温馨的背影，默默掏出手机，拨了个电话：“喂，媳妇儿啊，我想你了……”